超感追击

早安夏天 著

长江出版社

Chapter ❶
　　偷手机的高中生少年　　005

Chapter ❷
　　突如其来的爆炸案　　012

Chapter ❸
　　谁偷走了我大脑中的秘密　　018

Chapter ❹
　　与头号嫌犯的初次交锋　　026

Chapter ❺
　　误入"大观园"的小徒弟　　034

Chapter ❻
　　奇怪的鸭舌帽男　　045

Chapter ❼
　　BC 技术的副作用　　053

目　录

Chapter ❽
　　嫌疑人的离奇死亡　　061

Chapter ❾
　　暗中调查　　073

Chapter ❿
　　再见高中生少年　　081

Chapter ⓫
　　似曾相识的金色帽徽　　094

Chapter ⓬
　　身陷囹圄　　105

Chapter ⓭
　　不属于自己的记忆　　117

Chapter ⓮
　　铤而走险　　126

Chapter ⑮
　　虚惊一场　　　　　　　135
Chapter ⑯
　　巧遇昔日同学　　　　　146
Chapter ⑰
　　一个不存在的好友　　　155
Chapter ⑱
　　信仰之跃　　　　　　　165
Chapter ⑲
　　一条口香糖的巧合　　　173
Chapter ⑳
　　少年的援手　　　　　　186
Chapter ㉑
　　徒弟的秘密　　　　　　198

C O N T E N T S

Chapter ㉒
　　真相越来越近了　　　　208
Chapter ㉓
　　与凶手的正面交锋　　　219
Chapter ㉔
　　U 盘里的罪证　　　　　225
Chapter ㉕
　　引君入瓮　　　　　　　234
Chapter ㉖
　　与时间赛跑　　　　　　244
Chapter ㉗
　　意料外的结局　　　　　256
End
　　尾声　　　　　　　　　269

第一章

偷手机的高中生少年

一个昏暗的房间里，看不清楚四面的轮廓，只有中间出现一片淡淡的亮光，那种幽深的黑暗，如同坠入了梦境一般。

而在这一片昏暗之中，可以看到一个男人正躺在一张真皮手术椅上。

深深地埋进椅子里的男人约莫50岁的样子，眉眼略宽，戴着一副金丝边的眼镜，看起来像个考究的学者。此时他双眼紧闭，静静地躺着，如同陷入了永恒的沉睡。

手术椅的一侧，是一台连接着各种线路的仪器，上面串杂的数据线连接着男人的身体。这个男人应该是被打了麻醉药。心电监护仪闪着微弱的光，屏幕上显示，他的心跳很平静。

四周很安静，在这静谧的黑暗中甚至能够感受到时间的流逝。

然而，在这静谧中，如果仔细聆听，便能听到四周隐约浮现"啪嗒啪嗒"的声音。那种口水混着反复咀嚼的声音，像是有人在嚼口香糖。

忽然，房间内一道白色的屏光亮起，隐隐映出了房间的轮廓。手术椅上的男人的身后，一台显示屏正缓缓启动。上面明明灭灭的光芒渐渐变得亮起来，模糊的影像也渐渐清晰，就像是播放老电影的放映机，一帧一帧的画面串联起来，显示屏中开始出现奇怪的画面：一个穿着白色连帽衫和牛仔裤的女孩在黑夜中疯狂地奔跑着，借着路旁微弱的灯光，可以隐约看到女孩一边跑，一边回头看。她的目光充满惊恐绝望，喉咙里发出呜咽嘶哑的声音，像是身后跟着什么洪水猛兽一般。

从整个画面可以看出来，这个是从拍摄者的角度看到的影像。

显示屏中的画面还在继续：女孩被一只手猛地抓住，然后一双手狠狠地扼住了她的脖子。她不停哭喊着挣扎着，头发凌乱地披散，可是那双手却丝毫没有松动半分。随后画面像是慢动作减速，渐渐地，女孩的声音越来越小，不断挣扎着的双手也无力地垂了下去。

画面一转，只见一条长长的小路出现在屏幕中。

狭窄昏暗的小路，在那一刻如同一张吞噬灵魂的黑洞，如此幽深。

这个场景在不断地晃动，每晃动一次便要短暂地停顿一下，就像是有人在缓缓拖行着什么东西看到的画面。

画面进入了一间矮小的平房内，天花板上吊着一盏昏黄的灯。少女的尸体被放到了一张铺着塑料纸的床上。她的面色苍白，目光紧闭，脸上依旧保持着临死前痛苦和惊恐的神情。

而后……那双如死神般的手又出现了。只见那只手拿起了一把手术刀，锋利的泛着寒光的刀锋慢慢地朝少女的尸体伸过去……

接下来的画面如同一部默片，里面的场景一点声音都没有，但看起来令人更加毛骨悚然。

画面转到了室外。在这个寒冷的冬夜，漆黑的夜空中飘着鹅毛大雪，洁白的雪花从黑暗的空中洒落下来，最后又融化在黑夜中。

随即，画面一转。此时已经不再是昏暗的场景：天空大亮，画面中出现了熙熙攘攘的人群，他们似乎在议论什么，前方还有几位警察正在维持秩序。这些警察穿着老式的制服，看起来应该是20世纪90年代的。其中几位拦住了不断涌上来围观的群众，而其他的警察正围着一个黑色的行李袋观察。他们的面容惊恐不安，即便从业多年的刑警，看到这样的案子，恐怕也会大惊失色。

因为那个黑色行李袋里，装着一片片煮熟的人肉！

随即，黑暗的房间中，咀嚼口香糖的声音忽然停顿了一下。

有个清晰浑厚的声音喊道："可以断开连接了。"

话音刚落，屏幕上的画面便被中断了。一道白光闪过，屏幕恢复了黑屏。

随后，昏暗的房间里终于开灯了。

白炽灯闪耀着亮白色的光芒，躺在手术椅上的男人睁开了沉重的眼皮，却又很快闭上了。如此反复，似乎仍在适应这个世界的光明。就在他还未反应过来之际，突然，一双冰冷的手铐便铐上了他的手腕。

"这是干什么？"男人诧异地问，目光微怒地瞪着缓缓向他走过来的人。

这是一个40多岁的男人，留着利落的平头，一双浓重的剑眉微皱。乍一看让人觉得很严肃，但是眼底的利落和浩然正气，又令人觉得很有安全感。他穿着一身体裁合身的黑色西装，嘴里咀嚼着口香糖。

这个男人叫陈程，是重案Z组的组长。

"冯教授，你被捕了。"他面无表情地说道。

被叫作冯教授的男人忽然激动地奋力挣扎起来，一双手不断地挥舞着，似乎想要扑到陈程的身上，但很快就被身边的刑警死死地按住了。冯教授愤怒地咆哮着，目眦欲裂地向前挣扎着："你们冤枉人！我没做过什么坏事！"

陈程冷笑一声："22年前的楠大碎尸案，你就是凶手。"

"那个尾随晚上出门的女大学生，并将她杀害分尸，最后装进行李袋扔到大街上的人，"他眼底闪过一道凌厉的微光，"不就是你吗？"

紧接着，陈程缓缓道出了凶手的作案经过，仿佛他当时就在现场一般。

冯教授听闻此言，顿时面如死灰，再无刚才的愤怒和嚣张的气焰。他无力地瘫坐在身后的手术椅上，目光里尽是不可置信的恐慌。

看他的表情便已得知，这人认罪了。

这桩楠大碎尸案，当年引起了全国轰动。

警方在街上发现了一袋被处理过的人肉，一共有2000多块，切得整整齐齐，后来确认死者是一名楠大的女学生。然而，由于当年办案条件的落后，既没有采集到凶手的DNA数据，现场也没有监控与任何目击证人。这是一桩没有留下任何线索的悬案。直到前几年案件重启，办案人员开始通过网络寻找线索。警方认为，此凶手心理素质过硬，逍遥法外20多年后很可能会放松警惕。果如警方所料，在天涯论坛出现的关于楠大碎尸案的帖子，总有一个热心的发帖人跟帖。从这个帖子的内容来看，这家伙似乎对当年的案子十分了解。

而且，根据警方调查，这个发帖人正是楠大医学院的一个教授，符合当年警方认为凶手善于解剖的判断。于是，警方将这个男人邀请到了警局。之所以说是邀请，是因为警方并没有掌握任何实质性的证据。

要破这件案子，只能依靠一种最新的不为人知的高科技技术。

"你们怎么知道的？"沉默良久，被铐住的冯教授终于绝望了，开口问道。

"这个你就无须知道了。总之，我们不会冤枉一个好人的。"陈程将口中的口香糖吐在纸巾上，然后挥挥手，其他刑警立即将杀人犯冯教授带离了审讯室。

陈程站在原地叹了口气，然后转身走向另一个坐在椅子上的男人。

"辛苦你了。"陈程说。

这个男人看起来 30 岁左右,一双微长且眼尾微微上挑的眼睛十分性感,高挺的鼻梁,线条如雕塑般坚毅,肤色是健康的古铜色,看起来有一种成熟沧桑的俊朗。

他就是重案 Z 组的刑警康子文。

康子文抹了抹额头上的汗。他此刻大汗淋漓,好像刚做了一场噩梦,嘴唇泛白,无力地坐在椅子上,站都站不起来。

"刚才入侵了这家伙的记忆,肯定印象深刻吧。"

康子文苦笑:"感觉好像我就是当事人一样。"

陈程拍了拍他的肩,"这就是感同身受吧。"

这时,一个穿白大褂的男人走了过来。这人也是 30 岁左右,脸上架着一副眼镜,一双眼睛微眯着,鼻梁挺拔,面色白皙,脸上的线条相对柔和一些。此时他看起来有些紧张地走过来说:"Brain Connection 技术,也就是我们所说的 BC 技术,它虽然可以读取别人的记忆,但是弊端是会让入侵者代入对方的情感。所以,使用这个技术一定要多加小心。不然,很可能会引发你心中罪恶的一面。"

陈程看着白大褂男人,笑道:"Doctor 顾,你言重了吧。"

这个白大褂正是 Z 组研究科的博士顾程浩,他和康子文是大学同学,同时也是 BC 技术的发明者。顾程浩看着陈程说:"组长,你要知道,任何技术都有不成熟的一面。"

陈程马上抬起手,表示不想跟他讨论这个话题:"Doctor 顾,你发明的 BC 技术大大提高了破案率,甚至连 20 多年前的悬案也能揪出凶手,你不应该感到高兴吗?"

顾程浩微微笑了一下,却笑得有些苦涩:"别误会,我只是客观地表达一下我的看法而已。"

陈程将包着口香糖的纸巾扔进垃圾桶里,又回头对康子文说:"你现在感觉还好吧。"

康子文擦了擦汗,喘了一口气,惊魂未定的样子。他示意自己还好,作为 Z 组的老成员,他早就习惯使用 BC 技术带来的情感冲击了。

正如顾程浩所言,这种技术让你身临其境地体会了杀人犯当时的疯狂,以及受害者当时的那种绝望无助，稍微心理素质不过关的人，都会因此受到心理创伤。想想看，为什么有相当一部分驻伊美军会在战争后因心理创伤而导致人格分裂？如果一个人整天目睹死亡以及屠杀，那他的人格就会在潜移默化中产生扭曲。所以，能进入重案 Z 组的刑警，必定拥有过硬的心理素质，并且定期会进行心理治疗。

康子文看了眼时间，艰难地从椅子上站起来，说道："时间不早了，我得去接孩子了。"

说罢，他便匆匆与两人告别。

此时正是下班的高峰期，康子文坐在地铁上，看着地铁里熙熙攘攘的人群，耳边纷乱的声音像是五月的苍蝇一般令人觉得聒噪。长时间的注意力集中令他现在身心俱疲，没一会儿，他便靠在地铁的窗户上睡着了。

睡梦中，他的记忆回到了 2003 年的夏天。

那年，康子文 17 岁，正在读高二。那个暑假，出奇的炎热，太阳仿佛要将地球融化一般，炙热的光线几乎能将树叶烤焦。

那些阳光下的树荫躲进了贪婪的蝉鸣。

康子文还记得他当年穿着一件阿迪达斯的短袖 T 恤，风风火火地骑着单车，一路上，他早已汗流浃背，但他丝毫没有放慢车速。

他和好友王奕轩约定好了，要去听陈奕迅的演唱会。那是陈奕迅演唱会的最后一天，他好不容易才托人买到了两张票。那年，陈奕迅的《K 歌之王》《明年今日》是他 CD 机里循环播放的歌曲。

单车穿过一片又一片树荫。风呼呼地吹起来，康子文的刘海被吹乱了。他低下头，去看口袋，演唱会的门票还在。

忘了穿过了几个公交站，也忘了穿过了几个红绿灯，康子文最终按下了刹车。

他停在了一处废弃的工地前。这是城市有名的烂尾工地。当年有个开发商买下这块地想盖商品房，刚打好地基，就因为资金链断裂而停工了。工地的四周围蔽了起来，但这阻止不了附近的小孩和拾荒者将这儿当成一块秘密基地。

康子文还记得那工地里堆了一些水泥管，天气热的时候，他们几个小伙伴喜欢钻进水泥管里，或打扑克牌，或听着音乐，无所事事，却乐在其中。

但那天的气氛有些诡异，康子文从围蔽的破洞钻进去的时候，闻到了空气里一丝若有若无的血腥味。他没有在意，而是唤起了王奕轩的名字。

他的叫唤声在空旷的工地萦绕片刻，没有得到回应。天空如水面一样平静，白云的影子停止在野花丛中。

一切那么安静，像时间停止了转动。

然后，康子文一边走，一边继续叫唤着好友的名字。

直到，他停在一个水泥管边。

他目瞪口呆，他的好友王奕轩就躺在水泥管里。

而一把刀，赫然插在王奕轩的胸口……

康子文猛地睁开眼睛，从噩梦中惊醒过来。耳边重新恢复了嘈杂的声音，地铁发出的轻微叹息声，都在提醒他，这是现实中的世界。原来他在地铁上睡着了。突然，康子文眸光一斜，他发现一个穿着校服的少年正坐在他身侧，手悄悄伸向他的口袋，打算偷走他的手机。这个少年假装若无其事地哼着小曲，并没有发现他已经睁开了眼睛。

校服少年没抓到手机，反而被另一只手给抓住了。

他抬起头，颇为愕然地看着康子文。

康子文轻轻捏了捏少年的手，轻声笑道："这可是我的手机。"

校服少年被当场逮住，立即心虚地抽出自己的手，否认道："我什么都没干。你不要冤枉我。"

这时，地铁上另外两个穿着同样校服的少年也赶紧跑过来说："大叔，我们是学生，不可能做这种事。"

康子文嘴上挂着笑意："原来你们是一伙儿的。"

这种小偷小摸的团伙，他当普通民警的时候就见多了。

而那位少年一脸愤懑，生气地怒斥："什么是一伙儿的？我们可是天天向上的好学生！"

康子文上下打量了一眼他们的校服，校服胸襟处绣着学校名称。他认识这所中学，是江城市最有名的重点中学。

"说不定，这校服也是偷来的吧。"他说道。

也或许是从网上淘来的，总之，康子文不认为这几个少年会是这所名校的学生。

校服少年则依然显得怒意盎然，一副含冤莫白的样子，对着康子文道："大叔，你再这样诬陷人，我可叫警察了啊。"

"哦？"康子文挑眉，笑了笑，然后掏出放在怀里的证件："我就是警察。如果你们想报警，我倒没有意见。"

校服少年一下子傻眼了，他的两个同伴也愣了。他们都没想到，这个男人会是条子。片刻的慌张过后，校服少年立即对同伴使了个眼色，示意他们快走，但他的同伴却站在原地没有动。

校服少年恨铁不成钢地气道："你们两个傻子，我叫你们快走。有事我一个人背着就行了。"

同伴摇了摇头，大义凛然的样子："我们不会抛弃你的，要坐牢一起坐。"

没想到这些小鬼，小小年纪，却挺讲道义。康子文对他们有些刮目相看了。

而校服少年亦是满脸的无奈，只好向康子文求饶："大叔，你放过他们。手机是我一个人偷的，要抓就抓我好了。"

康子文笑了笑："看不出来，你们几个还挺讲义气的啊。"

校服少年立即傲气地拍了拍胸口："那是自然。我们出来行走江湖，讲的就是一个'义'字！"

"喂喂喂，小鬼，你是武侠片看多了吧。"康子文一拍对方的脑袋，"今天的事我就不追究了，不过以后你们可不能这样了，一定要回学校好好学习，听到没？"

校服少年的两个同伴倒是立即点头应声道："知道了。"

那个校服少年却别扭地撇了撇嘴，"我叶允安可是个有恩必报的人。今天的恩情我会记得的，以后也一定会报答你的。"

康子文淡淡地笑了笑，没有说话。

那三个少年离开了这里，向地铁的前方走过去，很快便消失在人群中。

第二章

突如其来的
爆炸案

此时地铁已经到站,人群推推攘攘地向着门口涌去。地铁上的电视里正播放着一条财经新闻:"因高层涉嫌泄露机密,导致飞龙集团股价暴跌,其竞争对手蓝天集团顺利中标,获得江城跨海大桥的工程。"康子文平时并不太关心这些商业新闻,所以只是淡淡地瞥了一眼,然后便急匆匆地走出列车。突然,人群后面有人无意中撞了一下他的肩膀。他回头看了一眼,正是这一眼,令他宛如中了魔咒般,站在原地动弹不得。

只见那个擦肩走过去的男人戴着鸭舌帽,对方露出来的侧脸居然……跟他死去的好友王奕轩有几分相似!

是他吗?

不可能!王奕轩已经死了!

那年夏天的记忆又涌回到康子文的脑海里。

胸口染着鲜血的少年,安静地躺在水泥管里。而周围,是静默一般的夏日。

这一幕,在康子文的脑海中挥之不去。

他不可能记错王奕轩的模样。即便过了这么多年,这位好友的音容笑貌仍像昨日般,清晰而深刻地印在大脑里。

愣了几秒钟,康子文才仿佛刚想起一般,急忙奔向地铁一楼大厅。然而此时地铁人流已经散去,人们各奔东西,只剩地铁口周围一些摆摊卖充电宝或者小吃的小摊贩。至于那个戴着鸭舌帽的男人,早已如同空气一般失去了影踪。

一定是我看错了,康子文在心中自嘲。王奕轩十几年前就死了,怎么可能还出现呢?一定是他最近太累了,出现幻觉了。

或许,这是使用 BC 技术的后遗症?

康子文有些挫败地摇了摇头,试图让自己清醒一点。

就在这时,他接到了一个电话。

手机里传出一把着急的女声:"康子文,你在哪儿呀?不是说好要来接蓓蓓的吗?"声音中夹杂了些许焦急和怒意。

康子文歉疚地说:"我已经出地铁了,马上就到。"

他没再多想,急匆匆地走出地铁站,赶到了附近的一所小学门口。

此时已经过了放学的时间,学校门口几乎已经没有人了。他一眼就看到门口正在等他的一个靓丽的女性。

女人一头黑色的直发,脸上虽化着淡妆,但是依旧掩盖不住她的风韵。标准的瓜子脸,一双暗含秋波的大眼睛。穿着一身修身的休闲装,勾勒出傲人的三围。一双修长纤细的大长腿,脚下蹬着十厘米的高跟鞋,身上充满成熟女人的韵味。这位美丽的女性正是康子文的朋友,名叫孔繁倩思。她和康子文以及顾程浩都是大学同学,今天她本是来接康子文的女儿蓓蓓放学的。

"咦?蓓蓓呢?"康子文走过去问。

孔繁倩思微皱着眉,摇了摇头,语气带着些焦急说:"不知道。同学们都走光了,还不见她人影呢。"

康子文担心:"不会被人拐走了吧。"

孔繁倩思急道:"不会吧。你快打电话问问班主任。"

他刚准备给老师打电话,就见蓓蓓的班主任从学校里走了出来。他急忙走上前问道:"李老师您好,我是蓓蓓的爸爸,我们家蓓蓓呢?"

女老师微叹了口气,目光严肃地看着康子文:"康先生,蓓蓓在我的办公室,请您跟我来吧。"

康子文和孔繁倩思对视一眼,两人不知道出了什么事,只好跟着老师走进了学校。

进了办公室内,就见蓓蓓正低着头,一言不发地站在办公室里。

李老师坐回办公椅上,一推眼镜,严肃道:"康先生,蓓蓓今天在学校里和别的小朋友打架。"

康子文闻言,板着一张脸,皱眉问道:"蓓蓓,老师说的是真的吗?你怎么可以跟其他小朋友打架呢?"

他的语气刻意重了些,一直沉默不语的蓓蓓却开始小声抽泣。

"别哭了!快说!怎么回事?!"康子文没有多少耐心,语气也显得焦急。

听完爸爸的指责,蓓蓓哭得愈加厉害,却始终不肯说话。

见状,孔繁倩思温柔地蹲下去,拉着蓓蓓的小手说:"蓓蓓,跟孔繁阿姨说说看,你们为什么打架啊?只要你肯说出来,我保证爸爸一定会原谅你的。"

蓓蓓看了看她,又抬头看了看爸爸,泪光闪烁的双眼惹人怜。她抽噎着鼻子,说:"邱小冬他们都说我是没有妈妈的小孩,说我是野孩子……呜呜。"

康子文一愣,和孔繁倩思相视一眼,两人眼中都涌上了一抹心疼。

这可怜的孩子啊……

孔繁倩思将蓓蓓拥入怀中,轻声哄她,"蓓蓓没有妈妈,但是你有爸爸,也有阿姨啊,妈妈可以做的事情,阿姨也能带蓓蓓一起做,比如……"她秀眸一转,故意顿了一下,然后才缓缓说道,"阿姨今天可以带蓓蓓去游乐园玩哦。"

"啊,真的吗?"蓓蓓转涕为笑,一双大眼睛里还挂着泪珠,但是却神采奕奕地看着孔繁倩思。

"真的。"她点了点头。

蓓蓓又看了眼康子文,小心翼翼地问道:"爸爸……"

康子文叉着腰,无奈地笑了笑,也点了点头:"可以让阿姨带你去。不过你在学校里打架是不对的,所以今天要先给老师认错。"

蓓蓓立马乖乖地抹了眼泪,向老师低头认错:"对不起,李老师,我以后再也不会和其他同学打架了。"

了解了事情的缘由,李老师也大人有大量,微笑着点头,说道:"嗯,知错就改是好孩子。以后不要再犯了。"

"嗯!"

一场小风波,就这么结束了。

康子文一行人跟李老师告辞后,便一同走出了学校。

此时的阳光已变得柔和。天际浸透了茶色,夕阳的余晖给城市的建筑物蒙上了一层朦胧的色泽。

白天的喧嚣和嘈杂在做着最后的挣扎。

那边的公交车站等满了乘客。孔繁倩思没有多想,便走到路边截下一辆恰好经过的出租车,刚要回头招呼康子文和蓓蓓上车,却被一个男人抢先上去了。

那男人穿着整洁的西装,一看就是个接受过高等教育的精英分子。男人手里还抱着一个黑色手提箱。孔繁倩思不悦地看了他一眼，没好气地说："喂，这位先生，这是我们拦到的出租车。"

那个男人冷哼一声："谁抢到就是谁的。"

"先生，凡事都讲究个先来后到，您这样不合适吧。"

那个男人不耐烦地推搡了孔繁倩思一把："让开让开，我还有急事呢。司机，快开车！"

说完便关上了车门。出租车司机也发动了车，车辆缓缓向前驶去，打算汇入车流之中。

"喂！"孔繁倩思望着已经发动的出租车，在原地生气地跺脚。

而站在不远处的康子文从看到两人起争执时便想走过来，但是，突然——

他的脑中一阵剧痛，先是感觉大脑一片空白，然后渐渐地，他眼中的景物变得一片模糊，仿佛进入了断电状态。奇妙地是，少顷，他的大脑便飞快地恢复了清晰。等他再睁开眼，他感受到了奇异的事情——他的视角已经跳跃到了马路对面，而且正在注视着这边的自己、孔繁倩思，以及女儿蓓蓓。

这种现象，就像玩游戏的过程中，突然切换到了另一个游戏玩家的视角。

眼前的画面虽然已经变了，但康子文的大脑依然很清晰，他心中大惊，不知道这到底是怎么回事：这难道是做梦？还是幻觉？我为什么会切换到了别人的视角？

而这个正在马路对面盯着我们看的人，到底是谁？！

就当康子文还未从这巨大的震撼中反应过来，便听到耳边响起了清晰的声音："子文？子文？"

是孔繁倩思的声音。这声音听起来很近，可是又十分遥远，明明近在耳边，却如触碰不到的幻觉一般虚幻。

这是怎么回事？以前从未出现过这样的现象啊！康子文干脆闭上眼睛摇了摇头。等待了几秒后，他重新睁开眼睛——他的视觉又开始模糊起来，清晰之后，马上恢复了正常。

眼前是孔繁倩思牵着女儿蓓蓓。

他的视角切换回来了。

孔繁倩思显然不知道刚才他身上发生的怪事，站在一旁疑惑地问："子文，你刚刚发什么呆呀？"

康子文苦笑着摇摇头,他实在不知道该怎么解释。他下意识地看了一眼马路对面。

对面人流熙攘,并无异常。

孔繁倩思又拍了拍他,愈加生气,"看,我们的出租车都被人家抢先坐上去了。"说罢指着开出去不远的出租车,接着抱怨,"而你还在这里发呆……"

然而,她指着出租车的手尚未放下,那辆出租车居然——"砰"的一声,爆炸了!

燃烧着的碎片迸向四处,火花飞溅,火球如怒绽的红花,喷出美丽的火焰。路旁的行人经历瞬间的愣怔之后,便吓得抱头尖叫着跑开。

街上瞬间一片混乱。

巨大的灼热的气浪扑来,康子文反应极快,多年的刑警生涯锻炼出的本能拯救了他。他迅速拉过身边的女儿和孔繁倩思,一同扑倒在地,用身体保护住她们。

火舌从他们头顶擦过。

耳边是喧嚣的尖叫声和热浪传来的灼热温度,这个场景把年幼的蓓蓓吓得直哭。孔繁倩思将蓓蓓抱在怀里安慰她。等身后的热浪渐渐变小,康子文将她们扶起来,急切地问道:"你们没事吧?"

孔繁倩思心有余悸地拍了拍胸口,然后检查了一下蓓蓓身上,没有发现伤口,这才松了一口气,说:"没事。"

没事就好。

康子文这时才想起爆炸,马上回头去看那辆爆炸起火的出租车。

出租车已经被炸得丝毫看不出车型,四周的碎片散落了一地。此时火势渐小,只见黑烟滚滚,其中还散发着一股浓浓的焦臭味。周围一片狼藉,刚巧路过的行人有几位不幸被炸伤,他们坐在路边不断哀号。有的人在急匆匆地打着120,有的人在打电话报警。整个场面混乱不堪。

康子文皱了皱眉,转身对孔繁倩思说:"你先带着蓓蓓在这里等着,我过去看看。"

孔繁倩思点了点头:"那你小心一点。"

康子文应了一声,然后走了过去。他站在刚刚发生过爆炸的现场的一旁,注视着还在燃烧的出租车。刚刚抢坐上去的那个男人已经被炸死,血肉四溅,焦黑一片。同时牵连的还有前面无辜的出租车司机。

这是怎么回事？出租车怎么会突然爆炸？

思索间，他突然觉得额头上有一股温热的液体流了下来，下意识伸手抹了一下，这才发现原来自己流血了，可能是刚刚爆炸的碎片迸过来时划伤的。他当时光顾着保护女儿和孔繁倩思，连自己受伤了都没有发现。

康子文又抬手擦了擦额头。忽然，他的动作蓦然一僵，难以置信地看着马路对面。

那里居然站着一个跟他死去的好友王奕轩一模一样的人！

这不可能啊！

康子文猛然想起今天在地铁站遇到的那个戴着鸭舌帽的男人，心中隐隐涌上了一种诡异的感觉。等他瞪大眼睛想看清楚时，刚刚还站在街对面的人竟然消失了。

如同幻觉一般。

不，或许，这就是幻觉。

康子文不禁想起顾程浩的警告：使用 BC 技术有可能对代入者引起不可预知的后遗症。

所以，看到死去的好友重新出现，正是后遗症的一种吗？

四下环顾，只见人潮之中依旧保持着刚才的慌乱，但好友王奕轩的影子却消失了。康子文轻叹一声，苦恼地摇了摇头，心中暗道："难道真的是我的幻觉吗？"。

为什么今天会频繁地看到早已逝去多年的好友？康子文心里隐隐有种不安的感觉。

第三章

谁偷走了我大脑中的秘密

眼前明显容不得康子文再多想,他开始专注地观察事故现场。

万幸的是,死者虽然支离破碎,但是头颅依然保存完好。很多人不知道,其实人在死后,大脑并不会立刻停止活动,而是仍然会维持一段很短的时间。只要利用这段时间侵入死者的大脑,就能读取死者的记忆。想到这里,康子文立刻拿出 BC 机。这部机器被伪装成了手机的外形,普通人看不出区别,只会以为它是一部普通的手机。康子文拿上类似耳机的东西,戴在耳朵上。但 BC 技术并不是随意可以启动使用的,任何组员要使用这个技术,只能打电话给 Z 组总部,得到允许后,总部会远程启动。

简而言之,这种技术受到严格限制,并不允许私用。

倘若没有总部的允许启动,这部 BC 机跟一块板砖差不多。

为了尽量缩短时间,康子文立即给总部打电话。很快,电话就接通了,康子文忙道:"组长,延安路出现了一起爆炸事故,看起来像是人为导致的。现在我要对死者进行大脑入侵,请求总部远程启动。"

那头传来陈程的声音:"没问题,我立即叫技术人员启动。"

说罢,陈程便迅速吩咐组里的技术人员远程启动了康子文的 BC 机。

很快,BC 机的启动灯变成了绿色,可以使用了。

康子文马上伸出右手放置在死者的头颅之上。在大街上的路人看到这一幕,都以为康子文疯了,才会做出这么一个极其变态而恐怖的行为。但作为 Z 组的刑警,康子文对此早就见怪不怪了。

他无视其他人异样的眼光,然后闭上了眼睛。刚开始他的眼前是一片漆黑,就像处在一片漆黑的电影院里。突然,画面亮了。这说明,他已经连接上死者的大脑,开始读取死者生前的记忆。由于死者脑部受伤严重,康子文只读取到一些碎片的信息。他看到死者在一个灯光幽黄的房间里,背景像是某处的酒店,然后便是断断续续的声音传来,还有一些凌乱的画面:死者正打电话给某个人,语气愤怒地质问对方是不是偷走了他大脑里的秘密。

随即画面一转,这段记忆画面正是刚才死者抢在孔繁倩思之前坐上出租车的画面,但是在死者的视线中,忽然有个鸭舌帽男一闪而过。

没过多久,画面里出现了火光,这便是刚刚发生的爆炸时刻。然后,整个画面猛地一黑,记忆中止了。

康子文混乱的意识渐渐恢复,他摇了摇头,听觉也开始缓缓恢复,他的身后有个声音清晰地传来:"不许动!举起手来!"

康子文回过神,不敢轻举妄动,慢慢地举起手,作投降状。

那个声音又道:"现在,转过身来。"

康子文依照吩咐转过身,发现一个年轻的警察正举枪指着他。这个警察看起来年纪还小,应该是刚进入警队不久。

年轻警察显然经验不足,看到康子文诡异的行为后表现出十分紧张的样子。他咽了口唾沫,有些结巴道:"你……你在干什么?"

康子文眨了眨眼,心想这年轻人一定是被他刚才读取死者记忆的举动给吓到了,误以为他是凶手吧。

看到这一幕的孔繁倩思跑过来和那位警察解释道:"警官,你误会了。我们是路人。"

蓓蓓也一路小跑着过来,她两手展开,站在康子文面前,然后仰头对着那位年轻警察:"别抓我爸爸,他也是警察。"

年轻警察疑惑地看了康子文一眼,"你也是警察?"

康子文的大脑因受使用BC技术的后遗症的影响,这时才反应过来,他赶紧掏出证件,然后在年轻警察眼前展开,慌忙说道:"哦哦哦,别紧张,伙计,我也是刑警。"

年轻警察看到康子文掏出来的证件,心里放松了警惕,但是当他眯着眼睛,看到证件上写着Z组的时候,脸色微微一变:"你是传说中的Z组的人?"

重案Z组在公安局可是非常神秘的部门。它专门负责悬案,其他组无法侦破的案子,到了Z组就能轻而易举地解开了。所以,Z组在公安内部有'清道夫'的美誉,也就是说,无论多难破的案子,但凡到了Z组的手上,一切难题都将迎刃而解。然而,正因为这点,Z组在其他组的成员眼里却并不受待见。

因为Z组的存在，反而显出其他组的无能。

"没错，我是Z组的人。"康子文点点头。

年轻警察这才放下枪，心里也不免对康子文生出了一点敬意。要知道能进Z组的人，那可都是在警界出类拔萃的人才。

这时，一辆警车赶到了现场，从车上下来一位穿着黑色夹克的男人。这个男人微胖，下巴上布满了胡茬，看起来不修边幅的样子。康子文认识这个人，此人便是重案A组的组长，叫杨志豪。

"杨组长，好久不见。"康子文对着杨志豪笑着点了点头。那杨志豪却只是淡淡地瞥了他一眼，然后便侧过了头。康子文站在原地尴尬地挠了挠头。

刚刚那位年轻的警察见杨志豪来了，便跑过去跟上级汇报。两人先是对着康子文指指点点，不知道说了什么，然后那位年轻的警察又走回来，对康子文说："我们头儿说得帮你们录一下口供。"

康子文点了点头，"没问题，有什么想问的你就问吧。"

年轻警察低头拿着一个本子记录，依例询问康子文："你们怎么会出现在这儿？"

康子文指了指不远处的小学，"那是我女儿就读的小学，我是来接她放学的。"

年轻警察看了一眼康子文手指的方向，然后又低下头一边记录一边问："那在爆炸之前，你们看到了什么？"

康子文如实相告："本来这辆出租车是我们先截下来的。不过，死者抢先坐了上去。"

"等一下。"年轻警察像抓住了破绽，猛地抬起头，"这么说，如果不是死者先坐上去了，说不定被炸死的人就是你们了？"

听到这儿，康子文和孔繁倩思顿时感到背脊一阵发冷，不免心有余悸。

如果这个年轻警察的话是真的，那岂不是他们才是死神的真正目标？

但是，康子文很快想到了什么，说："不对，不一定是出租车引起的爆炸，说不定是那个死者引爆的。"

年轻警察又抬起头，盯着康子文："怎么说？"

康子文回忆道："我看到那个死者上车前手里提着一个黑色的手提箱。我怀疑，那个炸弹就是放在那个手提箱里。"

年轻警察表情一滞:"炸弹?"

康子文根据多年的经验作出了他的判断:"没错,是炸弹,只有炸弹才能引起这么强烈的爆炸。我以前遇过这样的案子。"

年轻警察做完笔录,跑回去问了杨志豪,才又回来说:"你们可以走了。"

康子文向他告辞后,便截下一辆出租车,让孔繁倩思带着女儿蓓蓓先行离开。

"那你呢?"孔繁倩思问。

"我得回局里一趟。"

这件事,有蹊跷啊。

此时,公安局内,一座庄重森严的大楼,曝露在日光的炽热和光亮之中。这栋别院与公安大楼相隔一段距离,犹如离岸孤岛。而这儿,正是重案Z组的总部。它的神秘之处在于,连公安内部的人员也无法轻易进入。院子里此刻一个人也没有,静悄悄的一片,只有梧桐树上的蝉鸣,孤零零地喧嚣着,响彻整个院内,使得整个院落更显异常。

Z组组长办公室,负责人陈程正坐在办公桌前,他留着小胡子,看上去并没有颓废感。别看他年纪不大,却领导着警界最神秘最厉害的部门。此时,办公室里充斥着空调轻微的响动,呼呼的冷气吹出,凉爽极了。办公桌旁边的柜子上有一部留声机,英国老牌摇滚乐队 Pink Floyd 的《The Endless River》的美妙旋律,正如凉凉的溪水般萦绕屋内。

陈程一边嚼着口香糖,一边十分认真地用扑克牌叠着金字塔。

他目光专注地盯着纸牌金字塔,然后小心翼翼地拿起手边的扑克牌,一层一层叠上去。眼看着高高的金字塔就差最后一张就搭好了。

陈程隐隐觉得有些小小的激动,他抿了抿嘴,嚼口香糖的动作也停了下来。在拿起桌上的最后一张扑克牌后的瞬间,他屏住了呼吸,然后小心翼翼地试探着往上放。就在他的手离最终的塔顶只差一步之遥时——

"咚咚咚!"

突然,偌大的办公室里响起了一阵急促的敲门声。陈程神色一紧,手一抖,节奏被打乱了。手里的扑克牌掉落下来,压着了下面的塔顶,整个金字塔哗啦啦地倒成一片。

"啊！Shit！"眼看好不容易就快搭好的金字塔就这么塌了，陈程懊丧地咒骂了一声，带着恼怒看了一眼门口的方向，最后压着些许的怒意喊道，"Come in！"

在门外等着的康子文二话不说，便推开门匆匆地走了进来。

一进门就看到组长似乎不爽的样子。他愣了一下，疑惑地问："组长？你没事吧？"

陈程看了眼塌在桌子上的扑克牌，然后轻飘飘地瞥了康子文一眼，目光阴郁："哦，没事。你有什么事吗？"

"哦，是这样的。"康子文虽然不解陈程为何不悦，但是现在还是说正事要紧。他站直了身子，对陈程正色报告道，"组长，关于今天在延安路发生的出租车爆炸案，我有重要的情况向你汇报。"

"嗯。"闻言，陈程严肃地皱起了眉。他"咔嗒咔嗒"地嚼着口香糖，对着康子文摆了摆手，说道："你先坐下吧。关于这个案子，我已经接到了上级的通知，正想要了解一下。听说当时你就在现场？"

"是。"康子文点点头，将整个事件的经过详细地对陈程汇报了一遍。

陈程听完后，眉头皱得更深了。思忖了半晌，他问道："那你当时从死者的大脑里读到了什么样的信息？"

康子文回道："这也是我要汇报的。我入侵死者的大脑后，发现他曾经跟一个不明人物通过话，而且他们的通话内容很奇怪。"

"哦？"陈程问道，"他说了什么？"

康子文顿了顿，目光微沉，而后缓缓地说："他跟那个人说，'是不是你偷走了我大脑中的秘密'！"

"什么？"听到这话，陈程脸色巨变。他难以置信地看着康子文，像是不敢相信自己的耳朵一样。

他知道康子文想表达什么意思：死者的这句话，是不是表明 BC 技术已经外泄了？

因为 BC 技术的核心，便是获取对方大脑的记忆。这个记忆的涉及面十分广泛，比如有些当事人已经忘记了的往事片段，它并没有消失，只是隐藏在大脑的深处。这种情况下，利用 BC 技术就可以获取到这份已经被当事人遗忘的记忆片段。用简明易懂的话来说，就如同你将一份文档锁在抽屉的最底部，你虽然忘记了它的存在，但只要打开抽屉，你就可以找到它，就可以重新将它取出来。

陈程面色微沉，低头沉吟了一会儿，依旧百思不得其解。

"这不可能啊。"他突然抬头，笃定地说，"BC技术一直在警方的严控之下，不可能外泄。就连媒体也没有得知这项技术的存在。"

作为警方机密中的绝密，知道BC技术的除了Z组人员，就只有警界最高层了。而且，这项技术要外泄，难度很高。这可不仅仅是偷走一部BC机就能获得这里面的技术那么简单。真正核心的技术，掌握在Z组的研究科里。即便研究科里有人泄露了这项技术，要想加以运用，也是一件难事，需要庞大的财力才能支持这项技术的运用。简而言之，BC技术的保密程度等同于核技术。

正是因为知道这项技术不可能外泄，康子文才万分困惑。他叹了口气，无奈地说："我也知道这不太可能，但是不怕一万，就怕万一。"

是啊，也不是完全没有这种可能。

陈程站了起来，开始在房间内踱来踱去。留声机的悠悠旋律中，他与康子文都沉默了起来。

陈程思考着各种可能性：先撇开技术外泄的问题，康子文从死者大脑中读取的那句话，会不会本身就有歧义呢？

这句话的原意是：是不是你偷走了我大脑里的秘密。从句子的字面意思来看，就是对方从某种渠道得知了死者的秘密。而这个渠道，未必是通过BC技术获取的，也有可能是通过窃听，又或者是窃取了死者的机密资料。更有甚者，曾经有人试过利用催眠术来获取信息。于是，这句话可以延伸出多种可能性。只不过由于康子文是BC技术的接触者，所以第一时间就将这句话与BC技术联系了起来。

听了陈程的分析，康子文也觉得有理。不过，BC技术外泄这个可能性依然不能排除。

想了想，陈程曲起手指，在桌上轻敲了两下，然后拿起桌上的电话，拨通了一个号码。

他对着那头说了一句"来我办公室一趟"，就挂掉了。

没过多久，就听到有人匆匆地敲响了办公室的房门。

"进来。"陈程对着门外喊了一声。

就见顾程浩推开门走了进来。他身上还穿着工作室的白大褂，脸上架着一副眼镜，额头上还有细密的汗水。应该是刚刚还在工作，被突然叫过来的。

顾程浩看到康子文也在屋内，略略惊讶，轻轻颔首算是打过招呼，然后问陈程："组长，你叫我来是有什么事吗？"

陈程目光凛然，将康子文刚才的报告重述了一遍。

"什么？"这次，轮到顾程浩忍不住惊讶地喊了出来。

"可是这根本就不可能啊！"他下意识地摇了摇头，表示否认，"我们的技术是绝对保密的，绝无可能泄露出去。"

"是啊。"陈程点了点头，"BC技术的保密程度堪比军事机密，泄露的可能性微乎其微。"

"但是……"顾程浩微微低着头，思考了一瞬，话锋一转，皱着眉叹道，"微乎其微不代表没有可能。我觉得我们应该谨慎以对。"

毕竟，BC技术是一项绝密，不能仅凭常理来推断它是否已经外泄。倘若真的已经外泄，那对社会的影响是不可估量的。因此，陈程也认为不能放松警惕。他坐回到座位上，拿起一张扑克牌，神色肃穆，"看来，我们得深入调查这件出租车爆炸案了。"

"可是，"提到这个案子，康子文为难地摊了摊手，"组长，这个案子现在分给了A组，我们恐怕没办法深入调查吧。"

陈程听闻后苦恼地皱了皱眉。现在的情况确实是这样，因为根据内部规则，只有其他组无法取得突破的案子，才会交给Z组处理。

所以这次的爆炸案，即便Z组想插手，也得配合其他组一起行动。而负责此案的，又是重案A组。

一想起A组，陈程就感到头疼。一直以来，A组对Z组的存在就颇有异议。当年BC技术还没研发出来之前，重案A组算是警界里的精英。然而自从Z组横空出世以后，便夺走了所有人的眼球，更何况Z组的破案率几乎是100%，连多年的悬案疑案都被查个真相大白，这让A组的成员大受刺激，自此便将Z组当作头号眼中钉。要让A组配合，可谓难于上青天。尽管如此，陈程作为组长，还是得亲自出马。他无奈地摇了摇头说："没办法，我去跟A组的负责人谈谈吧，说不定他们会同意呢。"

现如今,也只能这样了。

"那你们先回去吧,等有消息了我就通知你们。"陈程对着康子文和顾程浩挥了挥手,示意他们出去。

康子文和顾程浩只好先行离开。

第四章 \

与头号嫌犯的
初次交锋

Chapter ❹

　　这次接到爆炸案的确实是局里的 A 组，而且重案 A 组的这次行动也十分迅速，在接到案子的第一时间就查明了死者的身份，并展开了一系列的调查。

　　死者名叫李帆，是飞龙集团工程部的负责人。根据调查，李帆生前因为涉嫌泄露公司机密，刚刚被飞龙集团解雇。而这次泄密事件导致飞龙集团在投标过程中输给了竞争对手蓝天集团。

　　"如此看来，这次的爆炸案会跟这次中标有关系？"

　　重案 A 组的会议室里，四周昏暗一片，只有一束强光映着会议桌正前方的幕布。一个男人站在幕布旁边，他就是 A 组的组长杨志豪。此时他正指着幕布上调查得来的所有资料做分析，A 组组员则趴在桌子上热烈地讨论着，寻找案件中出现的蛛丝马迹。

　　忽然，传来的一阵敲门声阻断了所有人的讨论，大家的目光不约而同地看向了会议室的大门。

　　正在主持会议的杨志豪皱了皱眉。他拍了拍桌子，将大家的注意力重新吸引过来，然后走过去开门。

　　刚打开门，外面的日光便倾泻了进来。杨志豪不太适应地眨了眨眼睛，一时间有些没反应过来面前的人是谁。过了几秒之后，他才看清，陈程正微微靠在门口，嘴里依然嚼着口香糖，发出烦人的"啪嗒"声，还对着他嬉皮笑脸地说道："老杨，出来一下，我有事跟你商量。"

　　杨志豪的脸在认出陈程的时候立马就拉了下来，他不太喜欢陈程这个人，总觉得他作为一名警察，却一点警察的样子都没有，上班时间还喜欢嚼口香糖，像是街上的小混混。

　　更重要的是，就是这么一个人，竟然做了 Z 组的老大，局里有什么解决不了的案子，都要交给他处理。

想到这里，杨志豪更加不悦，但又碍于面子，只得硬着头皮走了出去。他没好气地看了陈程一眼，态度冷硬地问道："什么事？"

"嘿嘿。"陈程对着杨志豪谄媚地笑了笑，"跟你商量个事呗。这个案子，能不能让我们Z组一起参加？"

"不行不行！"几乎在陈程说完的一瞬间，杨志豪就拒绝了。

开玩笑！平日里Z组总是神神秘秘的，而且复杂的案子总会被他们抢去，今天居然都抢到他头上了？！更何况，局里面也有规定的，分配给小组的任务，别的组是不能参与的。

他对着陈程摆了摆手："这是我们A组的案子，我才不让你们组插手呢。"

陈程拉着杨志豪的胳膊，开始软磨硬泡："老杨，不要这样子嘛。就凭我们哥俩的交情……"

还没说完，就被杨志豪给无情地打断了："哎哎哎，千万别，我跟你可没什么交情。"

陈程似乎早就预料到会是这种情况，他也没生气，只是神秘一笑，开始一脸八卦地问："老杨，我听说你对鉴证科的女神小刘有意思啊？"

杨志豪脸色微变，他看了看四周，发现没人听见，才压低了声音怒道："你……你听谁胡说呢。"一张大黑脸隐隐有泛红的趋势。

陈程拍了拍他的肩膀，笑道："我也是道听途说的嘛。那小刘跟我是挺熟的，本来嘛，你想约她吃个饭啥的，我帮个忙也是举手之劳。不过，既然你老杨没有这意思，就算了。那我先告辞了。"说完，他作势便要离开。

结果刚转过身要走，就被杨志豪一把拉住："陈程，你瞧你，急啥急呀，我又没说对小刘没意思。你真能帮我约到她？"

陈程回过头，脸笑得贼兮兮的，"那必须啊！不过……"他装作为难的样子，微皱着眉，缓缓说道，"刚才我说的那事，不知道……"

"这个……"杨志豪沉默半晌，在做了半天的思想斗争之后说，"让你们组插手这不符合规矩啊。不过，关于这个案子的进展，到时候你想知道啥，我倒是可以告诉你。"

"行行行！"陈程高兴地伸出了手，"那一言为定。"

"一言为定。"杨志豪也伸出了手，表示交易成交。

自从杨志豪答应给陈程透露爆炸案的消息之后,陈程便三天两头地往 A 组跑,而且还一直跟在杨志豪的身后,不管他去哪儿,陈程就跟着去哪儿。没过多久,杨志豪就对陈程的这一行为表示了极度的不耐烦。

终于在某个炎热的中午,在陈程尾随着杨志豪进入洗手间之后,爆发了!

"我说你能不能别跟着我了!"杨志豪崩溃地对着陈程吼道。

陈程被他吼得有些发愣,一脸无辜道:"谁跟着你了,我也来上厕所啊。"

"……"

这理由,必须给满分。

"唉。"杨志豪十分无奈,叹了口气,"老陈啊,现在这个案子我们也在调查中,等案子有了结果,我一定告诉你行不行?"

陈程一听这话,瞬间瞪大了眼睛:"有了结果?你是说等过一两个月,你们把案子查完了再告诉我吗?那我还参与个屁案件啊!"

"这个案子是我们的,即使你知道了其中的事情,也不能参与调查啊,那你知道这些有什么用啊?"杨志豪对着陈程苦口婆心地劝说。

陈程有些急了。"你不是说我想知道什么就告诉我的吗?老杨,你可不能赖皮啊!再说,"他突然神秘地笑了一声,从口袋里抽出一张小纸条,"小刘女神那边我可是搞定了。今天晚上,我跟她约好了在这家西餐厅见面,错过这个机会,可就没下次了哦。"

见状,杨志豪便想把纸条夺过来。不过陈程哪会让他得手,立即缩回了手。

"哎哎哎!咱说好的,一手交钱一手交货。"

"这比喻好像不恰当吧。"

"我管你,反正公平交易。"

"行行行。"杨志豪对他摆了摆手,"你想知道什么你就说吧。"

陈程正色道:"现在你们所调查的全部。"

杨志豪说:"……算你狠。"

于是,两人便在厕所里完成了一次消息转述。

终于得到 A 组消息的陈程兴冲冲地第一时间回了 Z 组,他在回来的路上还赶紧联系了康子文,所以当他前脚走进 Z 组的办公楼之后,康子文后脚就跟了过来。

康子文之所以这么着急,是因为这件案子不光关系着 BC 技术,他总觉得这个案件还跟自己死去的好友有什么隐约的联系，所以对这个案件十分上心。

两人刚刚走进了办公室，康子文便急切地问："资料呢？"

"额……"陈程顿了顿，"没有。"

"没有资料？"康子文疑惑地看着他，"你不是有爆炸案的消息了吗？"

"是啊！"陈程挠了挠头，"可是是口头转述的，所以没有文本资料。局里有规定，各组之间是不能插手其他组的案子的，所以他也只能把消息告诉我，资料是不可能交给我的。"

"唉。"康子文叹了一口气，"好吧，那他们最近有什么消息？"

陈程坐到椅子上，皱着眉，沉吟了半刻，说："根据A组提供的线索，他们通过调取死者的通信记录，发现死者确实在生前曾经跟人通过话。而且我还专门问了下时间，跟你入侵死者记忆时，看到的死者跟不明人士通话的那段时间很吻合。"

康子文皱眉："那么这通电话，便是这起案件的关键了。"

"对。"陈程点了点头，"A组通过调取死者的通信记录，因为手机号码都实行了实名制，所以很容易便能查到那个人是谁。"

"已经查到了吗？他是谁？"康子文略带欣喜。

陈程顿了顿："蓝天集团的总裁——汪文广。"

蓝天集团？！康子文皱了皱眉，他隐约觉得这名字似乎在哪里听过。

陈程又接着说："蓝天集团有一个竞争对手，是飞龙集团，而死者李帆生前便是飞龙集团工程部的负责人，他因为涉嫌泄露公司机密，刚刚被解雇。而正是这次泄密事件导致飞龙集团在投标过程中失败，输给了蓝天集团。"

康子文摸了摸下巴，沉吟道："这么说来，这个蓝天集团的汪文广十分蹊跷啊。看来我们得好好调查一下他。"

陈程点点头。"不过……"他叹了口气，接着说，"如果想要调查的话，现在只能通过A组，明天我们去找杨志豪谈谈吧。"

"好。"康子文点头同意，现在也只能这样了。

第二天。

蓝天集团所属的大厦，坐落于市中心繁华的地段，窗明几净的办公楼在阳光的照射下熠熠生辉。

此时正是午休时间，一个男人正慢条斯理地走出办公室。此人有些微微发胖，面色温润，身上有一种儒雅的气质，总是微眯着一双眼睛，看起来笑意盈盈的样子。

他穿着一身剪裁合身的西装，材质看起来就价格不菲。此人就是蓝天集团的总裁汪文广。因为中午公司里的大部分员工要么去食堂吃饭了，要么回去休息了，所以现在公司里鲜有人在，有些冷清。

汪文广出门之后，就缓步走进了公司的电梯间。

电梯门刚一打开，他就愣了一下。

电梯里还有个男人，正冲他微微一笑。此人身高略矮他几厘米，皮肤黝黑一些，戴着一副商务眼镜，一双微眯的眼睛透着精明的光芒，整个人看起来城府颇深。

哦，是他。

汪文广表情微微一滞，而后露出一丝流于表面的微笑。

此人正是他一直以来的合作伙伴，名叫谷庆涛，在公司里的地位仅次于他。两人合作多年，算是知根知底。

汪文广步入电梯，两人相视一笑。

电梯开始缓缓下降。

汪文广思索了一下自己接下来的安排，率先打破了沉默，"庆涛啊，等会儿去附近的餐厅吃个午饭，如何？"

谷庆涛笑着回："没问题。刚拿下江城跨海大桥这个项目，是该好好庆祝一下。"

"是啊。"汪文广看起来心情不错，笑眯眯地点了点头，"接下这个项目，会让我们公司的利润翻倍，不出几年时间，我们公司就将成为同行业的全国第一。"他意气风发地说着，似乎公司未来的宏伟蓝图就在他眼前。

谷庆涛跟着笑了笑，望着电梯上不停跳动的数字，目光一顿，忽然说了个题外话："听说了吗？飞龙集团的李帆被炸死了。"

"啊。"汪文广眉头一皱，看起来颇为惊讶，"怎么会这样？"

谷庆涛摇了摇头："我也不知道，兴许是他跟什么人结下了仇怨吧？"

说到这里，电梯上的数字正好跳动到了数字1。

电梯门缓缓打开。

两人正准备出去，刚迈出脚，就瞥见不远处的服务台前站着两个男人。

其中一个人嘴里还叼着一根烟，正目光闪烁地四处张望着，许是缓缓升上来的白烟太呛人，他微眯起了一双眼睛。而他身边跟着一个小年轻，那个小年轻虽然看起来一脸稚嫩的样子，但眼神十分沉稳，脸上的表情也十分警惕。

这俩人一看就不是公司里的职员，他们正在向前台咨询着什么。

汪文广正盯着两人思忖他们的来历时，一瞬间，仿佛背后长有眼睛，那两个人也刚好回过头。

双方目光接触了一会儿，汪文广就看到那个抽烟的男人顺手将手里的半截烟掐灭在了前台的烟灰缸里，随后目光坚定地朝他走过来。

那个小年轻也紧紧跟在后面。

这两人不是别人，正是杨志豪和他的下属。

由于这次的出租车爆炸案中，有很多证据都指向了蓝天集团以及汪文广，因此重案A组的组长杨志豪决定亲自来蓝天集团一趟，准备将汪文广带回警局接受询问。为了不打草惊蛇，杨志豪还特地穿着便服，专挑了午休的时间，带着下属一起过来。

没等多久，汪文广就出现了。

看到这两个陌生的男人走过来，汪文广站在原地，和谷庆涛面面相觑。早已经见惯了大风大浪的汪文广此时虽然面色如常，但大脑却飞速旋转着，揣测着这两个人的目的。

对方很快就走到了他们跟前。未等汪文广开口，那个刚刚抽烟的男人便利落地从怀里掏出证件，然后递到了他面前。

"请问你是汪文广先生吗？"

杨志豪面无表情地问道。

汪文广看到警员证，心中顿时"咯噔"一下。他迟疑了一会儿，才点头问道："你们是警察？有何贵干？"

"是这样子的。"杨志豪脸上的表情依旧毫无起伏，"我们有件案子，想请你回去协助调查。"

话音刚落，站在汪文广身侧的谷庆涛就不满地插嘴道："究竟是什么事？汪总裁可不是你们想抓就抓的。"

"不不不。"杨志豪连忙摆手，解释道，"汪先生别误会，这次只是协助调查，是有关一件汽车爆炸案的。"

汽车爆炸案？汪文广和谷庆涛对视一眼，他们在第一时间便想到了，这件案子也许跟飞龙集团的那个李帆有关。

"可是……"谷庆涛还想再说什么。

但是话音未落，便被汪文广挥手打断了，他看着杨志豪，目光微顿，说道："好，我跟你回去。"

说完，又扭头对谷庆涛交代："你先走吧，我去去就回。"

谷庆涛欲言又止地看着他，但是又不好说什么，只能眼睁睁地看着汪文广跟着那两位警官走出了公司大门，然后上了一辆黑色的轿车，绝尘而去。

谷庆涛站在原地思忖了半晌，目光闪烁，不知在想些什么。他站了一会儿，随后也离开了公司。

此时，庄重肃穆的警徽悬挂于大楼的正中央，在阳光的照耀下闪烁着微光，宣示着正义和威严。而在重案A组的审讯室，昏暗的房间内只开了一盏白炽灯，映着四周的阴影，灰茫茫一片。

杨志豪双手交握着放在桌上，目光一动不动地盯着汪文广。

房间里静悄悄的，俩人相视着沉默。

汪文广被杨志豪的目光看得极不自在。

他眉头微皱，语气有些不耐烦地问道："杨警官，你有什么想问的就赶紧问吧。"

杨志豪的目光稍微收敛了一些，他清了清嗓子，正色道："汪先生，等会儿我提出的问题，希望你可以如实回答。"

汪文广点了点头："我一定如实禀报。"

杨志豪拿出准备好的档案袋，从里面抽出来一张照片，然后举到汪文广的面前。这张照片上的人正是李帆。

"请问你认识这个人吗？"杨志豪一边问，一边眼睛微眯地观察着汪文广的表情。

汪文广抬头，淡淡地瞥了一眼照片，无所谓地耸耸肩："自然认识，他是飞龙集团工程部的负责人。"

杨志豪又问："你和他是什么关系？"

汪文广摇摇头："我和他没什么关系，只是生意上有过往来，曾经一起吃过饭。"

杨志豪闻言一顿，又拿出一张单子，上面是电信公司打印出来的通讯记录："3月9日晚上10点，也就是案发前一晚，他曾经打过一通电话给你，是这样子吗？"

汪文广看了眼那张单子，眉头微皱，一副佯装回忆的样子，半晌才说道："哦，我记起来了，他当时确实跟我打过电话。"

杨志豪顿了顿："那么电话的内容是什么。"

汪文广说："无非是飞龙集团在竞标中败给了我们，他李帆就被怀疑泄露了公司的竞标价而被开除，继而怀疑到我们头上。"

杨志豪又问："那你们公司有没有窃取飞龙集团的机密？"

汪文广闻言皱了皱眉，而后正色道："警官，你这么说可是诋毁，我们蓝天集团做事正派，如果有任何违法违纪的事，请你们拿出证据！"

杨志豪察觉自己似乎有些失言了，他笑了笑，说道："汪先生请息怒，我只是做个推测而已。"

汪文广瞥了杨志豪一眼，不满道："警官，你不会怀疑是我杀了李帆吧？我哪来的作案动机呢？"

杨志豪尴尬地摸摸鼻子，觉得自己今天确实是有些冲动了，他笑了笑："这个嘛，还须进一步调查。我们警方不会放过一个坏人，也不会错怪一个好人，这点请你放心。"

就在这时，审讯室门外响起了敲门声。杨志豪皱皱眉，正想着是谁在他审讯的时候打扰他，就看到陈程小心翼翼地推开了门，对着他勾勾手指，示意杨志豪跟他出去。

杨志豪无奈地对着陈程翻了个白眼，然后笑着对汪文广说了一声："稍等一会儿，汪先生，我马上就回来。"

说完便留下汪文广一个人在审讯室，自己走了出去。

第五章 \
误入"大观园"的小徒弟

杨志豪出去之后,发现除了陈程外,还有一位 Z 组的成员康子文也在,他便把刚刚想要跟陈程说的话咽了回去。

陈程笑眯眯地对他说:"老杨啊,这里说话不方便,你跟我们过来。"

杨志豪不情不愿地跟着他们来到了走廊的一角。

刚到角落里,康子文就迫不及待地开口说道:"杨组长,我觉得这姓汪的肯定有问题,不然蓝天集团的标价怎么可能比飞龙集团的标价刚好高出那么一点儿呢。"

杨志豪闻言,瞥了康子文一眼。这件事他也知道,在竞标时,蓝天集团的报价是 10.01 亿,而飞龙集团的报价是 10 亿。这 100 万的差距,听着就很是蹊跷,绝不是巧合。

不过,他低头沉默了一会儿,摸了摸鼻子无奈地说:"虽然我也觉得蹊跷,但这事得有真凭实据。"

陈程急忙道:"所以得仔细调查汪文广这个人啊,说不定他就是放炸弹的凶手。"

"哎哎哎。"杨志豪对着他们摆摆手,"两位,这是我们 A 组的事务,我希望你们不要过多插手,如果有最新情况,我会及时告诉你们的。"

"哎,老杨,你这……"陈程还想再说点什么。

结果被杨志豪直接给打断了:"老陈,你想知道的我都告诉你们了,你现在怎么还插手到我们调查谁上面了?要不要我们 A 组都归你管啊?"

说完,杨志豪冷哼一声,头也不回地走回了审讯室。

康子文和陈程两人无奈地对视一眼,叹了口气。因为吃了个闭门羹,他们只好走回 Z 组的区域,两人一边走,还一边窃窃私语。

康子文说:"组长,要不要向上级申请对汪文广启动 BC 技术,只要入侵他的大脑……"

话没说完，就被陈程摆摆手阻止了。

陈程摇了摇头，说："不行。你很清楚，Z 组的第一条规则，就是不能随意对任何人使用 BC 技术。只有在常规侦查手段无法破案的情况下，才能动用这项秘密的技术。"

康子文叹了一口气："我明白了。"

陈程拍拍他的肩膀安慰道："放心，事情总会水落石出的。"

说完，他忽然想起一件事，拍手道："对了，今天我们组来新人了。差点把这事给忘了……"

瞧这组长的笑容，就感觉有点奸诈呢。

果然，他对着康子文笑了笑："嘿嘿，我准备把他交给你。作为老组员，你得好好提携一下后辈哦。"

果然是这样……康子文装作头疼似的扶额："哪个白痴会想进 Z 组啊？我们组可是被当怪物看的啊！"

"呸。谁敢把我们当怪物？！我们可是很正常的好吗！"

"……"

Z 组里面最不正常的人，恰恰就是这个组长！

这两人就这么一路说着走着，很快就回到了 Z 组大楼里。走廊上，远远便看到有一个年轻人正站在电梯门口，像是在等人的样子。他站在电梯口，看到陈程和康子文走过来，先是暗里打量了几眼，然后向他们走了过去。待走到两人面前，立即站直了身子，对着康子文敬礼道："组长好，我是今天加入 Z 组的新成员，我叫刘风朔。"

康子文看着他，觉得这个小年轻十分眼熟："咦？你不就是那天拿枪指着我的警察？"

原来，这个刘风朔不是别人，正是在爆炸案现场用枪指着康子文的那位年轻警察。

刘风朔显然也认出了康子文，他尴尬地挠了挠头，一脸歉意地说："那天真是不好意思，我不知道你就是 Z 组的组长。"

康子文强忍着笑意，对刘风朔摆摆手："你错了，我不是组长，组长是这位。"他指指身边的陈程。

刘风朔更尴尬了，又羞又急，连脸都红了，他赶紧一边对着陈程伸出手，一边语无伦次道："啊！对……对不起，组长好！"

陈程在一旁冷哼一声，佯装生气的样子："我去，连组长都能认错，你还是回A组去吧。"

刘风朔难堪地挠了挠头，脸比刚才更红了，心里的恐慌已经盖过了刚刚等人时的紧张，心中更是害怕地想着：这下可是直接惹领导生气了，以后还怎么混啊。

康子文看着刘风朔窘迫的样子，有些不忍地拍了拍他的肩膀，笑着说："别介意，组长逗你玩呢。"

说完，他又对陈程说道："好了，组长，别欺负新人，他以后可就是我的徒弟了。"然后一把揽住了刘风朔的肩膀，一副母鸡护崽的架势。

陈程耸耸肩，收回了脸上生气的表情，又恢复了往常笑眯眯的样子。他对刘风朔说道："好吧，就不跟你开玩笑了，我叫陈程，是Z组的组长。"

"还有这位。"陈程拍了一下康子文的肩膀，"这位是我们Z组的重要成员，叫康子文。你之后将被分配到他的手下，如他所言，你将是他的徒弟。"

"师父好！"刘风朔立即站直了向康子文敬礼，声音十分敞亮地喊了一声。要不是刚刚康子文帮他解围，他恐怕要在原地窘迫死了，所以这声问好喊得格外亲切。

陈程和康子文相视一笑，内心同时发出一声感叹：这孩子真是太实诚了！

"那么，这孩子就交给你了啊。我还有事，要先走了。"陈程看了看手表，头也不抬地说道。

"没问题，放心吧。"康子文回道。

"记得带他熟悉熟悉Z组的环境和规矩。"说完，陈程便急匆匆地离开了。

等陈程的身影消失在走廊上，康子文才扭过头，对刘风朔说道："朔仔，你先跟我进来吧。"

"嗯？好。啊……朔仔？"

朔仔是什么鬼？对这个新鲜的称呼，刘风朔内心里是拒绝的。

"那称呼你啥好呢？小刘，小风，小朔？"

"叫我小刘就好。"

"嗯。好的,朔仔。这边请。"

"……"

这位师父是故意的吗?刘风朔有点蒙。

而康子文已经长腿一迈,走了出去。刘风朔身为小徒弟,只得赶紧在后面小心翼翼地跟上。

一边走,康子文一边说:"要进Z组,必须要搭乘我们Z组的专用电梯。"等走到一个电梯口,他将脸庞对准了电梯按钮处的一块小屏幕。随即,屏幕便开始分析他的五官特征,仅一秒,他便通过了验证。

这种"刷脸"技术虽称不上先进,但足以起到安全作用。

连坐电梯都需要这么高端,刘风朔不禁惊讶了。一直听说Z组充满神秘感,这一次,他算是切切实实地见识到了。

"傻愣着干吗?快进来。"康子文笑笑,招呼刘风朔走进缓缓打开的电梯。

可刘风朔刚跟着走进去,电梯里便响起了警报:"你的身份未经过验证。请退出。"

咋回事?

"哦。我忘了。"

"啥?"

"你也得刷一下脸。"说着,康子文将刚收的小徒弟拉出电梯,录入了他的面部信息,又经过了刷脸验证,这才顺利进入电梯。

"我们的电梯是直达Z组办公层的,而且只有Z组的成员以及警界高层才能进入,其他外人是上不来的。一旦有没经过验证的人闯入,电梯就会停止运作,同时,响起警报。"

在电梯上升的间隙,康子文对小徒弟解释道。

没多久,电梯门就打开了。这栋大楼并没有几层,而且上面几层都是幌子,真正的Z组其实在地下,这从建筑物外面是看不出来的。师徒俩走出电梯,只见外面是一条长长的走廊,十分寂静。康子文一边走,一边面不改色地指指上面,解释说:"这条走廊的上面都是监控,且所有的监控毫无死角。也就是说,无论是谁进入这条走廊,都会被监控拍到,除非他会隐身术。"

刘风朔抬头看了一眼,果然看到许多闪着红点的摄像头。

走廊尽头是一道灰色的门,就像科幻片里的那些机械门一样。康子文说,这是一道密码门，出入都需要密码。而且这扇门是特制的，起码可以抵抗普通的炸药之类的，只要遭到破坏，就会触动报警器。

"可是，我不知道密码呀。"刘风朔困惑道。

"哦。"康子文显得很随意，告诉他说，"你的密码就是你的警员ID。"

"什么？"刘风朔有点不敢相信，"密码就这么简单？"

如果知道他的警员ID，就能打开这道门了？这和之前电梯的刷脸技术相比，似乎逊色了不少呢。

不过，康子文嘴角挂着得意的诡笑。

"其实，这是一个圈套。"

"哈？"刘风朔被唬得一愣一怔的。

"这是一道双重密码。"

第一道密码是警员的ID，第二道密码其实就隐藏在按键里。当输入密码的时候，按键会接触到指纹，从而验证对方的指纹是否符合。也就是说，密码锁只是表面，真正关键的是指纹锁。

除了Z组成员，外人是不会知道这道陷阱一般的设置的。

听到这儿，刘风朔更惊讶了。在没进Z组之前，他就觉得这里跟其他组明显不同。但是没想到刚进来就遇到这么多关卡，一时之间，他都不知道该怎么反应了。

而康子文站在Z组门口，准备按下密码时，手却忽然停住了，顿在半空中。他扭头盯着刘风朔，目光中带着一丝警惕："朔仔，你应该签过保密条款了吧。"

刘风朔重重地点了点头。在申请转来Z组之前，上面就让他签了保密条款。

其实不光是他，任何Z组的成员都必须签下这样的条款，那就是绝不能将Z组的事情往外透露。所以大家只知道局里有一个Z组，但是Z组内部的所有情况，没有一个除Z组之外的人知道。

如果泄露了Z组的情况，最轻的处罚是开除，最重的，则是判刑。

不管是有意或者无心，一旦泄露了机密，就要受到格外严厉的处罚。这正是Z组能一直保持神秘感的原因。

康子文这才放心地打开了密码门。沉重的大门在"滴"的一声后，便应声打开了，刘风朔抱着期待的心情踏进了Z组。

Z组内部的装修有点后现代风格,分为复式上下两层,其中一面墙是一扇巨大的落地窗,阳光洒落了整个大厅,将房间照射得闪闪发亮。一楼是一排排摆得整整齐齐的办公桌,桌子的颜色相隔之间都搭配得很好看。这不像是公安局的办公室,倒像是那些外企里白领的办公室。

办公室里现在只有三个人在。一个人留着长发,背对着他们,另一个戴眼镜的年轻人在玩手机,还有一个人则在练哑铃。这两人饶有兴趣地盯了新来的人一眼,又低下头去各忙各的。那个玩手机的,看样子是在玩最新出的手游。

刘风朔默默地跟着康子文来到其中一张空着的办公桌前。

这以后就是他工作的地方了。

看着这张即将属于自己的整洁桌子,刘风朔心情多少有些激动。他竟然能成为Z组的一员,这是他做梦都没有想过的事情。他兴奋地在办公桌前坐了下来,桌面上十分简洁,除了一台电脑和一个笔筒,便无其他。他想着以后该怎么装饰一下他的私人地盘。这就像每个新学期开始,分配到新座位的同学便会着手整理自己的课桌。

"朔仔,我给你介绍一下同事吧。"康子文在偌大的办公室里随手指着那个玩手机的男人,他长得比较瘦弱,气质就像死宅。

"这位是肖赜。"康子文介绍说。

"你好,我叫肖赜。"肖赜站起来,自我介绍道,"我今年23岁,刚大学毕业,我的爱好是动漫和游戏。补充一点,我不宅。"

"你好,我叫刘风朔。"

"而这位,叫王大铁。"康子文指向正在练哑铃的肌肉男。

对方立即热情地凑上来,紧紧握住刘风朔的手:"你好,新同事。我叫王大铁。"

"哦哦!你好。嗯……"

刘风朔刚握住手,脸色就微变。这王大铁的力量也太足了,感觉能把他的手骨给捏碎啊。

"得了,大铁,你想废了人家的手吗?"

幸好康子文出来解围,一把拍开王大铁强壮的手臂。王大铁也意识到了失态,尴尬地笑了笑。

"你们两个。"康子文拍了拍刘风朔的肩膀，"这位是刘风朔，你们叫他朔仔就行。"

刘风朔忙不迭地纠正："你们叫我小刘就行。"

"啊！朔仔你好。"

"朔仔，真是一个好名字啊！"

这两个人，也是故意的吗……

总之，肖颐和王大铁按捺不住内心的热情，感叹道："哇！想起来，Z组好久都没来新人了啊。"

"是啊是啊，以后进了Z组我们可都是一家人了。"

刘风朔一听这话，忙对着二位点头："是，以后还请前辈多多关照。"

肖颐和王大铁两人异口同声道："没问题啊！"

"咦，对了。"康子文的视线忽然转向另一边。在角落一处的办公桌前，一个女生正背对着他们照镜子，好像在专心化妆。

"她叫陈若彤，是我们组里的警花。"康子文正色道。

就在这时，对方回过头来，露出了她的真面目。果真是一位美女啊！这姑娘明眸皓齿，皮肤如同豆腐般细嫩，而且还是鹅蛋脸，脸上一双又大又亮的杏核眼，还有高挺的鼻梁，更重要的是身上散发出的那股子英气，让人不敢轻易靠近。她一边走过来，一边笑吟吟地朝刘风朔伸出手："你好，我叫陈若彤。"

"哦，你好，我叫刘风朔。"看着美女伸出来的纤纤玉手，刘风朔显得有些拘谨，有点不敢握上去。

"对了，师傅，我们组里就这么几个人吗？"

和来之前想象的不一样，Z组看起来颇为冷清。与拥有几十号成员的A组相比，这儿的人数少得可怜。

"是的，我们组里刑事科只有五个人，加上你，刚好六个。"康子文说道，"所谓兵不在多，贵于精嘛。"

这句话，十分有道理。

刘风朔想了想，还有一点不解："大家是怎么进入Z组的呢？"

关于这点嘛，各人的遭遇并不相同。

肖颐读的并非警校，但是他上过一档关于脑力的综艺节目，便被陈程挖来当警察了。也就是说，他一毕业就直接进入了Z组。

王大铁之前是部队士兵，在部队的考核中十分突出，也被陈程挖来了。

而陈若彤则是警局里做文员的，是因为一次考试被看中了。

也就是说，这些人都是陈程招募的，包括刘风朔。至于招募的标准，是根据脑力。

譬如肖赜，他拥有超强的观察力，能从一千杯水中找出选定的那一杯。

王大铁虽然爱好锻炼身体，但他的脑力也十分出众。他在部队里担任狙击手，曾经创造了两千米命中目标的记录，这需要极稳定的心理素质和判断力。

所以，要进入Z组，首先脑力考核得达标，这就是Z组成员少而精的原因。

和大家相互认识之后，康子文便要带刘风朔去参观研究科。

"研究科？"刘风朔感到愕然，他没想到Z组还有研究科。

"从来没有听说局里还有研究科呢。"刘风朔挠了挠头，对着康子文说道。

康子文神秘一笑："所以，这才是我们Z组的秘密之处。"

两人很快来到了二楼。

整个二楼不像一楼那么亮，稍微有些昏暗。而且二楼的整个格局也跟一楼截然不同，看起来就像个实验室，上面摆放着各种看起来就十分复杂的仪器，许多仪器上面还闪烁着各种红光、绿光，插着五颜六色的线路，以及各种复杂的按钮。

有几个穿白大衣的工作人员正坐在一旁悠闲地玩着电脑，仿佛无所事事。

而其中一个戴眼镜的男人正坐在一架仪器的正中间，不知道在摆弄什么。康子文带着刘风朔走到他的身边，介绍道："这位是顾程浩博士，也是研究科的主管，我们都叫他Doctor顾。"

听到说话声，顾程浩稍稍抬头，推了推眼镜，对着新来的刘风朔，嘴角漾起一丝温和的笑意。刘风朔觉得这个男人举手投足之间都有一种温润的气质，不同于康子文那种硬朗的帅气，他全身充满书卷气息，而且目光又似乎总是带着笑，让人觉得很温暖，也很亲切。

"你好。"

"你好。"

双方友好地打过了招呼，顾程浩将注意力重新放回到仪器上。

这部仪器似乎出了一点儿问题，他的表情有些凝重。

为了不打扰他，康子文偷偷将刘风朔拉到一边，接着说："Doctor顾也是

BC 技术的发明者。"

"等一下。"刘风朔一顿，接着疑惑地问，"BC 技术？那是什么？"

这对他而言，可是个新名词。

"让我来解释吧。"而这边厢，仪器的故障暂时被搁置一旁，顾程浩边摘下手里的塑胶手套，边向他俩走过来，淡淡地解释道，"Z 组的核心机密所在，就是 BC 技术。简单点就说，BC 技术就是入侵大脑。"

"入侵大脑？"刘风朔依然不懂，毕竟这种事情听起来也太玄幻了，在他的认知里，一个人的大脑不是想侵入就可以侵入的。这超出了现代科学的技术观念了吧？

这时，康子文从口袋里掏出一部类似手机的机器。

"这个就是 BC 机。一旦启动，只要我把手放在你的头部，就能读取你的记忆。"

有这么神奇？刘风朔不太信。

这时，康子文突然把手放到他的脑门，这吓了他一跳。他好似真怕被窃取了记忆一般，下意识地连连退后几步："真的假的？竟有如此厉害的技术？"

康子文笑笑："不然，你以为 Z 组破案的本领从何而来？"

确实，这些年来，Z 组的神通本领令人侧目，其他重案组死活找不到突破口的案子，到了他们手上竟迎刃而解了。就连 22 年前的楠大碎尸案，一直被视为中国最不可能被侦破的悬案，到了 Z 组，居然将杀人凶手给逮捕归案了！这震惊了整个警界！也正因为 Z 组的神秘与特立独行，才会让公安内部对此议论纷纷。大家都把 Z 组成员当成怪物看待，毕竟他们做的事情非常人所能理解。

"这么说……"刘风朔好像有点儿懂了，他微微点点头，"所以说，Z 组破案全靠这个 BB 技术？"

"你才 BB 呢。"康子文无语地看了他一眼，纠正道，"是 BC，英文全称是 Brain Connection，翻译过来就是大脑连接。"

"噢！那我明白了。"刘风朔恍然大悟，由于能入侵凶手的大脑，自然就可以获知犯案过程。正因为如此，这种非常规手段才能屡屡破案。当然，先决条件是找出嫌疑人。如果没有嫌疑人，那自然无法实施大脑入侵。

之前，A 组曾经接过几个案子，最终就卡死在证据上。譬如江城东区的一件杀人案，死者与犯罪嫌疑人进入同一房间，但是却再也没有出现。警方接报后搜查，也没能找到有关死者的线索。从监控录像可以发现，犯罪嫌疑人出门的时候曾经拖着一个很大的行李箱，然而关于这只行李箱的下落，犯罪嫌疑人拒不交代，警方怎么搜也搜不到。面对受害者家属的质问，以及犯罪嫌疑人的守口如瓶，A组彻底没辙了，只得将案子转移给Z组。

哪曾想到，那个犯罪嫌疑人刚被移交，马上就交代出了装着尸体的行李箱的埋藏地点。这令警局所有人大为震惊，有的人还在怀疑Z组是不是用了什么残酷的刑讯逼问才破案的呢。现在看来，这Z组利用BC技术侵入了犯罪嫌疑人的大脑，从而窃取了关于案子的信息。

而这件案子，当时就是康子文负责侦办的。

Z组的神秘，就在于此啊。刘风朔没来得及感慨，康子文便交代他说："朔仔，这件事你可千万别往外泄露啊。要知道，这个技术如果让外界知道了，一定会引起争议的。"

刘风朔疑惑地挠挠头："这是为什么啊？"

康子文说："你傻啊，如果公众知道这个技术，认为我们警方随意入侵别人的大脑，这等于侵犯隐私权了，知道吗？而且，如果坏人觊觎这个技术，偷了去，那你想想，他们会利用这个技术干出什么坏事来？"

刘风朔还真的认真思考了一下。他认为康子文说的没错，这个技术一旦被不法之徒掌握，那将造成不可估计的后果。简而言之，如果坏人想知道什么秘密，只要掌握了BC技术，那么就什么都可以知道了，这可不得了。

"还真不能往外泄呢……"刘风朔自言自语，然后又猛地抬起头，"咦，那我加入Z组后，是不是也能有一台像你这样的手机？"

康子文笑着摇了摇头："这不是手机，不能打电话的，这是BC机。而且，这东西不能由本人启动，只能由Z组总部远程启动。"

刘风朔又问："为啥啊？"

康子文说："当然是为了防止公器私用。就像我们警察随身携带的手枪一样，有严格的使用规则的，不是你想用就能用的啊！如果私自使用BC机，又或者弄丢了，是会受到纪律处分的。"

"这点倒不用担心。"顾程浩拿起办公桌上的糖果吃了一颗，插话说，"BC机有自动定位系统，即便弄丢了，也能找回来。而且它有防拆装置，也就是说，任何人试图拆开这部机器，就会触动Z组总部的警报。"

"哇。"刘风朔感慨道,"原来如此啊。那我什么时候可以见识一下 BC 技术呢?"

康子文笑了笑说:"总有机会的,现在你先回自己的座位吧。"

"好吧。"刘风朔遗憾地点点头,然后下楼坐回到自己的位置上。

剩下顾程浩和康子文还在研究室内。

Chapter 6

第六章

奇怪的鸭舌帽男

看着楼下刘风朔的身影,顾程浩含着糖果,嘴角在笑:"这小子就像刘姥姥进了大观园,对 Z 组很好奇呢。"

康子文也拿起一颗糖果放进嘴里,"Z 组这么特殊的存在,谁都感兴趣啊。"

"说的也是。"

Z 组这种地方,在警界的神秘性不亚于美国的 51 区。外界盛传美国军方在 51 区掩盖了外星人存在的证据,有关 51 区的神秘传闻甚嚣尘上,美国政府却遮遮掩掩的态度,反而令这个基地更具神秘感。重案 Z 组也不例外,所以也难怪新人进来的第一天,会表现得如此好奇。

但对于在这里工作多年的人来说,这里早已经没有多少神秘感了。

"哦。对了。"顾程浩忽然想起什么事,一边走回到自己的办公桌,一边从抽屉里拿出一个包装精美的盒子,递给了康子文,"喏。给你。"

"这是什么?"

顾程浩有些没好气地说:"今晚是你宝贝女儿,我干女儿蓓蓓的生日啊!你一定忘了吧,这是我替你准备的礼物。"

康子文这才恍然大悟地一拍脑门,愧疚道:"哎呀!我这脑子……谢谢你啦,阿浩。"

顾程浩笑着摆摆手,"多年的朋友,说这客气话干吗呀。"他重新戴上了手套,然后目光微顿,"说回来……今天也是小娟离开的第五个年头吧。"

说起小娟这个名字,康子文愣在原地,仿佛有什么东西在心里再度塌陷。他沉了沉眸子,脸上浮起一片忧伤。

大学的时光再次回到记忆中,那是他和小娟的初次相遇。

还记得他们在江城大学的年代,风华正茂,活力四射。那时候,顾程浩、康子文、孔繁倩思被称为江城大学的"三剑客"。

这三人在各自的系里都属于佼佼者。顾程浩是物理系的，年纪轻轻就揽收不少国内杰出奖项，被当年的江城大学物理系教授称为"难得一遇的人才"。

而康子文是江城大学司法系的高才生，思维严谨，能够过目不忘。再加上本人长相俊朗，青睐并且爱慕他的女孩不在少数，但是因为他性格冷淡，沉默寡言，所以尽管有很多人喜欢他，也只能藏在心里。

至于孔繁倩思，她是音乐系的才女，以性格火辣、长相出众著称，是江城大学所有男生公认的女神级人物。据说，以前还有星探想要发掘她进入娱乐圈，但是被孔繁倩思给一口回绝了。

只不过，令学校中所有人一直都想不明白的是，这三个性格迥异、风格截然不同的人是怎么走到一起的。

总之，在江大的校园里，时常可以遇见他们三人的身影。

那时候，康子文喜欢和顾程浩一起在学校的篮球场打篮球。只要两人有闲暇的时间，就要在一起打篮球。

就在初夏的某一天，晴空万里，当天是学校的社团活动日，校园里十分热闹，而最引人注目的是此时校园内的篮球场。因为这次的社团活动是要从各方面评选出学校里的最佳社团，学生会组织举行了篮球友谊赛，也就是各系之间的比拼，而今天，是康子文所在的司法系对阵顾程浩所在的物理系。

两大才子一出场，几乎把整个江大三分之二的女生的目光给吸引了过来。此刻的篮球场周围，是一片喧嚣的叫喊声，康子文和顾程浩两人各领一队，激战正酣。

两方的爱慕者们正在场下嘶哑地呐喊着，为两人加油打气。

康子文此时正站在三分线外，他目光如炬，警惕地观察着四周的动向，如果能找准机会投个三分球，那么他们这次的比赛就胜券在握了。

察觉到康子文想要投三分球，早早地就有两个人堵在他的前方，将他死死围住，准备截球。康子文一时进也不是，退也不是。

如果这样直接投出去，很容易投偏，风险太大。康子文扫视了一眼场上的四周，发现其他人也都被牵制住了。

情急之下，康子文将篮球扔向了靠近他右边的队友。他现在身边没有防守，虽然站的位置有些偏，但胜算还是很大的。康子文目光一凛，脚步稳稳地向后一顿，然后起跳将球向那个队友扔了过去。结果在他前面防守的球员为了拦他的球，猛地撞了他一下，康子文手里的篮球抛错了方向，再加上因为手上使力太重，眼见篮球高高地跃过场外，向人群飞去。

"啊——"场下传来一阵惊恐地惊呼，大家都慌乱地想要躲过篮球。

篮球直接向场外飞了过去，正中一个正一边看书一边走路的女孩子身上。那个女孩子就是小娟。她当时正捧着一本英语词汇，戴着耳机出神地念着单词，未料被飞来的篮球砸中了脑袋。

常年打篮球的男孩一向使力不小，再加上康子文本来就擅长投三分，臂力一向很强，这一砸，小娟便直接被篮球给砸晕了。

毕竟都是学生，看到有人晕倒，大家都开始慌了。康子文也顾及不了篮球赛，二话不说便抱着小娟去了医务室。

小娟醒来之后，虽然没有怪罪康子文，但是康子文却觉得十分愧疚，一再坚持要照顾到她痊愈为止，并且每天都接送她去上课，还给她送一日三餐。

直到她彻底痊愈之后，康子文才放下心来。

两人就这么认识了。

在一起相处了多日，康子文被小娟的温柔娴静所吸引。

没过多久，两人便因为这一场奇妙的缘分在一起了。康子文输了比赛，却因此获得了爱情。

那一年的夏日甚好，不管是夜晚宁静安详的校园，抑或是白日热闹喧嚣的操场，都像是温润且舒缓的河流，慢慢流淌贯穿了他们的时光。

孔繁倩思和顾程浩相偕走在校园的路上时，偶尔能看到康子文和小娟走在前面的背影。这两个人自从在一起之后就经常倩影双双，他们总是在一起自习，一起吃饭。

一个沉默寡言，一个温柔贤惠，两人在学校里被评为最般配的一对。

而往日里总是板着一张冰山脸的高冷王子，也开始变得温柔爱笑了起来。

这时候，孔繁倩思的脚步便停了下来。她出神地望着两人的背影，偶然看到康子文侧过头来笑意盈盈地看着小娟，顾程浩能看到她眼中流露出的落寞。

他一只手想要抚上孔繁倩思的肩膀，却只在虚空中顿了半晌，最终无力地垂下来。

他叹了一口气："你又何必要那么执着呢。"

"我执着的只不过是我心中所想而已。"孔繁倩思哀伤地垂下头，"这又有什么错呢？"

"越是留恋，只会令你越痛苦，还不如早早地放下。"

"那么你呢？"孔繁倩思抬眸悠悠地看了他一眼，"你为什么还不放下？"

"我……"顾程浩一句话都说不出来，他神色复杂地看了一眼孔繁倩思，只觉得心里像是被什么东西堵住了。

谁又何尝不是那个为情所困的人呢。

很快，他们毕业了。

和很多大学生情侣毕业即分手的结局不同，康子文和小娟毕业之后依旧恩爱如初，并在之后顺利地结婚了。第二年便生了一个机灵可爱的小女孩，起名叫蓓蓓。

原本以为，幸福快乐的日子会永远伴随在他们身边。可是好景不长，就在五年前，蓓蓓生日的当天，小娟急匆匆地取了蓓蓓的生日蛋糕回家，被一辆醉酒驾驶的汽车给撞倒了。

当时康子文还在组里加班，只想着赶紧做完手头的工作，就能和老婆一起给孩子庆祝生日了。

可是却突然接到了医院的电话。当时康子文疯了一样赶往医院，可是因为当时的车祸十分严重，尽管小娟在医院的急救室里被抢救了一夜，最终还是离开了人世。

小娟离世的日子几乎是康子文最黑暗的时光。他因为受了打击，整天买酒消愁，一脸颓靡，家里面总是充斥着香烟和酒精混合的味道。他整个人也瘦了一大圈，如同一具行尸走肉，没有了目标，也没有了希望。

后来还是孔繁倩思和顾程浩两人陪在他身边，不断地开导他，最终带他走出了那片黑暗。

其实他当时不光是为了小娟，更是为了还年幼的蓓蓓。

康子文走出阴影后，不再似以前一样萎靡不振，很明显更加疼爱蓓蓓了，再忙都会回家陪女儿，尽量不让她觉得自己有缺失的爱。

可也许，他还是做得不够多吧。康子文想起那天在学校办公室里哭泣的女儿，心里像是被针扎了一般。

今晚是蓓蓓的生日，为了帮女儿庆祝生日，康子文专门包了一家西餐厅。

下了班，康子文和顾程浩两人早早地赶到了餐厅，开始布置场地。此时，两人正坐在椅子上，安静地用打气筒打气球。因为打的都是氢气，所以这些气球用彩色的绳子一绑就鼓鼓地浮了起来，直升到天花板。

天花板堆满了气球，几十根波浪状弯曲的绳子垂落下来，十分好看。

还有蓓蓓最喜欢的冰雪奇缘中的爱莎的人形板，这种人形板是分层的，贴到装饰墙上会有一种3D的效果。爱莎的身后还跟着几个可爱的小雪人，用白色的小彩灯挂在他们的四周，就像是一点点的雪花。

然后康子文又用巨大的卡纸剪出了"生日快乐"几个字的形状，站在凳子上，歪歪扭扭地贴到装饰墙的正中间。因为餐厅里的光线比较暗，顾程浩一边用手机给他照明，一边有一搭没一搭地和他聊着天："贴得有些歪了，你再往左边一点。"

康子文闻言向左边斜了斜身子，然后将生日快乐的"快"字贴了上去，扭头问道："现在正了吗？"

"好多了。"顾程浩看了一眼，又忽然问，"对了，倩思哪去了？她不是说要早早过来帮忙吗？怎么一直没见她人啊？"

"唔。"康子文用嘴将双面胶的胶带撕开，"她帮我去学校接蓓蓓了。"

"哦。"顾程浩点点头。

康子文终于把最后一个字也贴好了，他呼了一口气："终于完成了。"

布置完场地没多久，孔繁倩思就给康子文发了条短信，说她们快到了。

康子文和顾程浩两人赶紧把餐厅的灯都给关掉，然后鬼鬼祟祟地藏在椅子后面，在黑暗之中等待着蓓蓓的到来，准备给她一个惊喜。

等到孔繁倩思带着蓓蓓一起到了西餐厅，外面隐隐的月光照耀在餐厅的茶色玻璃上，只能看到一层浅浅的光影。从外面看到西餐厅里面漆黑一片，什么都看不清，蓓蓓不禁疑惑地抬头问道："倩思阿姨，爸爸真的在里面吗？"

"是啊，我们进去吧。"

孔繁倩思牵着她的小手，虽然她感到一丝恐惧，但还是犹豫着跟倩思阿姨走进了西餐厅。

刚一进去，餐厅内布置的小灯泡就亮了起来，像一片片雪花一样，照亮了爱莎公主和小雪人。

"哇！"看到自己最喜欢的动漫人物就在眼前，蓓蓓惊讶地张大了嘴巴，差点激动地扑过去。

就在这时,康子文和顾程浩两人从椅子后面钻了出来,和孔繁倩思一起,三个人欢快地大喊道:"Happy birthday!生日快乐!蓓蓓!"

然后,生日快乐歌的旋律在灯火通明的西餐厅里悠扬地回荡起来。

而西餐厅外面的街道,已经被夜幕笼罩。冷清的月光沿着夜的轨迹慢慢钝去,高楼大厦的轮廓皴在残缺的角度里。经过的行人们,偶尔被西餐厅内的光景吸引、侧目,看到的都是一幅温馨快乐的场面。

蓓蓓刚开始真的被吓了一跳,很快便冲他们"咯咯"地笑了起来。

她好开心呢。有人帮她做生日会!

生日歌结束之后,康子文对着服务员做了个手势。随即,生日蛋糕被推了过来。康子文帮蓓蓓点好蜡烛,笑着说:"蓓蓓,快许个愿望吧。"

"嗯!"蓓蓓皱着小脸,认真地闭着眼睛,在心里默默许了个谁也听不到的愿望:希望我也可以像其他小朋友一样有个妈妈。

许完愿望之后,她把脸颊高高地鼓起,蓄了一口气,然后对着蛋糕的蜡烛狠狠地吹过去,蜡烛便都灭了。她记得爸爸说过的,许完愿望要一口气吹灭蜡烛,这样愿望才会实现。

切完生日蛋糕,便陆陆续续上菜了。这些菜都是蓓蓓最爱吃的,而帮忙准备菜单的人是孔繁倩思,她最了解蓓蓓的爱好。说到这一点,连亲爸爸康子文也自愧不如。

"蓓蓓,今天的生日过得开心吗?"康子文一边帮蓓蓓切牛排,一边低头轻声问。

"开心!"蓓蓓笑着大声说道。

我最心爱的女儿啊。康子文伸出手,满眼宠溺地摸了摸蓓蓓的小脑袋。自从小娟去世后,他便感觉对女儿有所亏欠。一个孩子的成长,是应该有父母陪伴的,然而她却不能在妈妈的陪伴下成长。他的工作繁忙,实在无暇照顾孩子。思及此,他内心的歉疚更深了。

或许,是时候替女儿找个妈妈了。

其实,并不是没有这样的机会。上次表姑就打算介绍一个女孩子给他,但他对相亲这种事不太感冒。皆因他心里始终放不下小娟,以至于三番两次当红娘的表姑都有些生气了。她说小文啊,难道你打算这样一个人拉扯大蓓蓓吗?

他知道,表姑这样说是出于关心,但如果没放下上一段感情,他又如何能展开新的感情呢。

不然，这对他未来的另一半太不公平。

他叹了一口气。他也不知何时何日，才能找到再次令自己心动的女人。更重要的一点，这个女人要对蓓蓓视如己出，否则，他是断不会跟这样的女人在一起的。

说起来，这样的女人眼前不就有一个吗？

想着，康子文的视线下意识地移向餐桌的前方，坐在对面的人是孔繁倩思。

他不是不知道，这个女孩子一直在等他。

可这样，对她真的公平吗？

正想着，他忽然瞥见窗外闪过一个黑影。这个怪人戴着一顶鸭舌帽，而且似乎向餐厅里看了一眼，他的侧脸映在玻璃上。那一刻，康子文的心脏"咯噔"一下。

因为他分明看到，这个鸭舌帽男的长相居然——跟他死去的好友王奕轩极其相似。

不，何止极其相似，根本就是一模一样！

这不可能！康子文依然深刻地记得少年时期的好友惨死的境况。他猛然大惊，霍地站了起来，椅子在地上划出了刺耳的"呲——啦"声。他的目光紧紧盯着窗外。

他的反应把其他人都吓了一跳。顾程浩见他一脸反常的样子，疑惑地抬头问道："阿文，你怎么了？"

康子文的视线依然锁住落地窗外面的街道，犹疑地说："我好像看到……一个熟人。"

熟人？顾程浩和孔繁倩思闻言，也顺着他的目光向窗外看出去。然而，餐厅外面的街道此时流淌着石油般黏稠的夜色，路灯映照着冷清的路面，康子文刚刚看到的那个鸭舌帽男，早已像鬼魅一样消失不见了。窗外除了霓虹灯闪烁，还有昏黄的路灯，外面行人稀疏，黑夜中点缀着几颗明亮的星星，看起来如往常一样。

哪里有什么熟人？

康子文的状态令孔繁倩思心生担忧，问道："阿文，你怎么了？是不是爆炸案留下的后遗症？"

当时是他保护了她和蓓蓓,所以说不定他受到了爆炸波的冲击。但是,康子文却愣了愣,随即摇摇头:"不是。我没有受伤。"

如果排除爆炸案造成的影响,那么……顾程浩沉思片刻,说:"莫非是经常使用 BC……"

他本来想说的是 BC 技术,但此事乃机密,不能泄露,于是他又迅速改口说:"你有可能是用脑过度了,记得要多休息。"

他有些担心,这会不会是使用 BC 技术的副作用呢?

他的担心不是没有道理的,自从 BC 技术启用以来,这项技术仍不算成熟,有关它的研究仍在深入了解中,如果使用者出现副作用,并非没有可能。

至于康子文属不属于这种情况,顾程浩就无从判断了,只能后续待观察。

注视了一会儿窗外,康子文又缓缓坐下。那个奇怪的鸭舌帽男不见踪影了,就好像烟雾一般,又似只是他的幻觉。难道,真的如顾程浩所言,这是他最近太过疲劳所导致的幻觉吗?毕竟,这个世界上怎么可能有如此相似的两个人?

噢,不,这种事并非绝对。除了双胞胎,新闻也曾经报道过这样的案例,就算是没有任何关系的两个陌生人,长相也会十分相似。至于死去的王奕轩和鸭舌帽男,两个人或许是双胞胎,也可能是毫不相干,只是样貌雷同而已。

想着,康子文心情也稳下来了,为自己的一时失态感到尴尬。

饭局继续,气氛依然温馨。淡黄色的灯光由上倾泻而下,整个空间如同浸在回忆里的泛黄旧照片。

吃到一半时,孔繁倩思从包里拿出三张音乐会门票,笑道:"下个月,我的音乐会要在江城的国际音乐厅举行,希望你们都能来。"

"哇!"听到这个消息,蓓蓓在一旁兴奋地拍掌,"倩思阿姨好厉害呢!"

孔繁倩思笑着摸了摸她的小脑袋,温柔地说:"到时候和爸爸一起来,好吗?"

"嗯!"蓓蓓用力地点点头。

"我们一定会去捧场的。"康子文说完,看了眼顾程浩,意味深长地说,"对吧,阿浩。"

"嗯嗯。"顾程浩连忙点头。

Chapter 7 / 第七章

BC 技术的副作用

生日聚会结束后,从餐厅出来时月朗星稀,大街上人影疏落。清冷的月光微微地洒在街道上,显得异常孤独。马路上偶尔驶过一两辆汽车,风驰电掣的声音,听上去就像在寂静的夜色里划开一道口子,尤显刺耳。

顾程浩先去停车场开车,康子文便抱着蓓蓓和孔繁倩思站在餐厅门口等候。

夜晚愈发凉爽了,天际暗黑,昏睡的城市像一头蛰伏的兽。孔繁倩思抬头望着天上的明月片刻,微微呼了一口气,下意识地转身看了眼康子文,犹豫了半刻,才对他缓缓开口道:"子文,你最近是不是有什么心事啊?"

"嗯?"康子文疑惑地看着她。

她看出来了吗?他挑起嘴角笑了笑。他不知道该不该对她说,他曾经的好友王奕轩又出现在眼前了。她应该会说,这是幻觉吧。于是,他摇摇头说:"没有,只是最近工作太累了而已。你不用太担心了。"

"哦,那就好。"孔繁倩思轻点一下头,目光中的忧愁却依旧没有散去。

而此时,离两人不远的一处巷子里,一个人影正站在灯柱后面盯着这边。黑暗遮住了他的脸,他的身影如同融入了这片浓浓的黑夜,一双古怪的眼睛咕噜咕噜地不停转动着。突然间,他咧开嘴,阴恻恻地笑了。

康子文猛然感到背脊一阵发凉,就像被人从后刺入一针。

他回过头,盯着那边的巷子。

警察的直觉似乎告诉他:有人在偷窥!

就是在那边的巷子里!

虽然此时那边看不到任何人影,但康子文想去一探究竟。不料他刚迈开步,孔繁倩思就拉住了他的胳膊:"你要去哪儿?车来了。"

果然,一辆白色 SUV 缓缓地从停车场开了出来。那是顾程浩的车。

三人上车后,顾程浩先送康子文父女回家。

小区门口，康子文带着女儿与他们道别。临走时，蓓蓓冲他们摆了摆手，奶声奶气道："顾叔叔再见，倩思阿姨再见。"

他们父女两人就这么静静地远去，一小一大两个身影，在路灯的映照下被拉得很长，越来越远。

孔繁倩思安静地注视着远去的背影，直到顾程浩默默地走过来。他脱下外套，披在她身上，轻声对她说："倩思，我送你回去吧。"

她站在原地静默了两秒，微微点点头。

他们也驱车离开了。在夜晚的路上行驶，道旁的路灯像是一条长长的线从玻璃窗前飞快掠过。路上的车辆很少，前方只有延展不绝的路，像是永远都走不到尽头。两个人在车上都没有说话。顾程浩通过后车镜，看着坐在后面的孔繁倩思。只见她托腮望着窗外的夜色，侧脸映在一侧的车窗上，被灯光映得明明灭灭，一脸沉思。

没过多久，就到了孔繁倩思的小区。顾程浩停下车，出去帮她打开车门。孔繁倩思走下来，然后将身上的外套还给他，笑着对他说："我先走了，你注意安全。"

顾程浩目光微沉，他点了点头，心中有什么东西像是要炸开一般。他看着孔繁倩思的背影，猛然喊出一声："倩思！"

孔繁倩思脚步一顿。她回过头，一脸疑惑地看着他。

他犹豫了一下，最后却退后了一步，轻声说："晚安。"

"你也晚安。再见。"她对他笑着挥了挥手。

顾程浩微叹了一口气，他上了车，拿起手上的外套，从口袋里掏出来一个精致的盒子。这个盒子是红色的，他轻轻打开，里面装着一枚闪着微光的戒指。

现在，还不是时候吧。他心里想着，默默地将盒子放好。

这个戒指他买了许久了，是有一次他出差的时候，路过珠宝店买的。当时他一眼就看到了这个戒指，觉得这个戒指很适合倩思，便鬼使神差地买下了。他原本打算跟她求婚的时候拿出来，可是每当他一次次地鼓足勇气想要试一试，总会被心中的犹豫给打败。然后，他就这么一直放着，一直等待着机会。

谁也无法预计，究竟还要等多久。

另一边，康子文带蓓蓓已经回到了家。这套房子的格局并不大，当时他和小娟一起选房子的时候，小娟说，家里无须太宽敞，这样家里才温馨，才会让人觉得温暖。

可自从家里少了一个人之后，这个家总显得空荡荡的，无论他在家里摆放多少东西，都填补不了心里的空缺。

打开灯之后，客厅的水晶灯映在地板上闪闪发亮，整洁的环境让人觉得很舒服，一股茉莉花的味道扑面而来。家里被收拾得井井有条，阳台上摆放着小娟生前最喜欢的茉莉花，长得正好。

蓓蓓站在门口换鞋。她一边将鞋子摆整齐，一边对康子文说："爸爸，倩思阿姨一定是喜欢你，我看出来了。"

康子文笑着摸了摸她的头："你这小丫头，别乱说。"

"可是……"蓓蓓扬起小脸看着康子文，目光中竟透露出一种严肃来，"如果你找倩思阿姨当我的后妈，我是不反对的哦。"

"啧！"康子文轻轻拍了下她的脑袋，佯装生气道，"小孩子不要乱说。这么小就懂情情爱爱了，长大还得了？"

蓓蓓冲他吐吐舌头，嬉笑着跑回了自己的卧室。

康子文将外衣挂在门侧的衣架上，这才坐到了沙发上。忙碌了一天，他也觉得有些累了。松软的沙发让他有片刻的放松，他松了一口气，然后微微抬眼，就看到茶几上的一幅蓓蓓的画。画里面，一男一女牵着一个小孩，女人穿着白色的裙子。

这画的应该是倩思吧，她平常最喜欢穿的就是白长裙。而且，这画中的人物跟倩思一样留着海藻般的长发。

而画中的那个男人，应该是他，却板着一本正经的脸。见状，康子文有些想笑，在女儿的心目中，他就这么古板吗？

凝视着这幅画许久，他渐渐陷入了沉思。

还记得小娟去世后，蓓蓓明显不像从前那样爱说话了，也不再跟他讲学校里发生的事情，总是一脸倔强的样子，甚至有时候还满脸带伤地回家。这让他十分担心。后来多亏了倩思一直陪着她，甚至还每天像其他家长一样接送，蓓蓓这才慢慢地又开始活泼起来。

他又突然想起了蓓蓓在学校里和同学打架的事情，心里难免酸涩。他虽然想要尽力地弥补女儿，但因为工作繁忙……他这个父亲，一点也不尽责吧。

对于倩思……康子文自己都无法确定自己的心意，更不能贸然做出回应。他知道，这样伤害的，不止是一个人。

第二天，屋外是滚滚而来的热气，炽热的阳光绕着层层叠叠的建筑在外面肆虐，窗外的空调排风扇发着"扑嗒扑嗒"的声响。

此时，Z组的办公室内，组员们正在翻查资料，每个人的桌面上都摆放着一叠陈年旧案。这些悬案由于线索极少，以正常的刑侦手段已经很难破案，Z组的工作就是要从中找出蛛丝马迹，再结合BC技术，务求找出真正的凶手。只不过，这Z组的工作十分神秘，外界无从得知。对此，警局里早有非议。然而，Z组一向是特立独行，根本懒得搭理外界的风言风语。

就在这时候，陈程急匆匆地走了进来。他脚步匆忙，但一脸兴奋，看起来心情很好，手里还拿着一个档案袋。他边走边笑，"刚才A组杨组长把出租车爆炸案的资料交给我了。"

"是吗？！"康子文对此很是惊讶，"真的假的啊，那个铁面无私的杨志豪居然松口把资料交给你？组长，你是怎么做到的？"

陈程奸诈一笑。因为毕竟书面资料更加便于调查，所以他威胁杨志豪，要是不给他完整的文本资料，他就在小刘跟前说他的坏话，彻底断了他们的姻缘。杨志豪跟小刘这才刚开始发展，最怕别人搅局，只好屈从于他的淫威之下。

不过这种卑鄙的手段，陈程自然是不会跟自己手下的人透露的。怎么说他也要保持领导的形象。他只是神秘兮兮地叹道："这得归咎于爱情的力量。"

爱……爱情的力量？陈组长和杨组长？康子文三人彼此对视一眼，心里一阵哆嗦。

哎哟妈呀……他们是不是发现了什么不可告人的真相？

"组长，真看不出来，你为了工作真是太拼了！"

这种献身精神，康子文实在是敬佩。

"老陈，你厉害！"顾程浩也竖起了大拇指。

只有刘风朔痛苦地皱着脸，苦兮兮的："师父……我可是新来的，Z组的规矩我也不懂，以后不用做这种牺牲吧？"

"这我可说不准。"康子文也无可奉告。

只有陈程丈二和尚摸不着头脑，一脸不解："你们说什么呢？什么乱七八糟的啊。别闹了，这资料里面有 A 组调查的最新结果，都过来看看。"

于是所有人，包括肖赜那几个都围了过来。至于顾程浩，他本来不属于刑事科，对破案也不感兴趣，但好奇心作祟，他也抱着双臂作旁观状。

那么，A 组的调查资料有什么新发现吗？

从资料上看，经过 A 组调查，发现在爆炸案发生的那段时间里，汪文广正在公司开会，所以并没有作案时间。这份证据十分确凿，当时参与会议的人都可以为其证明。而且，蓝天集团的监控也可作为佐证。

难道凶手不是他？

不止这样。A 组还调查到，装有炸弹的手提箱是死者李帆携带的。换言之，这是一起自杀事件。

在这么确凿的证据面前，这个案子似乎可以结案了。

只不过，康子文的眉头蹙得更深了："不，我觉得这件案子仍有疑点。"他现在还是持怀疑的态度，而且心里隐隐有一种预感，要是草草结案的话，恐怕会有大麻烦。

陈程看了他一眼，不解地问："为什么呢？是因为死者之前打过的那通电话吗？关于 BC 技术的泄密？"

康子文迟缓地点了点头。其实陈程不知道，引起康子文怀疑的不止是那通电话，还有曾经在现场出现过的他死去的好友，这一点才是最让他感到困惑的一件事。

他总有一种不好的预感，觉得这些事情并不是那么简单的。

但是这件事情又不能跟陈程明说，如果他说出来，大家一定会觉得他疯了吧。康子文决定先将这件事情告诉自己的好友顾程浩。

中午的时候，Z 组的其他人都去休息了，热辣的太阳丝毫不松懈地曝晒着整片大地。顾程浩仍待在办公室内，摆弄着机器。最近他在研究怎么提高 BC 技术的稳定性，却遇到了瓶颈，于是中午时分，他也会留在办公室里不停地摸索研究。

康子文走到研究科，看到他坐在那里，眉头紧蹙。

"咳咳。"康子文咳嗽了两声。

顾程浩听见咳嗽声，缓缓地抬起头，看见康子文，目光中有一瞬间的惊讶，

"这个时间你怎么过来了?"

康子文坐到他面前,开门见山:"阿浩,我有件事想跟你说。"

"嗯,你说吧。"顾程浩头也不抬。

于是,康子文便将这几天的事情一五一十地都说了出来,包括他那天在地铁上看到死去的好友,以及在西餐厅看见的鸭舌帽男。

"也就是说,你已经看到你的好友三次了?"顾程浩坐在办公椅上,摆弄着机器的手顿了下来。他抬头看着康子文,眸色一沉。根据对方所言,在出租车爆炸的前一刻,尚没有远程启动 BC 技术之前,康子文就切换到了他人视角?

这听起来,很离奇啊。BC 技术确实可以入侵别人的大脑,但这都是在接受者失去意识的前提下进行的。如果在他人清醒的状态下入侵,那么,会呈现什么样的状态,是连顾程浩也无法预计的。

这究竟是怎么回事?

康子文站在办公桌前,光线从窗户照入,打在他脸上,显出明明灭灭的阴影,他的眼底是一片焦灼和不解。顾程浩坐在他对面,摸了摸下巴。此时他正穿着一身白大褂,脸上还架着银丝框的眼镜,活像一位心理学家。他先是认真地盯着康子文看了看,然后过了良久,才推了推自己的眼镜,说:"你觉得,见到死去的好友这件事,也许跟爆炸案有联系,是这样子吗?"

"是。"康子文点点头,接着说出了以前的往事,"那是我的高中同学,跟我关系特别好。有一次我们约好了一起去看陈奕迅的演唱会,可是我当时迟到了,我们约定好在一个废弃的工地里见面,等我到的时候……只看到了他的尸体。"

"这件事,你以前没有说过。"

"大概是这段回忆太痛苦了,所以我不曾向外人提起。"

这件陈年旧案,康子文想忘记,却深刻得像是昨天发生的一样。

顾程浩分析道:"我觉得,这会不会是你的幻觉?因为,死去的人是不可能再出现的。这是你我都明白的道理。"

"可是,为什么我会出现这样的幻觉呢?"

顾程浩低头思索了一会儿,说:"这或许是 BC 技术的副作用。"

"这东西还有副作用?"康子文惊讶道。

顾程浩点了点头:"毕竟 BC 技术是作用于使用者的大脑,一旦使用过度,确实有可能出现幻觉幻听之类的现象。我一直都觉得这个技术不够完美，仍需改进。"

"唔。"康子文低头想了想，又问，"那其他人有没有出现同样的状况？"

顾程浩摇摇头："好像到目前为止，只有你一个人出现了这种现象。"

"是这样子啊。"康子文若有所思。

为什么只有他会出现这样的状况呢？他实在搞不懂。

就在这时，一个人急匆匆地跑了进来。他一脸热汗，气喘吁吁地趴在研究科的门框边，喘声道："师……师父，原来你在这儿啊。"

是刘风朔。他像有急事，跑得上气不接下气。

见状，康子文疑惑地问道："你找我有什么事吗？这么着急。"

刘风朔扬了扬手里的手提电脑，"你快来看看，我好像找到了线索！"

是什么线索？

刘风朔走进来，坐到办公桌前便将手里的手提电脑打开，然后说道："这是 A 组保存的监控录像，是有关死者李帆在爆炸前的活动迹象，包括死者从小区出来，在路边、肯德基等一些场所的活动。"

"这些视频你是怎么弄到的？"

康子文颇为吃惊，这些视频，连组长陈程都没能弄到手呢。

"嘿嘿。"刘风朔不好意思地笑着挠了挠头，"怎么说，我以前也是 A 组的男神嘛……"

男神？就他？

这句话怎么听着莫名的喜感呢？！

让刘风朔觉得最蹊跷的，是一段死者在肯德基里出现的视频。

监控画面显示，死者李帆走进了一家肯德基，在里面选了一个偏远的位置坐下。这个位置刚好处在监控的死角，只能在监控的一角看到李帆身体的一侧，如果不细看并不容易发觉。他安静地坐在桌子旁准备用餐，一切看起来并无异常。忽然，刘风朔皱眉指着画面一角，说："你们看！"

只见监控画面中，那一角画面里，有人匆匆地从李帆的身侧走过，将他放在地上的手提箱调换了。虽然画面转瞬即逝，那人的动作也很快，但还是可以看得出来。

康子文在看清的那个瞬间，眉头紧蹙，心中暗道：这果然是一起谋杀案！

刘风朔将画面快进，视频中的时间显示过了大约十几分钟之后，李帆拿着被换过的手提箱离开了肯德基。这时，另一个男人出现在监控画面之中。他戴着一顶鸭舌帽，抬手将帽子向下压了压，手上戴着的一块手表显露在了画面里。这个男人大概意识到有监控，所以微微低着头，还戴着口罩，看起来很谨慎的样子。

这样的话，要认清楚他的真面目，很难。

康子文指着刚刚那个男人去压帽檐的手，皱眉对刘风朔说："将画面定格在这里，然后放大。"

刘风朔闻言，赶紧将康子文所说的那个画面放大，并且对准了鸭舌帽男手腕上的那块手表。虽然画面有些模糊，但还是可以依稀看出来手表的款式。

康子文指着它说："朔仔，你查查这块手表。"

很快，便在官网上查出来这款手表的信息。它是劳力士的经典限量版，目前市面上的价格在15万到18万之间。

从这个价格来看，也就是说，能拥有这块手表的人并不多。

而且，拥有者非富即贵。

不知为何，康子文突然又想起来那个头号嫌疑人——汪文广。

对方是上市集团的董事长，身家丰厚，买一块这样名贵的手表不在话下。但问题是，当时汪文广有不在场证明。如果他是凶手，又是怎么做到的呢？哦，对了，康子文忽然想到一个突破口，李帆被炸死时，汪文广确实有不在场证明，但若是他调换了手提箱再赶回公司呢？而且李帆手提箱里的是定时炸弹，这足以让他制造出完美的不在场证据。

这个男人的嫌疑，仍没有排除。

康子文觉得有必要去会一会他。

第八章

嫌疑人的离奇死亡

这天下午，清澈的蓝天万里无云，阳光将蓝天映得泛起了一丝光亮，繁华的街道上人声鼎沸，周围的建筑物在地上拖出了一个个巨大的阴影。

而此时的蓝天集团，康子文和刘风朔两个人站在一楼大厅的前台前。他们身后是来来往往的公司员工，每个人脸上都是匆匆忙忙的，抱着一摞文件在大厅内来回穿梭。

康子文扶着前台的桌子，礼貌地对着前台小姐笑了笑："你好，我想找你们公司的总裁汪先生。"

前台小姐也回以他礼貌的微笑："请问先生你有预约吗？"

康子文微顿了一下，摇摇头说："没有。"

前台小姐闻言冲他抱歉道："对不起先生，如果没有预约的话……"

她正准备拒绝，康子文突然从怀里拿出自己的证件，表情也添了一丝肃穆，缓缓说道："我是警察，有事要找你们总裁。"

"这……"前台小姐犹豫地看了一眼他的证件，脸上的表情有些为难，但思虑再三之后，还是点点头说，"好的，我这就打电话。"

"好。"康子文把自己的证件收了回去，脸上的表情也缓和了许多，耐心地听着前台小姐跟电话那头的人对话。

少顷，那位前台小姐放下手里的电话，依然保持着礼貌的笑容："两位，我们总裁很快就下来。请你们先到一边等候。"

她一边说一边侧着手，邀请康子文他们到大厅一旁的沙发上坐下。过了一会儿又端来两杯咖啡，服务十分周到。

"请两位先喝一杯咖啡吧。"端来咖啡后，前台小姐又回到了自己的工作岗位。

康子文一边环顾四周，一边端起咖啡轻轻呷了一口，但微微皱了皱眉就放下了，这咖啡太苦了。他安静地坐着，反而是刘风朔一脸兴奋地观察着大厅。

这地方装修得金碧辉煌，大厅上方巨大的水晶吊灯更是令人瞩目，他在心中感叹：不愧是大集团，看起来如此华丽！

忽然，他转过身来问康子文："对了，师父，你有没有买蓝天集团的股票？"

康子文摇了摇头："没有呀，怎么了？"

刘风朔闻言，立即有些急了，"你怎么没买呀！赶紧入手吧，最近蓝天的股价飙升，十天八个涨停！股民们都赚疯了！"

康子文悠悠地看他一眼："怎么？你也买了？"

"嘿嘿。"刘风朔有些得意地伸出手指，比画着做了一个手势。"也就买了那么一点点而已啦。"

康子文靠近他，阴森森地轻声吓唬他："小心到最后把底裤都赔光哦！"

刘风朔却毫不在意地对他摆了摆手："不会的！我打算等它再升三块钱的时候就卖掉。"

这时，他们的身后突然传来一个男人的声音，语气中带了一些打趣的口吻："不，我预计股价还能再涨十块钱。"

两人回头一看，发现站在他们身后的不是汪文广，而是汪文广的生意搭档，也就是蓝天公司的副总裁谷庆涛。此时这人正笑眯眯地看着他们两人，一双眼睛眯成了一条缝。虽然对方一脸笑意，却让人觉得那笑容里有一丝怪异。

康子文了解整个案件的时候知道谷庆涛这个人，此人颇受汪文广的重用，可以说是蓝天集团的二把手。

他和刘风朔站起身来。

谷庆涛友善地摆了摆手，说："二位不必客气，请坐吧。"

说完，谷庆涛在两人对面的沙发上坐了下来。

"真抱歉，文广出门谈生意了，如果你们有什么事，我可以代为转达。"谷庆涛说道。

"哦，好的。"康子文淡淡地笑了一下，然后视线瞥到了谷庆涛的手腕上。

那里戴着一款劳力士手表，而且这款手表竟然和监控画面上的一模一样。

康子文和刘风朔对视一眼，两人的目光都微微闪烁，迅速地交流着什么。

难道他们之前的判断有误，谷庆涛才是嫌疑人？

然而，康子文不动声色："谷先生，我们这次来，就是想再问一下有关爆炸案的事情。"

"哦。"谷庆涛跷起二郎腿，神情淡然，"原来是为了这个案子啊。那么，文广是有嫌疑吗？"

康子文摇摇头："恰恰相反，我们警方找到了死者自杀的证据。"

这般说法，主要是为了让对方放下警戒。

果然，谷庆涛微微低了一下头，脸上似乎掠过了一丝失望，却在抬头的瞬间又换上了欣喜。他笑着对康子文说："那挺好的呀，文广洗脱了嫌疑，就说明他不是凶手。"

这家伙是个戏精啊！

康子文没有说话，他沉默了下来，目光微沉，不知道在想什么。随后他端起手边的咖啡，刚准备喝，闻到咖啡的苦味之后又把手里的杯子放下了，这才缓缓地开口说："我想请问一下，这次江城大桥工程的竞标，是汪先生负责的吗？"

谷庆涛说："不，是由我负责的。不过这么大的工程，自然文广也是要过问的。"

康子文又问："那在这个过程中，有没有什么异常？"

谷庆涛微顿了一下，脸上没了笑意。他深深地盯着康子文的眼睛，反问道："警官，你所指的异常是什么？"

康子文状似不经意地笑了笑说："老实说，我对你们竞标的价格感到有些怀疑，为什么你们刚好比飞龙集团多100万，这听起来很蹊跷，不是吗？"

谷庆涛的脸色顿时沉了下来，他说："警官，这是我们的商业机密，我不能泄露。如果你们质疑此次竞标有猫腻，应该由别的部门来调查吧。"

这个人十分谨慎小心呢。康子文心想。

恐怕今天问不出来什么有价值的线索了。他正这样想着，谷庆涛却忽然说道："虽然这种事不应该跟警方说，不过……其实，我们公司一开始的报价是9亿。就在投递竞标书的前一天，文广突然找到我，要求将价格改为10.01亿。虽然我也曾质疑这个价格，但是文广信誓旦旦，我也只好按他的要求做。"

康子文挑了挑眉，抬头问道："这么说，这个报价是汪文广要求的？"

"是的。"

从这个信息判断，汪文广事先应该就获知了飞龙集团的底价。

果然，这件事内有乾坤啊。

康子文沉吟半晌，然后从沙发上站起来，对着谷庆涛伸出手，说："我明白了，谢谢你的合作。"

"不客气。警民合作，应该的。"谷庆涛笑着和他握了握手。

康子文和刘风朔离开蓝天集团大楼，上车的时候，刘风朔问他："师父，你觉得那个谷庆涛有嫌疑吗？"

康子文没有正面回答这个问题，只是淡淡地抬眼问："你是说他手上的那块手表？"

"嗯。我总觉得这个人表面上跟汪文广是很好的关系……"

康子文发动了汽车，面无表情道："总之，汪文广和谷庆涛这两个人，我们都要调查。"

说完，便开车驶离了蓝天集团。

而此时，谷庆涛站在大楼门口目视他们离开的背影，嘴角露出一抹古怪的微笑。然后转身回到了公司大厅内，向电梯走过去。

他一边走进电梯，一边掏出电话，拨通了一个号码，不知道是在跟谁通话："关于汪文广那件事，我们今晚再详细谈谈。"

晚上，朦胧的月光铺在一片静谧的黑夜之中，浅浅淡淡的光如玉一般，让人觉得有一种淡漠却温润的冷。此时，在蓝天集团门外的马路上，停着一辆黑色轿车。轿车里开着"呼呼"的冷风，里面坐着的不是别人，正是康子文和刘风朔二人。他们一直守在蓝天集团外面监视，他们的任务就是密切关注谷庆涛的动向，因为这个谷庆涛身上的疑点也不少。

康子文此时静默地坐在车里，漆黑的眸子锐利地盯着窗外，目光如炬，看起来比平时要严肃很多。刘风朔在一旁啃着面包，一边啃还一边皱眉，大概是觉得这面包难以下咽。不过也没有办法，因为他们要一直监视着谷庆涛，所以只能从便利店买一些面包和矿泉水充饥。

刘风朔吃了一半便把面包放下了，他问一旁的康子文："师父，我们在这儿守着真的有用吗？"

康子文对他点了点头："要找出真相，就要有耐心。"

他们一直盯着大楼的高层，从公司里走出来的人影随着夜色的加深而逐渐稀疏，集团大厦里亮着的灯也在逐渐变少，窗户上映照着的灯光一格一格地消失。过了一会儿，便只有一两层仍在亮着灯。

就在其中一个房间，副总裁办公室内，谷庆涛正一手端着红酒，他走到窗边，拉开落地窗上的窗帘。外面的黑暗如同一块黑色的幕布，上面点缀着五颜六色的光亮。谷庆涛俯视着楼下的那辆黑色轿车，昏暗的路灯下并不显眼，但他还是能够看到。

那两个警察还在呢。他心里想着，嘴角溢出了一丝笑容，这笑容看起来十分怪异。他眼神中闪过一丝光亮，仰头喝了一口红酒，然后将窗帘缓缓放下。

车里，康子文漆黑的眸子之中已经隐约有了些焦灼，他看了一眼手表，现在时间已经接近10点了，大厦里的人都已经快走完了，但是一直不见谷庆涛出来，平常这个时间他应该在家里陪着女儿了，可是现在任务在身，他实在走不开，只好拜托倩思先帮忙照顾着。

已经这个时间了，蓓蓓应该睡了吧。

康子文混乱地想着，没过多久，他的思考又回到了这个案子上。他让刘风朔专门查过了，谷庆涛的手表确实是监控中出现的那一款。而且他们还得知，汪文广没有戴手表的习惯。

这正是案件的关键所在。

康子文坐在车里正思考着。忽然，寂静的车里传来了一阵熟悉的手机铃声。康子文把手机从口袋中摸出来，瞟了一眼，是倩思打来的。他迅速接了起来，还没开口，就听到那边焦急的声音传了过来："子文，蓓蓓不知道怎么突然就发高烧了，现在正在江城第一人民医院。"

"什么？"康子文瞬间皱起了眉，语气急促而又带点犹豫道，"我知道了，你先照顾蓓蓓，我等会儿就到。"

康子文挂掉电话，刘风朔见他神色不对，便问道："师父，是不是你家里有事？"

康子文点了点头，他望了一眼窗外，眉眼间是消散不去的忧愁，"我女儿发烧了。"

"啊。"短暂的惊讶后，刘风朔催促他，"那你还愣着干什么，赶紧去啊。"

"那……"康子文迟疑地看着外面的蓝天集团大厦，想要再坚持一会儿。

刘风朔对他拍拍胸口说："你就放心吧，师父，我一个人监视就行。"

"可是……"康子文有些动摇，他不知道蓓蓓有没有危险，"我要是把车开走了，你怎么回家啊？"

"哎呀。"刘风朔对他摆摆手，"这算啥事啊，我打个车就能回家了呀。"

康子文想了想，最后还是女儿的安危占了上风，他点点头，对小徒弟说："好，那如果待会儿有什么事，你立即打电话通知我。"

刘风朔嘴里说着"没问题"，手已经打开车门，随即下了康子文的车。

康子文二话不说，迅速掉转车头，去了医院的方向。

刘风朔抬头看了一眼大厦那两层亮起的灯光，缓步走到街道的一处角落里蹲下来。然后点燃一根烟，继续监视着蓝天集团的方向。外面不比车上凉快，此时夜风微漾，阵阵夜风袭来，竟让人觉得一股寒意穿刺入股。刘风朔忍不住抱紧了身子，他一边吸着烟，一边盯着另一边的大厦，忽然，他目光一紧，大楼出口那边出现了谷庆涛的身影。

刘风朔赶紧将手里的烟扔到地上，然后一脚踩灭，悄悄地跟上了谷庆涛。

他跟着谷庆涛走向了蓝天集团大厦的地下停车场入口，尾随着对方进入了停车场。

这个时间的停车场里很空旷，已经没有几辆车了，昏暗的灯光映在偌大的停车场中，无端地让人觉得阴森森的。谷庆涛在前面走着，空荡荡的停车场里回荡着他的脚步声。他走了一段路程之后，突然停了下来，刘风朔赶紧闪身，躲在停车场的墙柱子后面，他屏住呼吸，心中暗想，该不会是被发现了吧。

过了半晌，他都没有听到脚步声再度响起。刘风朔觉得有些奇怪。他小心翼翼地探头出去，环顾四周，此时的停车场里哪儿还有人？！

刘风朔心里一沉：糟了，把人跟丢了！

而另一边，康子文正开着车，火急火燎地赶往医院，路口遇到了红灯，便停了下来。

就在这时，他接到了刘风朔打来的电话。

只听刘风朔急道："师父，谷庆涛刚出了公司，可是我把他跟丢了！"

"怎么会这样？"康子文下意识握紧了方向盘。真是一波未平一波又起，他对着电话那头的刘风朔吩咐道，"你现在赶紧在附近找找看！"

"是是……"刘风朔在电话另一头唯唯诺诺地答应着，然后挂掉电话，开始在附近搜查谷庆涛的踪迹。

康子文听完刘风朔的报告，心里却有些疑惑：这个谷庆涛，为什么要故意摆脱刘风朔的监视，莫非心里有鬼？

不过现在也没时间想这么多了。康子文抬头看了眼前面的红灯，离绿灯还有十几秒，他还赶着去医院看看蓓蓓。康子文数着时间准备驱车，忽然就觉得大脑一片空白，紧接着，他的眼前模糊一片，像是有什么东西在不停闪烁着。然后那些模糊的影像开始渐渐清晰，他的眼前出现了一幅奇怪的画面：谷庆涛穿着一身如往常一样的西装，正在一条幽暗的巷子里奔跑，他的脚步紊乱，甚至有些慌不择路的样子。他一边跑，一边频频回头，神色看起来十分恐慌。康子文马上意识到，他又连接了某人的大脑，现在他正处于对方的视角，并且能清楚地看到，那个人手里还挥着一把斧头！他的影子拖在昏暗的小路上，影子里，他的手里拿着的斧头，像极了死神手里的镰刀。康子文即使是旁观者，也能感受到这股杀意，让人忍不住发抖。

突然，连接中断了。他的眼前先是一片漆黑，紧接着恢复了之前的场景：他眼前是已经变成了绿灯的红绿灯，后面有刺耳的鸣笛声。

康子文无暇顾及这些，他只知道谷庆涛有危险！可是，谷庆涛现在到底在哪儿呢？！他所处的那个黑巷子，又在哪儿？

康子文思索了两秒钟，他忽然想起画面中，在巷子的后面是一个巨大的建筑物，上面闪过一处叫豪庭的连锁酒店的招牌，他马上打电话给刘风朔。

刘风朔很快接了电话，有些惊讶："师父？怎么了？"

康子文问道："现在你附近有没有看到一个叫豪庭的酒店的牌子？"

刘风朔抬头看了一眼周围，发现还真有一家叫豪庭的酒店。他点了点头，对着电话说："有！"

康子文皱眉道："现在谷庆涛有危险，你赶紧赶过去，找找附近有没有什么小巷子，我马上就到。"

"好。"刘风朔点头，挂掉电话，便迅速开始往那家酒店附近跑去。

而另一边，康子文直接掉转车头，这一次他直闯红灯，一路狂飙，赶往案发地点。希望在自己赶到之前，刘风朔能够阻止那个杀人犯，最好可以抓住他。也许，他才是整个案件的关键。

康子文走了没多久，孔繁倩思就又打来了电话。她此时还在医院，周围都是消毒水的味道。医院里很静，她站在走廊里，透过病房的玻璃看了一眼在里面打着点滴的蓓蓓，对着电话急道："子文，你什么时候到啊？"

康子文心里蓦地一紧，但最终还是对孔繁倩思说道："对不起，倩思，出了一点事，我要先去处理一下。"

电话那边的孔繁倩思闻言顿了顿，无奈道："那好吧，你处理完赶紧过来。"

打完电话，孔繁倩思走进病房，蓓蓓的小脸因为发烧泛着一层红晕，眉头微皱，大概是因为很难受的缘故，睡得并不安稳。孔繁倩思一边轻轻地拍着蓓蓓，一边愣愣地看着她出神，不知道在想些什么。

此时，深夜的街道上冷冷清清的，大街上已经鲜有人出现，昏黄的路灯静默地映照着漆黑的道路，四周一片静谧。

没过多久，从路口走出了几个少年，他们穿着怪异的T恤衫，松松垮垮的牛仔裤挎在腰股。几个人在空荡荡的大街上游荡着，嘻嘻哈哈地打闹说笑。其中一个少年，正是之前和康子文有过一面之缘的不良少年叶允安。

这几个人刚刚从网吧打完游戏出来，他们一路踢着喝完的空啤酒罐，打算回家。

叶允安先是对着空气伸了个懒腰，随即叹了口气，一脸忧愁地说："哎呀，下周就是期末考了，如果这次再挂科，我老妈一定会打死我的。"

另一个下巴上长着一颗黑痣的少年，对着叶允安邪邪一笑，说："小安，怕什么，过几天咱们把期末试卷偷出来怎么样！"

叶允安对他摆了摆手说："德仔，这事儿我不是没想过。不过，期末试卷放在教务室的保险柜里，没有钥匙，根本打不开啊。"

"嘿嘿。"那个叫德仔的少年冲他神秘地笑了笑，一脸胜券在握的样子，"不怕。我知道钥匙在教务主任身上，只要我们能偷偷复制一把钥匙，就能神不知鬼不觉地作弊了。"

另一个少年却插嘴说："你们这样做要是被发现了，肯定会被开除的。"

叶允安冷哼一声："反正横竖都是死，还不如博一把呢。"

正说着，德仔忽然碰碰叶允安的胳膊，冲他使了个眼色，沉声说道："小安，你看。"

大家随着德仔的目光看过去，只见从前方匆匆走过来一个身影，在昏黄的路灯下拖曳出一个长长的影子。那个男人行色匆匆，戴着一顶鸭舌帽，他的脚步很快，而且只顾着低头走路，似乎很着急的样子。

叶允安对德仔笑了一下，一脸意领神会的表情，然后在那个男人走过来的时候，故意在马路上晃晃悠悠地向那个男人撞了上去。

"对不起。对不起。"他佯装是不小心撞的，连忙低头对那个男人道歉。

但是戴鸭舌帽的男人连看都没看他一眼，一副懒得理他的样子，匆匆走远了。叶允安和其他人看着那个男人消失在长长的街道上，然后才得意地拿出他刚刚从鸭舌帽男身上偷到的手机，对其他人展示。

德仔凑上去看看，怪道："这手机的款式怎么从来没见过呀？"

叶允安撇撇嘴："说不定是最新款的呢。"

"先打开试试吧，看看是什么牌子的。"另一个少年说道。

叶允安将手机翻转了一圈，将上面的按钮都按了一个遍，但是不管怎么摆弄，都打不开这部手机。

"啧。难道是没电了？为什么没反应呢？"叶允安皱眉说着。

德仔失望地看着这部手机，说道："这该不是一部模型样机吧？"

也不是没有这种可能。叶允安想着，不禁一脸不爽地骂道："真晦气。"

他将手机在手里掂了掂，低声道："既然是个模型，那干脆扔了吧，反正留着也没用。"

"哎，"德仔将他手里的手机夺了过来，说道，"别扔啊，平时拿来玩玩也是可以的嘛。"德仔拿在手里，发现这手机还挺有分量的。

另一个少年瞥了他一眼，不解道："一个模型手机，你要它干什么？"

德仔笑了笑："说不定哪天还能派上用场啊。"

"切。"那个少年一脸无语地看了他一眼，对他们说道，"快到我家了，我先回去了，我们就从这儿分开吧。"

"好！"叶允安应声答应着，对他说道，"别忘了我们偷试卷的事啊！"

三个人互相摆了摆手，表示知道了。于是，这三个少年便在这里分开，各回各家了。

黑夜似乎更加沉默了，夜风微漾，侵吞了一切声响。

另一边，康子文已经开车回到了蓝天集团附近。他观察着两边的街景，发现了那个连锁酒店的招牌。他驱车到了那个酒店，然后停车，开始在附近寻找。等康子文也找到那条巷子的时候，就看见刘风朔正站在巷口不停地呕吐。康子文忙走过去问:"你怎么了?"

刘风朔虚弱地抬起头,脸色极其难看地指着巷子里面,对着康子文说道:"死……死……"话音未落,就又忍不住胃里翻涌上来的恶心,吐了。

康子文顿时明白了。他皱了皱眉,神情严肃地走进漆黑的巷子里一看,发现谷庆涛已经被一斧头劈在脑袋上,死了。凶手的力道很重,这一斧头一看就是致命伤,谷庆涛的身下都是从大脑中涌出来的鲜血,巷子里蔓延着一阵阵血腥味。随着鲜血流出来的,还有大脑中的不明液体,看起来十分恶心。

康子文观察了一下,然后迅速打电话回总部:"我这里有桩谋杀案,申请总部启动BC。"另一边的工作人员验证了康子文的身份,立即将BC机启动,康子文将手放在死者血肉模糊的脑袋上,然后戴上了像耳机线的东西。他等了几秒,然后就感觉到自己眼前开始变黑,接着出现了一些模糊的景象。那些景象开始缓缓清晰,但是由于死者脑袋被伤得太严重,只能捕捉到一些零碎的片段。这些片段和他当时看到的场景几乎无异,唯一重要的线索,是在死者最后的记忆里,出现了一个鸭舌帽男的形象。但是,这些影像实在太模糊了,根本看不到鸭舌帽男的脸。

随即,影像就开始变得混乱了。康子文切断了连接,然后回想着最后在脑海中出现的那个鸭舌帽男的形象,思索道:莫非鸭舌帽男是凶手?

这时,吐得没力的刘风朔才晃晃悠悠地走了回来。他看到康子文手拿BC机,蹲在死者身边,一脸深沉的样子,不禁问:"师父,你在干吗?"

康子文拿下耳机线,站起身说:"我正在使用BC技术入侵死者的大脑。"

刘风朔闻言一边急忙凑上去,一边惊奇道:"哦哦!原来是这么用的呀!"好奇心让他忘记了刚才恶心到吐的感觉,反而是一脸兴奋,"能让我试试吗?"

思忖片刻,康子文点点头。这是他带着刘风朔办的第一件案子,他的这个徒弟迟早要学会使用BC机,就干脆将耳机线递过去,准备教对方怎么使用。然后,他指着谷庆涛的尸体说:"呐,先将你的手放在死者的脑袋上。"

什么?!听到这样的要求,刘风朔的注意力又重新放回到尸体血肉模糊的脑袋上,他心中顿感一阵恶寒,缓慢而努力地伸出手,在离那颗惨不忍睹的脑袋还剩余几厘米的距离时,又慌忙缩了回去。他脸无血色,怯生生地说道:"师父……我不敢。"

"啧。"康子文一脸的恨铁不成钢,"你这个胆小鬼,如果你无法平静你的内心,是进入不了大脑互联状态的。"

"哦,好好好,我再试试吧。"

这一关,必须跨过去。刘风朔试图平静心情,努力地给自己做起心理辅导:为了能够使用BC机这么高端的科技,碰死人的脑浆又算什么呢,真正的勇士就是敢于正视淋漓的鲜血……和脑浆。

过了好一会儿,刘风朔的呼吸才渐渐平稳,他终于鼓起勇气将手放在了死者脑袋上,一副视死如归的表情,甚至还像模像样地闭上了眼睛。过了半晌,他皱着眉对康子文说:"师父,我觉得我现在已经很平静了。"

康子文颔首:"对。"

"可我现在眼前一片漆黑,什么都看不到啊。难道,他临死前没有什么记忆?"刘风朔皱了皱眉,觉得好像不太对劲。

康子文却无奈地摇了摇头说:"入侵别人大脑不是这么简单的事情,必须要经过训练的。而且,你现在也入侵不了死者的大脑了。"

刘风朔的一只手依然放在死者的脑袋上,听康子文这么一说,慌忙睁开眼睛,问道:"为啥?"

康子文面无表情地看着他,说:"因为他已经死透了。"

"啊!"刘风朔失望道,"怎么会这样啊!"

"人死后,大脑还能维持活动十分钟左右。你刚才耗了那么多时间,死者的大脑应该已经停止了活动,这样的大脑是无法入侵的。"康子文解释着,最后又补了一句,"所以以后不管干什么都不要磨磨唧唧的,要把握每一分钟。"

刘风朔心情低落地"哦"了一声,然后摘下耳机线,还给康子文。这次没使用到BC机,他心里感觉无比的遗憾。就在这时,他又瞥了一眼死者的脑袋,结果胃里猛地再次泛起一阵恶心,赶紧跑到一边的墙角开始"哇哇"地吐了起来。康子文苦笑一下,走过去,拍了拍他的背,无奈道:"好歹你也是个警察,怎么见到死尸吐成这样子啊?"

刘风朔面色苍白地对他摆了摆手,弱弱地说:"对不起,我以前没见过这么……恶心的……"

其实,刘风朔以往在A组,也是见到尸体就会吐。

不过这家伙确实死得挺惨，连他看到都略感恶心。康子文回头盯了一眼谷庆涛的尸体，嫌恶地皱了皱眉。猛然，他内心闪过一个疑惑：为什么凶手要用斧头劈死者的头呢？表面上看，这凶手的作案手段残忍，方式也简单粗暴，跟其他的凶杀案也没什么区别，但说不定……他的目的是要毁掉死者的大脑。因为他知道警方拥有 BC 技术，可以通过大脑入侵死者的记忆。

如果这个推断成立的话……康子文顿时感到脊背发凉，这说明，BC 技术恐怕已经外泄了，虽然这听起来不太可能。

第九章 暗中调查

没过一会儿，巷子口便驶来了几辆警车，刺耳的警鸣声划破了寂静的夜空。因为刘风朔方才将情况已经汇报给警局总部了，所以接到消息的重案 A 组便迅速出警。

当警车停下，A 组组长杨志豪率着一众手下从车里钻了下来。看到站在案发现场的康子文和刘风朔，他的脸色立即沉了下来，颇为不悦。

"怎么又是你们？"

"因为这个死者是我们正在监视的犯罪嫌疑人。"康子文耸耸肩，表示也很无奈。

每次都遇见 Z 组的人，这本来就让杨志豪感到不爽，现在更是没好气。他冷漠地瞥了康子文一眼，冷冷地说道："这件事和你们 Z 组无关，这是我们 A 组负责的案子，懂吗？"

话音未落，就在这时，从马路远处又有一辆商务车开了过来，那车的车顶上亮着警灯。这次前来的是 Z 组，陈程率领其他组员一起赶了过来。

这边厢，A 组行动快速，来到之后便立即将这附近拉好警戒线围了起来，任何闲杂人等都不能靠近。但陈程一点也不顾忌，径直就往案发现场走去。他刚要低腰钻过警戒线，一只手突然横亘在他身前。

"哎。留步。"

一看，却是杨志豪。

只见此人黑着脸，伸手挡住了陈程的去路，一边对他说："抱歉呐，老陈，这件案子是我们 A 组负责的。按照以往的惯例，你们是不能插手的。"

陈程还未说话，一旁的刘风朔就开始急了："凭什么呀？这个目标是在我们监视之下被杀的，我们当然有查案的权利吧。"

杨志豪瞪了刘风朔一眼，狠狠地拍了一下他的脑袋，气道："阿朔，你这个臭小子，从我们 A 组转到了 Z 组，就敢这么大声跟我说话了？"

刘风朔一听这话马上就蔫了，被训斥得低下了头，心虚地不敢直视杨志豪的目光。

陈程倒是风轻云淡，一边嚼着口香糖，一边微笑着开口道："老杨，你先别激动。"

杨志豪有些看不惯他嬉皮笑脸的样子，再次重申："这可是我们 A 组负责的案子。"

陈程耸耸肩，拍拍杨志豪的肩膀："老杨你多虑了，我们不会越权的。"

"哼。"杨志豪冷哼一声，"那你们最好别多管闲事。我们的案件也由我们来查，你可别越界啊。"说完，就带着 A 组的其他人员进入现场取证了。

陈程没有急着进去，他对康子文和刘风朔使了个眼色，示意他们到另一边说话。

而其他 Z 组成员则留在警车旁。

陈程将两人带到角落里，单刀直入地问道："有没有人跟我解释一下，这究竟是怎么回事？你们为什么会监视谷庆涛？这谷庆涛又为什么会被杀？"

既然组长发话了，康子文也不敢隐瞒，一五一十地将之前在监控录像中看到的，有个男人换了李帆手提箱，以及从监控中他们掌握的唯一的线索——那块限量版的手表的事情说了出来。康子文说："我本来怀疑这个男人是汪文广，便想去公司试探试探他，没想到，在蓝天集团没有等到汪文广，而是等来了谷庆涛，更奇怪的是……"说着，他顿了顿，"谷庆涛戴着一块和监控中的那个男人一模一样的手表。我觉得这不是巧合，便和刘风朔在这里监视着谷庆涛。"

陈程问："那谷庆涛为什么会被杀呢？"

"这……"康子文有些内疚地说，"蓓蓓生病了，所以在监视的过程中我先离开了，让刘风朔在这里继续跟踪谷庆涛。只是没想到，他跟踪着谷庆涛到了停车场之后，似乎被发觉了，谷庆涛甩掉了他。而且更奇怪的是，在路上的时候，我的大脑中出现了凶手追杀谷庆涛的影像。"

听完康子文的话，陈程的脸色变得十分难看，他严肃地看着康子文，斥责道："你既然对案子有疑问，应该第一时间请示，而不是擅自行动。"

"是。"康子文低下头，他本来以为这件事他自己就可以解决，等出现什么蛛丝马迹之后再通知组里，没想到竟然出现了这样的事，只能一脸歉疚道，

"对不起,组长。"

陈程摆了摆手,沉着脸道:"不过照你的看法,是怀疑这件案子跟 BC 技术有莫大的关联吗?"

康子文点点头:"而且,有一点很奇怪,我不知为何可以看到凶手视觉的影像。"

陈程说:"说来也是,在没有启动 BC 机的情况下,你怎么会连接上凶手的视角呢?"

"唉。"康子文叹了口气,"这也正是我困惑的地方。"

陈程抚着下巴,低声喃喃道:"看来,此事真的很蹊跷。"

他低头思索了一阵,又把其他三位组员叫过来问:"你们三个,有遇到过这样的情况吗?"

肖赜、王大铁和陈若彤纷纷摇了摇头,说:"从未出现过这样的状况。"

这就更奇怪了,为何只有康子文一个人出现了这种状况?

陈程思忖道:"看来,得找 Doctor 顾了解一下了。不过,这个案子没有我的批准,谁也不许再插手了。否则,这就是违反规则了。"

"尤其是你啊。"陈程特地瞥了一眼康子文。

单独被点名,康子文颇感难堪。忽然此时,刘风朔想起什么般大喊了一声,吓了大伙儿一跳。组长陈程亦被吓得一愣,"你瞎喊什么啊!"

"啊啊,Sorry!吓到大家了!我只是突然想起……"刘风朔尴尬地挠了挠头,又面向康子文说,"那个……师父,你女儿不是生病了吗?"

"是啊。"康子文这才想起来,蓓蓓和孔繁倩思还在医院等着他呢。他慌忙跟陈程请了假,先行离开了现场。

随着康子文离开的背影渐渐远去,黑夜将那个身影映得时隐时现。与此同时,刘风朔无心瞥了一眼马路对面,忽然看见那边缓缓开来一辆名牌轿车。

这辆轿车很眼熟。很快,刘风朔想起来了,这是汪文广的座驾。果不其然,当轿车的车窗缓缓摇下时,车里坐着的人露出来半张脸庞,正是汪文广。不知为何他会出现在这里,而且,他还朝这边的巷子看了一眼,眼神里氤氲着复杂的情绪。不过他没有过多停留,很快便吩咐司机又开车走了。

盯着那辆车的背影,刘风朔的表情看起来十分凝重。

康子文从案发现场离开后,迅速赶到了医院。

来到蓓蓓所在的病房,女儿已然入睡。病房里亮着幽微的灯光,有着孕育在黑夜中的静谧,窗外抹着一片看不穿的漆黑。孔繁倩思守候在病床前,轻伏在床边,大概是累得睡着了。

康子文轻轻地走过去,将她拍醒。

见是他,她揉揉眼,"你怎么现在才来?"

康子文带着歉意微微一笑,才低声问道:"蓓蓓怎么样了?"

"经过治疗,已经没什么事了,医生说休息一个晚上,如果明天没有出现特别情况,就可以出院了。"

康子文这才松了一口气,他抬手看了眼手表,已到十二点多了。他看着孔繁倩思已经有些疲惫的脸色,心里涌上一阵愧疚和感激,"谢谢你,倩思,如果不是你,我都不知道该如何是好。"

孔繁倩思看着他,眸中闪过一丝波动,随即轻声说:"别这么说,大家这么久交情了。可是,你刚才去哪儿了?怎么这么迟才赶过来?"

说起刚才,康子文头疼地扶了扶额头,说道:"发生了一件案子,我不得不去处理一下。"

孔繁倩思叹了口气:"工作固然重要,但你还是要照顾照顾蓓蓓的感受啊。她生病的时候,最希望的还是你能够陪在她身边。"

"我知道。"他何尝不想多陪陪蓓蓓,但是他的工作实在不允许他有太多的时间陪伴女儿。看着熟睡的蓓蓓,康子文轻柔地摸着她的脑袋,心里不禁涌上了一阵内疚。

翌日。阳光初绽,黑夜被迫落幕,朝阳将湛蓝的天空映得闪闪发光,沉寂了一夜的医院重获生气。病人陆陆续续苏醒了,上班的护士也开始查房,医院里一扫黑夜的冷清与阴森,走廊上的人影开始忙碌起来。

病房内,在医院守了一夜的康子文也揉着睡眼醒来了。孔繁倩思不在床边,出去买早餐了。挂瓶里的药液早打完了,蓓蓓躺在病床上,脸色好了许多,康子文摸了摸女儿的额头,发现她已经退烧了,这才松了口气。

此时,蓓蓓也迷迷糊糊地睁开了眼睛,她看到康子文就在身边,感到颇为惊讶,委屈地喊道:"爸爸?"

"嗯。"康子文应了一声,怜爱地摸了摸蓓蓓的小脸,轻声问她,"怎么样了,还难不难受啊?"

蓓蓓摇摇头。这时,查房的医生进来了,他给蓓蓓检查了一下身体,随后告知说体温正常,已经可以出院回家了。

刚谢过医生,去买早餐的孔繁倩思正好也回来了,康子文让她留在病房内,然后自己去办出院手续。

家里因为一晚上没有住人,回到家后三人觉得屋子里已经弥漫着一层凉意。担心刚从医院回来的蓓蓓再受凉,康子文进门后就把空调的暖气打开了,没过多久,家里就恢复了暖意。安顿好蓓蓓,他抬手看了眼手表,现在已经到了上班时间。他嘴上没说,心里却有些着急,不知道昨天晚上谷庆涛被杀案办得怎么样了。

他很想知道事情的后续。

但是……女儿还生着病。康子文犹豫地看了眼蓓蓓,她的小脸仍然红扑扑的,此时正睁着一双无辜的大眼睛,越看越觉得让人怜爱。这个时候,他不能扔下女儿不管啊,他应该尽作为一个父亲的责任。

不曾想,孔繁倩思早就猜透了他的心思:"阿文,去吧。"

"可是……"

"爸爸,你去吧,工作要紧。"连蓓蓓也识破了他焦急的心情,像个小大人般宽慰道。

康子文不免感动,他蹲下去,摸了摸女儿的脑袋,对她说:"那蓓蓓要乖乖地和倩思阿姨待在家里。你要听话,知道吗?"

"我会的。"蓓蓓点了点头,脸上多少有些失落。

女儿的早熟,让康子文心里不是滋味,这个年纪的小女孩,应该是扑进父母的怀里撒娇才对。然而,因为他的工作性质,却无法经常陪伴女儿,愈思及此,康子文的内心就愈加愧疚,但无奈,他是执法者,只能先放下家事。

孔繁倩思搂着蓓蓓,轻声哄道:"蓓蓓乖,你爸爸今天有事,就让倩思阿姨陪你好吗?倩思阿姨今天给你做好吃的。"

蓓蓓虽然失落,但懂事地点点头。她抬起稚嫩的小脸:"爸爸,你去忙吧,我不会给你添麻烦的。"

"那蓓蓓就拜托你了。"康子文向孔繁倩思投去感激的目光,亲了亲女儿的额头便离开了。

来到楼下，钻进汽车的时候，他抬头看了一眼自己家，只见女儿正趴在阳台上，依依不舍地望下来，那一刻，康子文的心中深感心酸。自从妻子小娟去世之后，只剩他与女儿相依为命，偏偏，他却因为工作原因总是忽视蓓蓓。思及此，他的心中无奈地叹了口气，决定等这次的案件彻底结束之后，一定要请假多陪陪女儿。

做出决定之后，康子文稍稍心感宽慰。

驱车回到Z组总部后，他便匆忙去了组长办公室，想询问一下昨晚的案件进展情况。

敲门进去的时候，陈程正坐在办公椅上闭目养神，一脸惬意地听着留声机，优美的旋律在如此美好的早晨显得格外动听。他沉浸在黑胶唱片的曲子中，肢体不自觉地随着旋律在空中舞动，仿佛正在进行一场古典音乐会。

康子文神色匆匆地走了进来，打断了陈程的自我陶醉。但他也只是抬头瞥了一眼，就淡淡地低下了头，似乎并不惊讶的样子。

"组长。"康子文走上前，"昨天晚上的案子……"

"老康。"陈程懒懒地抬起眼，打断他，"这件案子你就别管了，A组那边自然会处理。"

"可是……"康子文仍想辩论。

陈程接着说："老康，我知道你心里想的是什么，但是，我们不能扰乱其他组的工作。你也知道，Z组的存在，已经引起了很多人的不满，我们必须小心行事，才不会被人抓住把柄。"

"唉。"康子文明白，组长的担忧不无道理，只能无奈地叹了口气，"既然你这么说，那只好这样了。"说完，他就离开组长办公室，回到了自己的办公桌前，一脸忧愁地扶着下巴。

这时，刘风朔端着一杯水走了过来，他把水放在康子文的前面："师父，关于昨晚的案子，我……"

他刚开口，康子文就对他使了个眼神，轻声说："别在这里讨论。"

"啊？为什么。"刘风朔显得疑惑。

康子文没有说话，而是把他拉到了茶水间。刚一进去，刘风朔便问道："怎么了师父？干吗这么神神秘秘的。"

"嘘。"康子文对他做了个手势,轻声道,"组长不让我们插手这个案子,所以,如果我们要调查,最好暗中进行。"

刘风朔也跟着压低了声音:"啊?既然组长不让调查,那我们最好还是别插手了吧?"

"啧。"康子文拍了一下刘风朔的脑袋,愤愤道,"你咋这么胆小呢?"

刘风朔摸了摸脑袋,委屈道:"可要是我们偷偷摸摸地查,万一被组长发现了怎么办?"

"这个你就不用担心了。"康子文说,"总之,如果上面追究下来,我会负全责的,快把你查到的东西告诉我。"

"好吧。"刘风朔翻出他手机里的视频,然后对康子文说,"这段监控视频是我托 A 组的内部人士偷偷 copy 下来的。"

这段监控是在位于案发现场附近,一条叫浠水街的地方拍下来的。监控视频里,幽暗的街道上出现了一个戴鸭舌帽的神秘男人,他当时从案发现场的巷子里匆匆走出,低着头神色慌张。那会儿已是夜深,街上的行人很少,但他显然意识到附近有摄像头,因此一直压着鸭舌帽赶路。视频里,那顶鸭舌帽的帽檐上方突然闪过一道金色的光芒,应该是属于它的帽徽。

这个男人,跟他在死者记忆碎片里看到的犯罪嫌疑人很像。康子文陷入了沉思,他记得,那个凶手也戴着同样的鸭舌帽,所以视频里出现的这个男人,说不定正是凶手。

而且,他出现的时间和地点离案发时间和现场都很接近,这样他是凶手的可能性就大大提高了。

应该就是他!康子文赶紧问:"那么,A 组有没有调查出这个人的身份?"

刘风朔却说,这个神秘男人刻意用帽子遮住了脸,导致监控拍不到它的样貌。而后,他躲进没有监控的区域就消失了,目前 A 组也在全力缉捕此人。

闻言,康子文失望地垂下了眼睛,明明眼看就要得到线索,最终却是竹篮打水一场空。

突然,他盯着那段监控视频,瞳孔微缩,似乎是发现了一个可疑的地方。他对刘风朔急道:"快!倒回去看看!"

"师父,怎么了?"刘风朔赶紧将那段视频倒回去。

只见康子文目不转睛地盯着屏幕,"就这儿!"他猛然说道。与此同时,视频停顿在某一格画面。

停顿的片段里显示，鸭舌帽男正在街上走着，与几个身穿校服的学生迎面擦肩而过。康子文眼尖，他指着其中一个学生的手，对刘风朔说："你看。"

刘风朔仔细看了一眼，很快也发现了：那个学生的手正从鸭舌帽男的口袋里往外掏什么东西。

这分明是偷窃啊！

但这不是重点。重点是，那学生从鸭舌帽男身上偷到的东西，很可能会成为破案的线索。

现在，又一个问题摆在面前——必须得先找到这个偷窃的学生。

"等一下。"正仔细凝视着手机屏幕，康子文忽然指着那个学生的身影说，"你放大一下这个学生的脸部。"

闻言，刘风朔立即将视频画面拉大。

哦……这下子康子文恍然了，经过仔细辨认过后，他终于确认了。怪不得他就觉着这个学生看着这么眼熟，这不正是之前在地铁上想偷走他手机的那个高中生吗？当时，对方的偷窃行为被他发现并被他教育了一顿，最后还被他放走了。因为当时这个孩子比较有趣，所以他印象也比较深刻。

对了，当时那个高中生还自报过家门来着……

康子文努力回忆着这男生的名字，绞尽脑汁终于想起来了。

他叫叶允安，就读于香云高中！

Chapter 10 第十章

再见高中生少年

香云高中是本地一所名校,是许多中考学生的第一志愿。康子文上班途中经常路过它的校门口,所以对它十分熟悉。

这天一大早,他便驱车来到香云高中外面的马路上。下了车,他左顾右盼,却不见徒弟刘风朔的身影。

明明约好上午9点来的,这小子……康子文站在学校门口,打电话给对方,但手机语音提示忙碌,始终没有人接。没法子,康子文只得继续在原地。等了好一会儿,大街上来来往往的人群中,始终未见刘风朔的影子,他干脆一个人走到了学校的门卫室。

门卫室里有一个老大爷,正坐在那聚精会神地看报纸,手边放着一个看起来年月久远的搪瓷杯子。杯子在阳光下升腾着白气,杯口的边缘还印着一层茶渍。康子文刚走到门卫室旁边,老大爷便警惕地抬起眼睛着看他。

"上课时间,不接待外人。"老大爷慢慢悠悠地说道。

康子文掏出怀里的证件,笑了笑:"大爷,我是警察,想进去找一个人。"

"原来是警察同志啊。"老大爷的态度平和了些,他推推老花眼镜,将目光从报纸移到来客的身上,"你想找谁?"

"一个叫叶允安的学生,是在你们学校吗?"

康子文说明来意,老大爷却眉头微蹙,显得不太耐烦。"警察同志,这个高中有上千名学生,我怎么记得住全部学生的名字呢?"

想想也是,康子文干脆拿出手机,调出相册里保存的监控截图,然后递过去,"大爷,您认识这个学生吗?"

老大爷将老花镜从鼻梁上拉下来一截,对着手机看了看,怒发冲冠道:"原来是这个捣蛋鬼啊!化成灰我也认识他。他就是高二(三)班的!这小畜生,上次还偷偷往我的保温壶里撒尿!"

康子文看着怒不可遏的老大爷，不禁汗颜：看来，这姓叶的小子坏事做得不少啊。

老大爷瞅了瞅康子文，偷偷在他一侧问："警察同志，这小子是不是犯啥事了？我就知道，他和一帮坏小子经常干坏事，迟早要进去的！"

康子文苦笑着摇了摇头，想着这小子实在太调皮了，便说："大爷，我就是来找他的。"

"哦哦！"听到这个，老大爷十分积极，他指着学校里面的其中一栋教学楼，对康子文说，"他今天来上学了！我第二节课的时候还看到他在校园里溜达呢。你这会儿去，准能逮住他！"

"行。那就谢谢您啦！"康子文笑眯眯地对大爷摆摆手，然后走进了学校里。他来到高二（三）班教室外，里面的孩子似乎在上自习课，教室里一个老师都没有。康子文趴在窗口张望了一下，然后拍了拍其中一个靠窗的同学，笑着问，"不好意思同学，请问叶允安在不在？"

那位靠窗的学生戴着眼镜，一副软弱书生的模样。他谨慎地瞥了康子文一眼，问道："你是谁啊？"

康子文笑了笑，编了个借口："我是他表哥。"

"表哥？没听说他还有个表哥啊。"那个眼镜仔嘟囔着，"哦，叶允安现在不在，要不你去楼顶找找吧，他一般都会逃课去楼顶睡觉。"

"谢谢啊。"康子文笑着跟眼镜仔道谢，心里骂道：这小子还真是不学无术啊。

很快，康子文来到了教学楼顶，果然看到叶允安正躺在楼顶的角落，脑袋下还枕着书包。他美美地咂巴着嘴，不知道做了什么好梦。这时阳光已经洒满楼顶，日光刺眼，亏他还能睡着这么香。

康子文走过去，不耐烦地拍了拍这男生的脸蛋。

"喂！醒醒。"

正值好梦当中，叶允安眼也不睁，嫌恶地推开那双拍打他的手，愤愤道："起开！不要打扰老子睡觉。"

"喂，老师来了。"康子文吓唬他。

可惜，这小子根本不吃这一套，"别吵！校长来了也白搭！谁吵我睡觉，我弄死他！"

真不知这小子是真睡还是假寐，康子文不管了，直接一脚踹过去，把他踢翻了个身，吼道："臭小子！欠我的钱啥时候还！"

"哎哎哎！强哥，欠你的一千块我过几天一定还！"

叶允安吓得瞬间睁开了眼睛，条件反射地抓起身下的书包。他刚惶恐不安地站起身，却看到站在他身边的人不是什么强哥，而是一个有些面熟的男人，对方还似笑非笑的，像藏着阴谋诡计。

数秒钟后，叶允安认出对方了，不禁有些傻眼："大……大叔？你怎么在这儿？"

这位大叔，不就是之前在地铁上遇见的吗？

康子文冷哼一声："臭小子，我有事找你。"

叶允安冲他皱眉，不满道："谁叫臭小子啊，我可是有名有姓的好嘛。"

康子文说："废话少说，我有一件事要问你。7号晚上，也就是前天晚上，你是不是去过浠水街。"

叶允安一听，脸色微变。前晚他和几个小伙伴确实去了浠水街，还偷了一部路人的手机。难道康子文是为这件事来的？他心里忍不住开始打鼓了，该不会真的是什么贵重的新型手机吧？然后人家立案了？要是盗窃罪成立了，他可是要进少管所的。

他可不想进那种地方。听说，那地方可是要捡肥皂的！

想着，他立即笑嘻嘻地对康子文摆手道："不，大叔，我前天晚上在家里做作业，没去过浠水街。大叔你不要随便冤枉人哦。"

真会装！康子文不屑一笑："呦，想跟我装勤奋好学？得了吧，别装了，你们所做的一切，早就被监控给拍了下来！"接着，他翻出手机里保存的监控视频，"你敢说，这个人不是你？！"

见骗不过康子文，叶允安立即蔫了，转而哀求道："大叔，只不过偷了一部手机而已，用不着你特别来抓人吧？再说，那部破手机根本用不了啊，大不了我们还给失主呀。你不是一直都说，知错能改善莫大焉吗！"

看到叶允安被吓得六神无主，康子文顿觉好笑，摇头道："臭小子，你想多了。我不是来抓你的，就是想来找你问一些情况。你还记得被你偷手机的那个家伙长什么样吗？"

"真的不是来抓我的？"叶允安听罢，心里长松一口气。

"对。"康子文点点头,"只要你好好配合,我就可以法外开恩,放了你。"

"等一下。"叶允安倒是嗅出了不寻常的味道,"大叔,你怎么这么关心那个失主?"

"警察办案,你最好别多问。"康子文不肯透露半句。

叶允安也没辙,只好认真地回忆起来。过了半晌,他才说:"我记得那个家伙戴着一顶鸭舌帽,还戴着口罩,不过当时天太黑了,根本看不见脸啊。"

这令康子文有点失望。他沉吟了半刻,继而抬头续问:"那你偷来的那部手机在哪儿?"

说不定,那部手机会是破案的关键。

叶允安说:"那东西在我朋友德仔手里。大叔,那部手机我们可以还给失主的,请不要逮捕我们好吗?"

他完全误解了,康子文对逮捕这些少年毫无兴趣。想着,他掏出自身携带的BC机,问:"小安,你偷的手机和这部手机一样吗?"

叶允安拿过来仔细端详,两部手机外形并不相同。他皱着眉说:"好像……不太一样。但那部手机很奇怪,打不了电话,不像是智能手机,我还以为是一部模型机呢。"

这么说来,鸭舌帽男的手机很可能是BC机的新型号,所以外形才不一样。但这只是猜测。为了确认心中的猜测,康子文认为唯一的办法还是得找到那部手机。

"你现在带我去找你那个朋友,我要看看那部手机。"

"好吧。那你跟我来。"

康子文便跟着叶允安下了教学楼。他们走到学校的一个角落,叶允安起势就准备翻墙,结果还没爬上墙头就被康子文拉着裤腰带给扯了下来。

"你干吗啊?"康子文问。

"翻墙啊,不然我们怎么出去?"叶允安回头,一本正经。

"从正门出啊。"康子文也一本正经。

叶允安感到很无奈说:"大叔,你是不知道我们门卫室的大爷有多难缠!他绝对不会让我出去的。现在出去,可就算逃学了。"

"不会的。"康子文一手抓住叶允安的胳膊,二话不说就提着他往大门的方向走,"今天你跟我出去,大爷高兴还来不及。"

"怎么可能啊？！"叶允安在后面一脸怀疑地喊着。

到了校门口，门卫老大爷果然没有阻拦，反而乐呵呵地开了门。叶允安还是第一次发现他笑得那么慈祥。

这大爷今天是咋了？叶允安百思不得其解。他怎么会知道，这老大爷以为他是被警察逮走了，开心还来不及呢。

出了校门，两人沿着铺满树荫的道路往前走。夏日阳光甚好，慵懒的树叶在地面描绘下自己的影子。叶允安走在前头，他要去往位于学校附近的一栋烂尾楼。那栋楼本打算盖作商业广场，却只盖了一半，开发商就资金链断裂，不得不跑路了。于是乎，它就这样被搁置了许多年，成了一片无人涉足的区域。

在日光的照耀下，那栋几层楼高的烂尾楼矗立在闹市当中，锈迹斑斑的外墙令它看起来就像一个垂垂暮年的老者。因为长时间的荒置，烂尾楼四周的工地长满了野草，当年搁置在此处的钢材早已生锈，所见之处，处处显露出一片颓败的景象。

这儿的地下停车场平时是叶允安和德仔他们几个人的秘密基地，墙上到处是他们无聊时画的涂鸦。有时候，他们会在这儿踢足球，或者玩一下斗地主什么的。

对于他们来说，这是属于他们的地盘，所以如果有拾荒者或者有其他人想进来，都会被他们赶出去。正因如此，这栋楼难得的清净。

此时，小伙伴德仔正躺在捡来的一个破旧的沙发上看着漫画，这是他刚买的最新出的漫画。为了看漫画书，他还专门逃课了。他跟叶允安一样，都是学校黑名单上的落后生。正当他看得津津有味时，忽然——

响起来的手机铃声在空荡荡的地下停车场里显得异常突兀，着实把德仔吓了一跳。

谁打来的呢？他摸过电话一看，来电显示是叶允安。接通后他还未开口，电话那头的叶允安劈头盖脸便问："喂，德仔，那部手机还在你身上吗？"

"手机？"

"就是前几天偷的那部破手机呀。"

"哦！"德仔顿时恍然，"你说那部不能用的手机？还在啊。"

手机里传来叶允安仓促的声音，他说："你千万不要扔掉，等一下我们就过去取。"说完电话就被挂断了。

莫名其妙。德仔无语地在心里吐槽了一句,然后继续看他的漫画。

时间缓慢地流逝,这个空荡荡的地下停车场出奇的安静。

一个人影悄然走了进来,向看漫画的少年逼近。

然而,德仔没有发现。

直到"啪!"的一声响,击碎了这片空间的静谧。

"哇!"这突如其来的响声吓得德仔从沙发上跳了起来,他诚惶诚恐地定睛一看,却见一只篮球"啪啪啪"地弹了过来。哪里来的篮球?德仔被吓得不轻。他迅速扫视周围,却没有发现任何古怪的人影。

没有人,篮球却在地上滚动?

这也太灵异了吧!德仔下意识地抱紧身子,顿觉一股冷意爬上脊背。这烂尾楼一直给人的感觉就怪阴森的,之前还有小伙伴戏称这地方弄不好有鬼呢!

靠!不会真的有鬼吧!

"谁?谁在哪儿?!"德仔壮着胆子喊了几声。空荡荡的停车场里顿时回响着他的回声,除此之外,风平浪静。该不会是从哪里闯进来的吸毒者吧?这附近偶尔会遇见一些鬼鬼祟祟的家伙。德仔想着,顺手抄起了一根木棍,向前面走过去。

他握紧了木棍,心中暗想,要是让他发现了,不管是谁,一定毫不客气地揍一顿。

德仔向着摆放着杂物的地方走了过去。那里显得十分幽暗,他猛然冲了进去,但没看到有任何人影。

奇怪了,没人?这篮球总不会是自己弹过来的吧?

一旦联想到鬼怪作祟,德仔心里顿生寒意。他心里念念着:阿弥陀佛,有怪莫怪。正当此时,忽然——他的目光顿住了。

有人!

他发现自己被一个黑影笼罩住了。他盯着地上悄然出现的影子,觉得后背一阵发麻。

是谁?!

与此同时,叶允安与康子文正在匆忙向烂尾楼赶来。

半路上，康子文突然一僵，仿佛被一股电流击中，定在了原地。

这让叶允安困惑了："老康，你怎么不走了呀？"

康子文没有回答，像是陷入了失魂状态，瞳孔收缩，一双眼睛死死地盯着前方。即便叶允安抬手在他眼前挥了挥，他也是一点反应都没有，那副模样甚至略显可怕。

而此刻，康子文眼前出现的，是被切换了视角的情景——只见眼前清晰的街道开始渐渐模糊，随后切换到了一个阴暗的场景。那里黑沉沉的，看起来十分空旷且阴冷，给人逼仄而窒息的感觉。

噢！他猛然看到自己的手中拿着一把斧头，而他的跟前站着一个男生，那个男生背对着他，身子在微微颤抖。

康子文明白了，这是凶手再次犯案了。他要对付的人，是谁呢？

少年，快逃啊！

他想警告影像里出现的男生，但对方是听不到他的话的。

这时，男生意识到了身后有人，紧张而缓缓地回过头。康子文能够清晰地看到他的表情，他的脸上布满了惊恐，身子似乎被吓僵了。他的嘴唇还在轻轻颤抖着，但是一句话也说不出来。

下一秒，康子文感觉到凶手的身影微微动了动，他能预感到接下来要发生什么，但是却无法控制。

"噢！不！"康子文猛地大喊出声。

站在他身前的叶允安被他吓了一跳。见康子文突然满头大汗，浑身发抖，叶允安赶紧推了他一把："老康，你发神经了吗？突然喊一声，吓死我了。"

凶手的视像消失了，康子文这会儿回过了神，他激动地一把抓住叶允安，劈头盖脸就问："告诉我，那个德仔，是不是下巴的这个地方长了一颗痣！"说着，他摸向自己的下巴右下角。

对此，叶允安感到有些惊讶："是呀！不过，老康，你认识德仔？！"

这下子糟糕了。康子文心里一沉，他哪里认识德仔？！只是，他刚刚看到凶手正在对德仔下手。

"快点！"康子文没空跟他解释，大喊，"快带我去，德仔有危险！"

"啊？！哦哦。"叶允安虽然不知道康子文的表情为何突然如此慌张，但他也感到事情似乎很危急，便慌慌张张地带着康子文，两个人朝烂尾楼那边疾奔过去。

他们刚跑到地下停车场入口处，就听到下面传来凄厉的惨叫声。叶允安脚步一顿，他听出来了，这是德仔的声音。

康子文的反应比叶允安快一些。他冲下去一看，只见德仔坐在地上，一脸惊恐地哭喊着，肩膀处已经挨了一斧头。鲜血哗哗直流，染红了衣物和地面，场面十分可怖。而一个戴鸭舌帽的怪人正背对着，看不清模样，幽暗中就像是地狱来的使者。

他挥起斧头，想要对德仔砍第二下。

千钧一发之际，康子文掏出手枪对着鸭舌帽男的背影，声音冷冷："别动！我是警察！"

鸭舌帽男挥斧的动作骤停，身子微顿。猛然间，他转过身，一斧头朝康子文飞了过来。

可恶的家伙！康子文一边躲开袭来的斧头，一边开枪怒射。但对方躲开了，随后头也不回地向停车场的出口奔跑。

见状，康子文紧追不舍。两人的身影迅速地离开了。

"德仔！"这时，叶允安才急匆匆地跑到德仔身边。看到满地的鲜血，他只觉得腿下一软，几乎是连扑带撞地扑到德仔身边。他本想把德仔抱起来，但面对满身是血的德仔却无从下手。他的喉咙像是被什么哽住了，过了许久，才难以置信地大喊出声："德仔！你醒醒！你醒醒！"

可怜的德仔肩膀上挨了一斧头，早就晕死过去了。任凭叶允安怎么叫唤，却是不醒来。

那边厢，康子文紧紧追着鸭舌帽男不放。只是这地下停车场并不是封闭的状态，有多个出口与外界相连，而且行凶者的速度极快，兜兜转转之下，很快就把康子文甩掉了。他站在空旷的地下停车场里四处张望，外面哪里还有那家伙的身影。

又让他逃跑了！康子文惋惜不已，只得悻悻返回案发现场。只见叶允安仍待在德仔身边，一脸快哭了的样子，而德仔仍在昏迷中。

"大叔……你快救救德仔啊。"叶允安嘶哑着喉咙对康子文说道。

康子文测了一下德仔的鼻息，发现他还有呼吸，便赶紧拨打急救电话。同时，他对德仔的伤口处做应急处理：包扎好，先尽量止住血。

叶允安到底只是个十几岁的孩子，他第一次见到这个场面，被吓得脸色苍白，坐在一旁一句话都不说，身子还在不停地发抖，一副要哭出来的样子，让人看着也十分难受。

康子文走过去，拍了拍他的肩膀，宽慰道："没事的，别害怕。"

"大叔。"叶允安抬起头，目光十分悲伤，轻声问，"德仔会死吗？"

"不会的。"康子文摇了摇头，"他现在受了重伤，应该不会有事。"

叶允安这才委屈巴巴地点了点头。康子文看了一眼已经陷入昏迷的德仔，忽然眉头一皱，想起了什么。他一边翻着德仔身上的口袋，一边问叶允安："你不是说有一部手机在德仔身上吗？"

"对啊。"叶允安点点头，"那部手机确实被德仔带走了。"

康子文一双剑眉越皱越深，可为什么他翻遍了德仔全身，都没有找到那部手机呢？他心中暗自沉吟着，恐怕这部手机被鸭舌帽男带走了吧。对方果然是因为那部被窃的手机而对德仔痛下杀手，这就更说明那部手机的重要性。

现在，他更怀疑这部手机和BC机是同一类型了——即是说，它也具有大脑互联的功能。

没等多久，救护车就鸣笛赶到了。除了救护车，随之而来的还有陈程率领的Z组人员。

康子文及时将此事汇报给了总部。

从警车上下来时，陈程嘴里虽嚼着口香糖，脸色看起来却不是很好。他看着满身是血的德仔，沉声问："怎么回事？"

康子文皱眉："那个鸭舌帽男又出现了。"

陈程目光微沉，摸了摸下巴："真奇怪，他为什么要对付一个高中生啊。"

康子文顿了顿才说："因为他们偷走了他身上的一件东西。"

"什么东西？"陈程问。

康子文说："我怀疑是BC机。"

Z组的其他人员都在一旁听着，肖赜闻言插话道："这不可能吧？我们的BC机都有备案的呢。而且康哥，你看，我的机子还在这儿。"肖赜说着将他怀里的BC机掏出来，又对着其他人努努嘴，"你们的呢？"

王大铁和陈若彤也将身上的BC机掏了出来，然后看了眼康子文。康子文无奈地举起手说："我的当然也在。"

陈若彤一双杏眸微亮，"那会不会是研究科的人往外泄露的？"

陈程摇了摇头："不，BC 机就四部。研究科的人不可能私自另外造一部出来，因为他们的一切活动都在监控范围之内。"

康子文陷入了沉思，说道："总之，我认为 BC 技术泄露的可能性很大。"

"也说不定。"陈程说，"也许你怀疑的 BC 机只是一部普通的手机。在没有见到实物之前，我们不能妄下定论。"

康子文却不这么认为："如果只是一部普通的手机，那凶手为何要不惜杀人抢它回来。"

王大铁对着康子文耸耸肩："康哥，这个倒很容易解释啊，因为那手机里有不可告人的秘密，所以凶手一定要拿回来呗。"

肖赜在一旁点点头道："对，大铁说得有道理。"

"对。"康子文无奈地看了众人一眼，"你们这么认为，我也没有办法，毕竟我没有真凭实据。而且这也只是我的猜测。"

说着，陈程看了眼四周，又问："咦？刘风朔那小子呢？他不是跟你在一块儿吗？"

康子文伸手摁了摁自己的太阳穴，苦恼道："这个问题也是我想知道的。"

刚说着，一个熟悉的人影便匆匆地从外面跑了进来。只见刘风朔骑着单车，气喘吁吁，而且他现在全身湿漉漉的，一副落汤鸡的惨样。

康子文惊愕地看着他："你到底干什么去了。"

刘风朔抹了一把顺着头发滴落到脸上的水珠，气虚疲累道："我走在半路的时候……家里的房东给我打电话说水管爆了，所以我就赶回去修水管了。"没想到他匆匆赶到这附近的时候，看到大家竟然都在，便疑惑道，"究竟发生了什么事。"

康子文看了众人一眼，忽然有些心虚，但还是将经过告诉了他。

刘风朔听完惊讶地张大了嘴巴："那鸭舌帽男又犯案了？"

陈程在一旁叉着腰，哼了一声，冷冷道："我忘了说，你们也太岂有此理了！调查到线索居然没向我汇报？"

"这个……"刘风朔紧张地挠了挠头，下意识地看了康子文一眼，要是因为这件事被组长处分就完了，然后一副惊慌的样子，对着陈程支支吾吾道，"我……我……"

康子文抬起头，大义凛然地站在刘风朔身前，对陈程说："组长，所有事情都是我一个人擅作主张，朔仔他也只是听我的指挥而已。"

"哼。"陈程瞥了他一眼，冷硬着声线道，"老康，你别以为我不敢处罚你。我说过了，这件案子是 A 组负责的，我们不能越权。如果再有下次，别怪我将你开除。"

这话真狠。而且看他的表情也不像是开玩笑的，恐怕这次组长是真的生气了。但康子文不明白，一向对案情执着认真的陈程，面对这件疑点重重的案件，为何突然非要墨守成规地办案呢？这可不符合他往日的风格啊！

但既然陈程有话在先，康子文也不敢随意违反内部守则。

而另一边，叶允安跟着救护车到了医院里之后，德仔就被推进了急救室。

其他几个相熟的小伙伴得到通知很快赶到了，一起守候在病房外。德仔的父母因为在外地打工，所以一时间没能及时赶回来。

叶允安坐在医院的走廊上，看着急救室亮起的红灯，心里焦躁不已。

其他好友亦显得忧心忡忡。其中一个小伙伴叹了口气，难过地低声说道："德仔不会死吧？"

叶允安皱眉打断他："别说这么晦气的话，他才不会这么容易挂掉呢。"

那个小伙伴又说："可是，德仔为什么会遭到袭击呢？小安，你当时就在现场，你一定知道吧。"

叶允安张了张嘴，却说不出个所以然来。他烦躁地揉了揉头发。虽然他第一时间赶到了现场，但对于德仔被袭击的原因，他确实不知。不过，他知道，有个人肯定知道内情。

就在这时，寂静的医院走廊里响起了匆忙的脚步声。叶允安抬起头，只见一片苍白的背景之下，有两个人出现了。他们的身影越走越近，其中之一是康子文。他神色肃穆地带着刘风朔径直走了过来，那张看起来沧桑憔悴的脸上带着少有的阴郁。

康子文看了看叶允安与小伙伴，问："小安，你的朋友德仔怎么样了？"

"大叔。"叶允安没有正面回答康子文的问题，而是目光坚毅地反问他，"大叔，我倒想问问你，德仔为什么会被袭击？！"

叶允安当时真的是被吓蒙了，但是事后反应过来，却觉得这事实在太蹊跷了。他们几个人在一起虽然会小偷小摸，还跟外面的小混混打架，但是像这种明摆着要杀人的，他们还真没碰到过，而且，康子文一个警察，为什么会这么大费周章地亲自来找他？这些迹象都让人觉得太奇怪了。叶允安总觉得这些都跟康子文有关，所以他迫切地想要问个清楚。

康子文看到了叶允安眼中的责难和不满，一时之间也有点不知所措。他自然不能说出案子的内情，所以只能支支吾吾地搪塞："这个……我也正在调查当中啊。"

"是不是跟那部手机……"叶允安皱着眉问他，"是不是……"

"小安！"康子文突然厉声打断了他，目光中有少许的厉色，这个眼神把叶允安吓了一跳，不敢再说下去了。

"小安，你跟我来。"康子文对叶允安使了眼色，然后拉着他走到了医院的楼梯间，刘风朔也在后面跟着。

三个人来到了僻静处。康子文顿了顿，颈间的喉结动了一下，一时不知该怎么说出口。过了半晌，才艰涩地劝道："小安，我理解你的心情，但这件案子恕我不能奉告，因为它牵扯的问题太多了，一旦处理不顺，就会出现大问题。所以，我也希望你不要在外人面前提及有关这件案子的任何信息。这样做，很可能让袭击德仔的凶手逍遥法外。"

叶允安盯着他："大叔，我能相信你吗？"

"你觉得呢？"

他沉吟片刻，才抬起头说："好，我相信你。不过，你一定要答应我，将那个凶手绳之以法。"

"我会的。"康子文目光如炬，再次郑重许下承诺，"放心，我一定会的。对了，德仔的情况现在怎么样？"

说到德仔，叶允安失落地低下头道："医生正在里面抢救，说还没度过危险期。"

康子文拍拍他肩膀，宽慰他："德仔一定会没事的，你先回去照看他吧，有最新消息我会通知你的。"

叶允安还要去看德仔那边的情况，就先回去了。

此时，安静的楼梯间里只剩下康子文和刘风朔师徒二人。

"师父。"刘风朔谨慎地观察了一眼周围，然后才贼兮兮地低下头，轻声说，"德仔兴许看到了凶手的脸，如果我们入侵他的大脑，说不定……"

康子文摆摆手，他叹了一口气："朔仔，今天组长都那么说了，没有他的授意，我们根本无法动用 BC 技术。"

"啧。"刘风朔失落地皱了皱眉，喃喃道，"那真是可惜啊。难道，这件案子我们就这么放弃了吗？"

康子文心中也十分失落，毕竟这个案子疑点重重，而且眼看着有了点线索，却无法追查下去。但，有件事，康子文想了想，觉得必须弄清楚——为什么他每次都能与凶手的视角同步。这不是很奇怪吗？而且每一次都是在案发前看到，就像有人故意将两人的大脑连接共享一般……

关于 BC 技术，最了解的人莫过于它的发明者顾程浩了。

"在 Z 组里面，使用 BC 机的人不止我一个啊。"Z 组研究科里，康子文一脸疑惑地坐在办公桌旁。

顾程浩正在看电脑数据，他顿了顿，抬起头，说："这一点，确实很奇怪。一定是有着某种原因，让你和凶手的大脑连接上了。"

"那究竟是什么原因呢？"康子文又问。

顾程浩无奈地耸耸肩："这个我也不知道，毕竟这是 BC 技术使用以来的第一起事件，我们以前的实验者也没有出现过这种状况。"

连顾程浩都无法给出答案，看来只能等案情明朗之后，才能水落石出了。

第十一章

似曾相识的金色帽徽

　　这个星期天，孔繁倩思的音乐会在市中心的音乐厅举行。音乐会八点钟才开始，为了替她加油，康子文和顾程浩带着蓓蓓提前到了音乐厅。此时的观众还不多，入座的时候，一排排整齐的红色座椅上只有寥寥数人。

　　蓓蓓趴在爸爸的肩膀上，对周围感到好奇。她不停地张望着，突然指着前面表演台的上方惊叹道："爸爸，你看，那上面像星星一样。"

　　她说的是舞台上面点缀的白色灯光。星星点点的灯光洒在宽阔的会场上，美丽得犹如布满黑色夜空中的星辰。

　　康子文笑了笑："等会儿倩思阿姨就在星星下面表演哦。"

　　"倩思阿姨好厉害啊。"蓓蓓今天看起来很高兴，童真的笑容感染了康子文，他的心情也跟着变轻松愉快了。

　　这个点离开场时间还早。康子文要去一趟洗手间，便将女儿交给身旁的顾程浩照顾。

　　没想到，从洗手间出来的时候，他竟意外地遇到了一个熟人。

　　是汪文广。

　　两人相见，皆一愣。随即，康子文的脸上飞快地浮上礼貌的微笑，"汪总裁来这边是有什么公事吗？"

　　"哦……"汪文广愣了愣，"不……我是来听音乐会的。"

　　康子文笑着和他闲聊了一句，忽然话锋一转："前几天谷庆涛被发现在一个小巷中遇害的事……汪总裁可有耳闻？"

　　这件事，要说不知道，那就太虚伪了。汪文广的表情抹上一层悲伤，他垂下眼皮伤心地点了点头，轻声说道："庆涛的事情我也很痛心，希望你们警方能尽早抓到凶手，还死者一个公道。"

　　这个人悲痛的样子不像是装出来的。如果是，只能说明他是演技派。

忽然，康子文瞥到对方的手背上贴着医用胶布。

"汪总裁的手怎么了？"他问。

汪文广低下头，含含糊糊地答道："哦，在家的时候不小心弄伤了。"

二人的交谈就此中止。

康子文回到观众席，此时的大厅内已经陆陆续续来了不少观众。说起来，孔繁倩思在国内已小有名气，今年年初，她还曾得过欧洲音乐学会颁发的钢琴大奖，因此来看她音乐会的人不少。康子文看了一眼手表，马上就要八点了。

此时，音乐厅的舞台上，红色大幕已经拉开，台上摆着一架白色的钢琴，四面畴光交错，灯光将整个音乐厅映衬得金碧辉煌。

大家的目光都紧紧盯在台上。主持人报幕之后，孔繁倩思便穿着一身烈焰如火的礼服，袅袅婷婷地走上了台。她气质妩媚，却又不失英气，画了淡妆，显得比平日里温婉了许多。她的嘴角噙着淡淡的笑，双眼微微眯着，就像漾着一弯星河。她一出场便是掌声雷动。她径直走到钢琴前坐下，然后将修长的手臂举起，四周的灯光几乎在一瞬间湮灭，只有一束巨大的追光打在她身上。

孔繁倩思挺直了脊背，微微仰着头，就像一只高傲美丽的天鹅。她将手缓缓放下，第一个音符响起，所有人在此刻屏住了呼吸。

这首曲子是《思乡曲》，此曲曲风十分轻柔，听起来又有着一丝淡淡的哀伤。时快时慢的节奏让人感觉思乡之情犹如一条蜿蜒而下的溪流一般，缓缓流进心里，让人情不自禁地思念起自己的家乡，仿佛能在这巨大的音乐厅内看到遥远的天际。

随着曲子的演奏，孔繁倩思的表情也有一些凝重和哀伤，似乎也不由自主地沉浸在这首曲子中。她洁白修长的手指在琴键中上下起舞，蓓蓓看着台上的孔繁倩思简直入迷了，良久才叹道："倩思阿姨好棒啊。"

康子文笑着点了点头，然后——他的笑在脸上僵住了。他看到在舞台的幕布后面，一个戴着鸭舌帽的家伙鬼鬼祟祟，微微压着头。他离观众席又太远，根本就看不清他是谁，但康子文依旧能感受到他身上那股逼人的戾气。

他眉头一皱，心里涌上了一种不好的预感。他拍了拍正看得入神的顾程浩："阿浩，后台似乎有些情况，你先帮我看着蓓蓓，我离开一下。"

"啊？"顾程浩没有反应过来，愣愣地应了一声。

康子文偷偷从观众席离开，然后顺着观众席两侧的通道走向后台。他并不熟悉这里的位置，潜进去之后发现后台除了杂乱的道具之外，并没有什么人。康子文正疑惑着那个戴鸭舌帽的家伙在哪儿，就听到从舞台上传来了孔繁倩思的尖叫声。

不好——康子文心里暗道。他循着声音追了过去，果然发现了那个怪人的身影，此时的观众席已经开始混乱，有不少人站了起来，想看清前面发生了什么，周围闹哄哄的一片。

那个鸭舌帽男突然出现在舞台上，冲向正在弹奏的孔繁倩思，但跑到一半，他又折返，跑回后台。这突如其来的变故，自然令台上台下目瞪口呆。

这混蛋又出现了！康子文可不想再让他从手下逃脱，立即对他紧追不舍。然而，这个人跑得极快，一下子就不见人影了。幽静而凌乱的后台，只剩下康子文气得原地猛跺脚。

康子文心里暗骂，忽然记起刚才那个人摆动手臂的时候，手上好像贴有胶布。

他立刻想到了一个人——汪文广，那个人手上同样贴了胶布！

他皱了皱眉，立即绕着近路跑回了观众席。这时小风波已经平息，观众席安静了下来。他环视一圈，并没有发现汪文广的影子。

糟糕！康子文想到什么，赶紧跑出了音乐厅。

音乐厅外面，夜幕笼罩着都市。路边，一辆汽车正驱动离开，而驾驶座上坐着的人，正是汪文广。

他还没来得及拦车，那辆车已绝尘而去。

这家伙大有问题啊。康子文站在原处，微眯着眼睛心想。

"喂，阿文！"

这时，顾程浩带着孔繁倩思与蓓蓓从音乐厅里走了出来。

孔繁倩思受到惊吓，脸色略显苍白，她紧紧地抱着蓓蓓。而顾程浩急忙问他："那个袭击倩思的怪人呢？"

康子文摇摇头，神色不悦："被他逃了。"

"可是……"孔繁倩思楚楚可怜地咬了咬唇，"他为什么要袭击我？"

"这点，我也不清楚。"

其实康子文想到过一个可能性，但是没有说出来，他生怕孔繁倩思会担心。

他觉得这鸭舌帽男会袭击孔繁倩思，是对他的警告。

那个人是警告他不要再调查这个案子。又或者，是在挑衅他。总之，这鸭舌帽男明显就是冲他来的。

顾程浩担忧且怜惜地看了孔繁倩思一眼，说："以防万一，我送你回去吧。"

孔繁倩思没有说话，而是抬头看了看康子文。康子文与她对视了一眼，便轻轻侧头错开了她的眼神，说话时语气带了些僵硬："就让阿浩送你回家吧。我有点事要去办。"

孔繁倩思的眸中闪过一丝失望，随即便低着头，一言不发地上了顾程浩的车。

康子文抱着蓓蓓和他们告别，然后一脸沉思地望着顾程浩的车消失在茫茫黑夜之中。

因为今天放假，刘风朔正在家里睡懒觉，尽管外头都已经日上三竿了，他依旧趴在床上呼呼大睡。

这时，家里的房门突然传来"咚咚咚"的敲门声。

不知敲了几遍了，刘风朔迷迷糊糊睁开眼的时候，隐隐觉得这敲门声中有不耐烦的架势。

是快递还是收水电费的呢？他昏昏沉沉地从床上爬起来，嘴里还嘟囔着："还让不让人睡了。"他打了个哈欠，眯着眼睛去开门，外头的日光刺得他有一瞬间的晕眩，等他反应过来门外的人是康子文的时候，对方已经长腿一迈，径直闯了进来。刘风朔一愣一怔地回过头，"师父，你怎么来了？"

康子文没有理会他，把这儿当自己家似的，径直到冰箱拿了瓶啤酒，然后大爷一般坐到客厅的沙发上。他"呲"的一声把啤酒打开，仰头喝了一口，才对在一旁看得目瞪口呆的刘风朔缓缓说道："朔仔，我觉得我们得把调查的重心放在汪文广身上。"

刘风朔疑惑地歪着头问道："师父，组长不是不让调查这件案子了吗？"

康子文瞄了他一眼："我们的调查当然不能让他知道。你放心，要是出问题，我不会连累你的。"

"可是，你要我怎么做呢？"

康子文仰头问他："你在 A 组不是有眼线吗？"

"那不是眼线。"刘风朔走过去，一屁股坐到沙发的另一侧，"那是我朋友啦。"

康子文可不管是朋友抑或是眼线:"总之,我想知道谷庆涛被杀案的调查进展。还有,我需要汪文广的一些资料。"

"我尽量试试吧。"刘风朔垂着眼睛,一脸没睡醒的样子。

"要尽快哦。"康子文将手里的啤酒放下,"我先走了,剩下的就交给你了。"真是来去如风。

家门随即被重重地关上,刘风朔坐在沙发上欲哭无泪,睡懒觉的美好时间就这么被毁了。

离开刘风朔的家后,康子文坐上了去医院的公车。

他要去探望德仔。

这孩子命大,经过抢救,活了过来,现在在普通病院休养。康子文提着水果篮过去的时候,叶允安那几个哥们正在病房里跟德仔聊天。

见到他来,叶允安站了起来。

"大叔,你好没良心,这么久才来探病。我还以为你贵人事忙,把我们都忘了呢。"

"哪有,哪有。"康子文将水果篮放到一边,"不过,最近确实很忙。你懂的。"

"我才不懂你们警察的事。"叶允安走过去,挑了几个苹果扔给伙伴们,又咬了一口苹果,问道,"大叔,我关心的是,袭击德仔的凶手抓到了吗?"

"还没有。"

"嗤!我就知道。"叶允安不屑一顾,"你们警察捉我们这些小贼倒是挺快,真正出命案了,倒无能。"

被对方这么嘲讽,康子文不怒反喜,笑道:"小子,我们警察也是有苦衷的。你以为抓凶手跟抓蟑螂一样容易吗?"

"我不管。反正你们不给德仔一个交代,就是有愧于'人民公仆'这个称号。"

没想到这小子书念得不多,道理说起来却头头是道。康子文叉起腰,显得有些无奈,他将视线转向病床上的德仔。这少年受了重伤,仍在恢复当中,脸上少了应有的血色。

和康子文对视一眼，德仔露出苍白的笑容。

康子文问："咋样？德仔，身子还好吗？"

"好多了，谢谢关心。"

不知道是不是经过这么一遭，德仔的性格变得唯唯诺诺了，连声音也细小许多。

康子文又问："我这次来，是想问一下有关当时的情况，你有见到凶手的模样吗？"

德仔还没回答，叶允安就先出声了："哎哎哎，大叔，你别问了。这个问题我们早问过了，德仔根本没看到那个人的脸。他完全不认识凶手，也不知道凶手为何要袭击他。"

"是这样子啊……"这个结果，早在康子文的预料之中。

看来，要找出鸭舌帽男的真实身份，得另辟蹊径了。

刘风朔按照康子文所说的调查了一番，果然有了新发现。

他从 A 组的朋友那里得知，A 组找到了有关谷庆涛被杀案的新线索：原来谷庆涛在被杀之前曾经策划联合其他股东投票，将汪文广从总裁的位置上拉下来。这项计划本来是要在第二天董事会上提出的，然而谷庆涛还没等到，就被杀死了。

"如果是这样子，那汪文广也就有了杀人动机啊。"康子文听到这个线索后，摸着下巴沉声说道。他和刘风朔趁午休时间专门到警局附近的西餐厅一边吃下午茶，一边讨论，以免在警局内被其他人听到。

这个时间点，西餐厅里的顾客并不多。他们师徒俩坐在僻静的餐桌，周围暖黄的灯光将康子文的脸映出一片淡淡的阴影，他沉在这昏暗之中，眉间微皱，心中思量着。根据目前得到的情报来看，汪文广的嫌疑是越来越大了。大约是先入为主的原因，康子文越来越笃定，那晚袭击孔繁倩思的鸭舌帽男就是汪文广。

凡事，总不至于那么凑巧吧。

"对了，师父，我还找到了这个。"刘风朔从档案袋里拿出一沓资料来，都是关于汪文广的档案。

资料上显示，汪文广从某名校毕业后，便与谷庆涛联手创立了蓝天集团。

在创业初期，蓝天集团只是一个默默无名的企业，甚至曾经濒临破产的边缘。但是，就在两三年前，蓝天集团开始陆陆续续接到了大额订单，并在股票市场上有所斩获。它的发迹甚至引起了证监会的注意，怀疑是不是涉及内幕交易，但最终不了了之。

"这么看来，这个汪文广的发迹史很是蹊跷啊。"康子文喝了一口咖啡，说道。

刘风朔点的是牛排，他低头切下一块，然后放在嘴里，满意地眯起了眼睛，抬头说："而且，他跟政府官员交往颇深，这几张照片就是他和政府高官在高尔夫球场打球时被拍下的。"

康子文将资料翻了翻，发现资料里夹着一张照片。把那张照片拿出来看了一眼，他突然愣住了。

见他目不转睛地凝视照片，正大快朵颐的刘风朔奇怪道："师父，你发现什么了吗？"

康子文指着照片对他说："你看一下，汪文广戴的帽子。"

照片里，风和日丽，绿草茵茵的高尔夫球场上，汪文广和另外一个男人正在球场里相谈甚欢。那个男人好像是某位高官，但这张照片不足以说明什么问题。引起康子文关注的是他所戴的鸭舌帽，刘风朔顿时眯紧了眼睛，"这顶帽子……看起来好眼熟啊……"

那顶鸭舌帽上，有个金色的帽徽。

等一下……刘风朔猛然有所顿悟，立即拿出手机翻看之前的监控视频——即是谷庆涛被杀当晚出现在浠水街的鸭舌帽男所戴的帽子。

细辨之下，两者所戴的鸭舌帽是同一款式！

它们都有金色的帽徽！

"难道……"刘风朔说着，抬头看着康子文，神色肃穆，"师父，这个汪文广真的就是杀死谷庆涛的凶手吗？"

"不……"康子文对着他摊摊手，"也不一定啊。"

"可是你看这顶帽子，跟监控视频里的一模一样，怎么可能有这么巧合的事情。"现在就连刘风朔都笃定这个汪文广就是杀人凶手了。

康子文摇摇头说："不，只凭一顶帽子我们不能妄下断论。而且，这也不能成为证据，同款的帽子不止一顶。"虽然他内心中也比较倾向于汪文广就是凶手,但苦于没有直接的证据证明,他们依然不能妄下定论。

不过,现在康子文已经从这些朔仔搜集来的线索上,更加确定了调查的方向——汪文广。

几天之后。

天气晴朗,金色的阳光洒在波光粼粼的江面上,空气清新怡人。这里是汪广文的私人别墅,这栋别墅依山傍水而建,站在阳台上便能看到远处的江面,里面设施齐全,别墅内是一片青草地,后面是花园,中间还有一个游泳池。

这里的地理位置绝佳,而且空气也很好,汪广文当初挑了这块地皮,造价上亿打造了这么一处梦幻田园。

此时,一个女佣正在花园里喂狗。突然,大门的门铃响起。

有人来访。

女佣走过去,只见大门外站着两个身穿蓝色制服的男人,他们戴着帽子,头微微低着。

"你们是谁?"女佣问道。

其中一个制服男拿出证件,"我们是通信公司的维修工人。这儿是 XX 路81 号吗?"

女佣点头,"是这儿。"

制服男又说:"这儿的业主汪文广先生打电话给我们公司维修部,要求维修一下通信线路。"

女佣检查了证件,见他们的制服上也印着电信公司的名称,便没有起疑,打开门让他们进来。

两人进入大门,对视一眼,正是伪装过后的康子文和刘风朔。

"你们跟我来吧。"女佣带着他们穿过院子,走进了别墅内。

他们装模作样地检查了一下线路。很快,康子文笑着对女佣说:"我们检查过了,客厅的通信线路没有问题,怀疑是主卧的线路有故障,可否让我们进去检查一下?"

"这可不行。"女佣立即摇摇头,"主人吩咐过,没有他的指示,任何人都不能进他的房间。"

见女佣阻拦,康子文也不好硬闯。该如何进去呢?他暗自思索着。

随后,他问:"麻烦你带我们去检查一下电路总闸。"

女佣便带他们到了屋子外面。

这个总闸设在卧室阳台的外侧，位置比较高。刘风朔向女佣借了一个梯子，爬上梯子之后装作检查，而那位女佣就在下面一直看着。

时机到了。

康子文突然皱着眉头，装作肚子疼的样子，对那位女佣说："不好意思，我肚子疼，想借用一下厕所。"

女佣不疑有诈，指向里面："厕所就在走廊尽头。"

康子文连连道谢，一阵风似的跑进了屋内。趁没有人注意，他快步跑上了二楼。主卧的房间很轻易就被找到了。这个卧室很宽敞，摆放的物件并不多，装修得十分豪华。时间不多，康子文匆匆忙忙地翻箱倒柜，尽量不破坏现场环境，以免被人怀疑。然而，他没有找到重要的证据。

最后搜查的地方是衣柜。把衣柜打开，里面的衣服都摆放得整整齐齐，尤为突兀的，是摆放在最上面的一顶鸭舌帽。

就是这个！

康子文将那顶帽子摘下来，细细辨认。这顶鸭舌帽果然和犯罪嫌疑人所戴是同一款式，更大的疑问在于，这鸭舌帽上明显留有血迹！

这莫非是作案时染上的血迹？

只要拿去检验，就能确定这血迹是不是属于德仔或者谷庆涛的了。

找到了证据，康子文赶紧将帽子收好。他本欲想立刻离开，但想着还能不能找到更多的线索，便环视四周。这卧室内似乎并没有其他线索了……正沉思之际，蓦然，他的视线正巧盯住了挂在墙上的一幅装饰抽象画。

这幅画实在太抽象了，五颜六色的，线条凌乱，像康子文这种没有艺术细胞的人根本难以欣赏。他若有所思，凝目片刻，突然走上去将这幅画拉了起来。

这只是他的直觉。但果不其然，这幅画后面竟藏着一个保险柜。

这保险柜里，兴许藏着秘密。

康子文摸索着上面的按钮，试着看能不能打开。但是很快他就放弃了这个念头，他不知道密码，而且这个保险柜还需要指纹验证。

他无奈地叹了口气，将那幅画重新挂好。

就在这时，别墅的大门打开了。

一辆名贵的汽车缓缓开了进来。康子文听到汽车声，心里一惊，赶紧跑到窗边，只见大门口有一辆汽车正驶了进来。那辆汽车他太熟悉了，顿时心中暗叫不妙。

是汪文广回来了。

正在楼下的刘风朔也发现了，女佣去门口迎接汪文广的时候，他便匆忙从梯子上走下来，心内焦急万分。而康子文脚步匆匆地从楼上跑下来，"此地不宜久留，我们收拾东西赶紧走。"

他们趁汪文广的座驾缓缓开进车库的时候，低着头急匆匆地朝门口走出去。那位女佣看到他们鬼鬼祟祟、神色异常的身影，心生疑惑。等他们走出门口了，汪文广才从车里下来。他虽然当时在车上，但显然也注意到了那两人的背影，便转过身问女佣："那两个是什么人？"

女佣告诉他，这两个人是通信公司过来检查线路的。

检查线路？汪文广的眉头越皱越深，心里隐隐有着不好的预感，于是便打电话给通信公司询问，结果对方却说今天并没有派人去维修。

糟糕！汪文广心中大呼不妙，迅速跑回自己的房间，率先打开壁画后面的保险柜。

幸好，里面的东西没丢。他不禁松了一口气，又搜查一下其他贵重物品，发现皆没丢失。

这就奇怪了，汪文广好不困惑：那两个人混进来究竟要干吗？

他实在想不通，坐在床边沉思，目光落在了一侧的衣柜上。

衣柜没关紧，这引起了他的怀疑。他打开衣柜，发现衣服并没有丢失，只是有一顶鸭舌帽不见了。

这令汪文广更加不解：一顶鸭舌帽？对方拿走这样一件不起眼的东西，是何意图？

不管怎么样，汪文广紧紧皱着眉头，他意识到，自己恐怕已经被人盯上了。

深夜，外面的一切似乎都陷入沉睡。月亮也被蒙上了一层雾蒙蒙的乌云，四周寂静一片，被雾茫茫的黑暗掩盖着。

汪文广的房间内却依然亮着微弱的壁灯。房间里，还回荡着他和另一个人的对话。

"这是怎么回事，为什么警察会盯上我？"

对方的声音从话筒中缓缓传来，大约是手机的原因，他的声音带着一丝杂质:"这点我也不清楚啊。"

"难道我们的秘密被发现了吗?"汪文广突然紧张地捏着手机,神色也有些慌张,"我要见你一面。"

"现在见面,风险太大了。"

"我不管,我会到那个地方与你见面的。当然,我会摆脱那些警察。毕竟,那是存放我们秘密的地方。"汪文广顿了顿,咽了口唾沫,似乎这样能够缓解他的慌乱。

"好吧。我等着你。"那个人语速极快地说完这句话,就挂断了电话。

第十二章

身陷囹圄

Z 组,顾程浩正坐在总部二楼室外休息室的椅子上喝咖啡。他斜靠在椅子上,搭着二郎腿,一只手举着杯子,另一只手放在一侧。

炙热的阳光洒在地上,日头正晒。休息室里摆了几张白色的桌椅,还撑着一把太阳伞,阳台上摆放着几盆开得正艳的花。这些花平时都是由陈若彤打理的,她温婉细腻,这些花也被她养得生机勃勃。

顾程浩因为研究新项目进入了瓶颈,这段时间都没日没夜地待在研究科,攻克了好几天,才稍稍有了些进展,心里的压力稍微轻松了点,便过来此处歇一歇。他惬意地微眯着眼睛,望着头顶的阳光,忍不住打了个哈欠。现在是午休时间,大家都出去吃饭了,倒也落得清闲。平时 Z 组的同事也都喜欢到这儿休息。这地方风景好,阳光充足,迎面就是警局大院里一片绿油油的草坪。周围分布着青葱挺拔的树木,有香樟、落叶榕、木棉树,树影缝隙间露出外面的繁华都市的半寸轮廓。

他正享受着美好时光,忽然,一阵脚步声从楼下急匆匆奔至。

有人来了。

那人走出阳台,声音随着阳光从上方洒下:"阿浩,我有件事跟你商量。"

哦,这声音,是康子文。

"哦?"顾程浩将视线从外面的风景转回来,回过头问,"什么事?"

"这个嘛……"康子文的表情神秘兮兮的,欲言又止,环顾四周,确定没有其他人在,才伏低了身子轻声说,"阿浩,我想找你要一部 BC 机。"

"BC 机?"顾程浩奇怪地看着他,"你不是有一部吗?"

康子文进一步解释说:"可我想要一部破解版的 BC 机。"

"啊?"顾程浩感到惊讶,"你的意思是,你想要的 BC 机无须通过总部启动?"

"正是这个意思。"

这可让顾程浩犯难了,他犹豫道:"但是,这样做是违反Z组内部规则的,BC机不能私下乱用。"

康子文自然是懂得这个道理,但为了破案,他只能冒险一试。

他仍纠结于目前追查的案子。他想要弄清楚,为什么他能跟凶手的视角同步?而且,为什么他能看到死去的好友?

"可是……"顾程浩说,"你大可以跟组长申请调查这个案子啊。"

康子文很无奈:"如果组长肯同意,我也就不会这么烦恼了。组长不让我插手,所以我才想到要私下调查。阿浩,你可以帮我吗?"

顾程浩的表情越来越为难,这毕竟是上面的指示,他也不好违背。而且BC技术不同其他技术,虽然他是制造者,但是没有上头的命令,也不能私自修改。他只得抱歉地说:"阿文,虽然我也想帮你,但任何BC技术的使用都需要经过Z组总部的启动。所以,我并没有制造出可以私下使用的BC机。"

对方这么一说,康子文顿时垂头丧气了。现在好不容易有了线索,没有BC技术的帮忙,想要继续查下去恐怕很难。

正当他有些气馁的时候,顾程浩忽然又说:"不过,你如果想要偷偷使用的话,也不是没有办法。"

康子文抬起头:"哦?"他的眼中闪烁着希望的光芒。

顾程浩压低了声音:"到了你想用的时候,可以打电话给我,我偷偷帮你启动就可以了。"

"行。"康子文觉得这也不失为一个可行的方法。

只要能使用BC技术,那么以后办案就事半功倍了。

这天晚上,夜空寂寥,如墨般的黑夜映在霓虹灯闪烁的城市上空,几颗孤星零落地撒在黑夜之中。

城市的公路此刻冷冷清清,路上的行人和车辆少得可怜。一辆汽车安静地行驶着,汪文广握着方向盘,微微侧头看了一眼倒后镜。后方,一辆黑色汽车一直跟他保持着100米左右的距离。

汪文广淡淡地瞥了那辆车一眼,并没有表现得多惊讶。这辆黑色汽车他早就注意到了,这几天一直出现在他的视线范围之内。不用问,这一定是警察在监视他。今晚亦是如此。从蓝天集团停车场出来后,他就发现这辆车紧随其后。

真是甩不掉的贴皮膏药。汪文广心中怪笑,眸光微沉。他掏出手机,拨通了一个号码。

后方的黑色汽车内,康子文和刘风朔正盯着前面的汪文广的座驾。

刘风朔一边开车,一边微皱着眉问身边的康子文:"师父,这么晚了,那个姓汪的要去哪儿?这条路不是他回家的路啊。"

康子文也觉得有些蹊跷,"我也不知道,先跟跟看再说。"

他们随汪文广的座驾沿着这条偏僻的公路直行。约莫过了半个小时,汪文广的汽车忽然拐入了一条僻静的小道。他们的车跟了进去。

那是通往码头的方向。

目标车辆最终在码头仓库前面停下了。刘风朔不敢靠得太近,将车停在了附近的角落。环顾四周,这周围漆黑一片,仅有寥寥几盏路灯在黑夜中坚守,不远处传来海浪翻涌的声音。

真奇怪,汪文广好端端的,来码头干什么?

康子文趴在车窗的边缘,盯着那辆汽车的动静,只能看到一些模糊的影子。良久,他对驾驶座上的刘风朔做了一个手势,"其中必定有蹊跷,我们跟上去看看。"

只见前面的汪文广下了车,沿着码头,向黑暗中的其中一间仓库走了过去。

康子文与刘风朔二人也偷偷下了车——他们的动作很轻,连车门都小心翼翼地关上,生怕在这寂静的黑夜中发出什么声响——然后随着汪文广的身影,偷偷跟过去。

不过,待他们靠近之后,却失去了汪文广的踪影。

刘风朔诧异地环视四周,他明明看到汪文广走向这边,为何现在却销声匿迹了?莫非对方意识到被人跟踪,故意藏起来了?

"我们分开找。"康子文吩咐道。

两人随即散开。

前面就是仓库区,康子文率先进入了左侧的仓库,刘风朔则去了另一侧的仓库。

搜过一间仓库,并无异常。进入第二间仓库,由于没有灯光,这里显得尤其黑暗,外面阴惨惨的月光渗透进来,视线极差。康子文试探着向前走了几步,在黑暗中摸索了一阵，除了一片漆黑，哪能看到什么人影。没有办法，他从兜里掏出手机，准备用手机的光来照明。

却在那时，他猛地受到了一阵撞击，后脑勺一阵剧痛传来，连一声哀号都来不及喊出，便觉得眼前一片晕眩，重重摔倒在地上。

"嘿嘿嘿。"

随着他摔倒在地，黑暗中飘出一阵古怪的阴笑。

一个阴森细长的人影，如恶魔般浮现了。

他的脸埋在黑暗中，看不清样子，只能看到嘴角那一抹清冷的奸笑。

康子文觉得自己犹如沉溺在海水中，周围是一片混沌。他拼命往上游啊游，终于，浮出了水面。

他猛地睁开眼睛。

这儿是哪儿？

他的意识仍没有清醒。他撑着地面，缓缓从地上坐起来。抬头的瞬间，他明显感到后脑勺传来一阵剧痛。他下意识地摸了摸，似乎肿了起来。

噢！他想起来了，晕倒之前，他似乎是被谁从后面用棍子打晕了。

唔……好疼！他坐在地上揉了揉后脑勺，缓了一会儿，那股疼痛感才稍微减轻了一些。

他这才顾得上打量周围，发现自己依然身处在黑暗的仓库中，周围安静如一片死水。

他摸索着身下，想要站起来。但就在他将右手撑在地上时，忽然感觉手上沾到了黏稠的液体。

这是什么？他皱了皱眉，心中有种不祥之感。

他将手放近眼前，虽然这里光线不好，但他依稀辨别出这是血，凉凉的，还带着一股腥味。

见鬼！怎么会有血？

是我受伤了吗？

但是，他摸后脑勺的时候，并没有摸到血啊。这说明，这血来自别处。

康子文心里涌上一阵不好的预感，他赶紧拿出手机，照向四周。

就在那一刻，他看见——身边的地上正躺着汪文广的尸体。

为什么说是尸体？因为，这个人的死状是显而易见的。

汪文广死得很惨，跟谷庆涛的被杀方式一样，脑袋上插着一把斧头，身下是蔓延的鲜血。他的双手无力地攀在地上，似乎连反抗的机会都没有，就这么倒在了血泊之中。

看到从死者的脑中溢出的鲜血和一些不明的液体，康子文顿觉自己的头更疼了。他抚着胸口，隐隐作呕。缓了几秒，他便迅速打电话给顾程浩。

"阿浩！"

"怎么了？阿文？这三更半夜的。"顾程浩正抱着泡面，一边吃一边盯着面前的电脑。接到好友的电话，他听出对方的语气十分急促。

"我现在没空跟你解释，请你立即帮我启动BC机！"

"好，你等一下！"

顾程浩也无暇多问，赶紧按下启动键。

与此同时，康子文身上的BC机红灯闪烁，这表明，这部机器已经启动成功。他压下心头的恶心，一边戴上连接器，一边将手放在了死者汪文广的脑袋上，然后缓缓闭上眼睛。

平心静气，集中精神，慢慢试图入侵对方的大脑世界。

这个过程，如同推开一扇沉重的大门。

渐渐地，模模糊糊的影像出现了，然后逐渐变得清晰起来。在死者的记忆中，他看到汪文广死前曾经进入一栋建筑物。在进去之前，汪文广还仰头看了一眼上方，只见这建筑物的屋顶上矗立一根巨大的烟囱，灰黑色的烟囱与夜幕相连。

汪文广好像要去见一个人。他步伐匆忙地进了那栋建筑物里。

随后，他的眼前出现了一个人影。

那个人戴着鸭舌帽，背对着他。

"你来了。"鸭舌帽男说着，慢慢转过身来。

随着此人的脸庞在眼前缓缓呈现，康子文顿时觉得仿若一双大手捏住了他自己的心脏，就连放在死者头上的手都忍不住颤抖了起来。因为……那个戴着鸭舌帽的男人不是别人，竟然就是——王奕轩！

他死去的好友，就是他苦苦追寻的鸭舌帽男？！

这些日子以来的疑惑和猜测，在这一刻揭开了谜底。可是当他真的看到那张脸的时候，心里只想否认，这一切都只是他的梦。

这不是真的！

这也不可能是真的！王奕轩，明明死了啊！

一个死去的人，怎么会是杀人凶手呢！

就在他为之深深震颤时——

"你在干什么？！"一个声音在耳边轰然响起，打断了他与死者的互联。

仿佛从死者的记忆中被一脚踹开。康子文先是眼前一黑，接着心里一阵钝痛。这种感觉真不好受。在入侵大脑的过程中，十分忌讳被人为打断，这会导致入侵者的身心都受到一定程度的创伤。

康子文回头一看，只见A组的组长杨志豪正站在身后，手里握着一把黑色的手枪。

而黑洞洞的枪口——正指着他。

这时，仓库外面已是乱哄哄一片。仓库门被推开了，外面的灯光涌进来，可以看到码头上出现了许多辆警车，闪烁的警灯在这片宁静的黑夜中显得尤为刺眼。

是A组的人赶过来了。

康子文吃力地从地上站了起来。警车的车灯从外面映进来，将仓库照得一片惨白，康子文便站在这片白光之中，仓库的墙壁上映着他的影子，他用一只手挡着眼睛。

"怎么是你？！"见站起来的人竟然是康子文，杨志豪十分吃惊。

康子文虚弱地走过去，轻声解释："杨组长，我是来查案的。"

"站住！别过来！"杨志豪的枪口依然没有放下，他的目光之中反而更添了几分厉色，"别动！我现在有理由怀疑你跟这件谋杀案有关。"

康子文一怔，看向杨志豪，惊道："杨组长，你在说什么呢？我是Z组的康子文啊。你难道不认识我了吗？"

杨志豪目光凌厉如一把利剑："我当然知道你是谁。不过，我接到报案，说这里发生命案。当我们赶到这儿的时候，正好遇见你在这儿。你说，你是不是最大的嫌疑人？"

"可……"康子文无奈地摸了摸自己的脑袋，感觉脑袋越来越痛了，一时之间竟百口莫辩。

"康子文，把你的手举起来。"杨志豪冲着他喊道。

康子文顿了一下，缓缓半举起来双手。他很清楚，如果不这样干，分分钟就会多出一条拒捕的罪名。而且，他相信，清者自清。

"我是无辜的。"他重申。

杨志豪可不吃这一套，挥挥手，立即从外面进来了几个警察，押着康子文出了仓库。

这时，刘风朔才不知道从什么地方赶了过来。见康子文被押上警车，他错愕万分地冲上去加以阻拦："哎！你们干什么呢？他可是 Z 组的成员！"

"小刘！"杨志豪出现在他身后，一边将枪插回腰间，一边冷哼，"我可不管他是谁，现在他有犯罪嫌疑，所以要带回警局审问。"

刘风朔闻言立马急了，"杨组长，我师父怎么可能是罪犯呢？他一定是被冤枉的。"

杨志豪目光冷冷，"是不是冤枉的，得等我们调查过后才能知道。刘风朔，如果你再不离开，我们会以妨碍公务罪逮捕你。"然后他转而对那几个押着康子文的警察说，"上车。"

康子文被押进了警车里，在车开动之前，他冲刘风朔大喊："快回 Z 组找组长！"

"好……好，我明白。"刘风朔愣愣地应着，随后看着已经绝尘而去的警车喃喃道，"对，得回 Z 组告诉组长。"说完，他一阵风似的跑回了停车的地方，然后开车回 Z 组。

深夜，街道上清冷寂寥，月光微斜，被一层浅浅的黑雾遮住了轮廓。

而 Z 组的总部，却灯火通明。

由于出现了紧急事件，大家都被召唤回来了，组长陈程在办公室里召开了紧急会议。

肖颐迷迷糊糊地赶到办公室，意识涣散地扶了扶额头，问道："组长，这么晚叫我们回来，所为何事？"

"对啊。"陈若彤打了个哈欠道，"组长，人家觉才睡到一半咧，这样熬夜对皮肤不好的！"

陈程黑着脸看着他们，然后指了指刘风朔："让他跟你们说吧。"

刘风朔虽然对于这么晚吵醒大家感到十分抱歉,但也顾不上那么多了,急切地说:"不好意思,这么晚打扰大家了。不过,现在有个紧急情况,就是我师父他被A组的人捉走啦!"

听闻这个,王大铁猛地站起来,大拍桌子,高声道:"什么?A组那帮人反了是吧!居然敢抓康哥?组长,我们杀过去!"他的声音如雷震耳,陈若彤忍不住侧了侧身子,捂住了耳朵。

陈程面无表情地看了他一眼:"大铁,你做事能不能冷静点?"

"组长,可是……"王大铁生气地锤了一下桌面,表情显得隐忍而委屈。

陈程又侧头问刘风朔:"具体怎么回事,你好好说来。"

刘风朔便将之前发生的事情说了出来:"是这样的,我们发现汪文广有一顶和犯罪嫌疑人同一款式的鸭舌帽,所以昨天晚上便去跟踪汪文广,然后发现他的车到了码头就不见人影了。我和师父于是分头行动,可等我搜查完之后想去找师父,却发现他失踪了。我便打电话给他,却一直没有人接。就在这时,我看到汪文广的座驾冲出了码头,我怕他跑掉,就想先继续追踪。于是就独自驾车去追,结果追到了很远的地方,把对方的车拦下来一看,开车的人并不是汪文广,而是汪文广的司机。我这才意识到中了调虎离山之计,便赶紧赶回码头。只是我刚到,就发现A组的人抓住了师父。"他抬头急切地看着陈程,"他们还说,师父是杀死汪文广的犯罪嫌疑人。"

听罢,陈程的脸色完全黑了下来。他嚼口香糖的动作停了下来,目光严肃:"我说过,不让你们继续跟这个案子!"可以听出,他现在十分生气。

因为不听劝告,陈程最不希望的事情发生了,他的属下果然闹出了乱子。

见惹组长不悦了,刘风朔心虚地低头,轻声道:"是师父……"

"别说了。"陈程现在没空追究谁的责任,他头疼地揉了揉额间,"现在把老康救出来要紧。"

肖赜坐在那里,轻叩着桌子说:"组长,我们快去A组交涉一下吧。我们Z组的人被当作犯罪嫌疑人捉起来,这要是传出去了,我们还能混吗?"

顾及Z组颜面的问题,陈程也不能坐视不管,但Z组自成立起就是独立的部门,与其他组少有交集。而且,陈程心里也很清楚,Z组在其他组的眼里就是一根刺。他沉吟片刻,终于下定决心:"行,这时候也顾不上内部法则了,你们跟我来!"

说罢，就率众人向重案 A 组出发了。

此时，A 组审讯室。

康子文被带回警局之后便被带入了审讯室，由杨志豪亲自审问。

昏暗的审讯室内，康子文坐在审讯桌后面，微低着头。桌子上放着一盏亮起的台灯，他的脸沉在一片阴影之中。

杨志豪坐在他的对面，手指急促地敲着桌面。

频率犹如战鼓，越来越响。

骤然，而止。

"康子文，你还是乖乖说出事实吧。"杨志豪冷言道。

台灯刺眼的光芒照向康子文，几乎令他无法睁开眼。这种审讯的手段，他见识过，只是没想到，有一天他会以犯罪嫌疑人的身份亲身体会。他无奈地从阴影中仰起头，试图辩解："杨组长，我说过很多次了，我是跟踪汪文广到仓库，被人打晕了。等我醒来后，才发现他就死在我的身边。"

对此，杨志豪冷哼一声："你以为我会相信你的鬼话吗？"

不信也没辙啊。康子文露出苦恼的表情，一只手抚在桌子上，急躁地用力握着桌边，"为什么不信！我可是执法者，我干吗要撒谎？我也没有杀人动机啊。而且，我的徒弟刘风朔可以证明，当时我是和他一起跟踪汪文广的。"

杨志豪坐在椅子上，环抱双手，一副冷眼旁观的姿态："可是，你们到了码头之后就分开了，他无法证明之后的时间你究竟干了什么。"

"可……"这一点，康子文无法反驳。

说他被人打晕了？可是，证据呢？！在现场连打晕他的木棍都找不到！

这下可麻烦了。康子文办案多年，知道遇上这种事，是有理也说不清。但他还有转机：一，他没有作案动机；二，杀人凶器斧头上的指纹兴许可以证明他的清白。

正想着，就有人推开了审讯室的门，将一份报告交到了杨志豪的手里。

"组长，凶器上的指纹报告刚刚出炉了。"

这可是关键。

连康子文也忍不住探头，想看清楚报告的内容。但见杨志豪将那份鉴定报告拆开看了一眼，随即露出了得意的笑容。他将报告扔到康子文的面前："不好意思，康子文，鉴定结果刚刚出来了，在杀死死者的凶器上，检测到了你的指纹。"

"这分明就是诬陷！"康子文气得拍案而起，"我当时晕倒了！凶手要让凶器粘上我的指纹不是易如反掌的事吗？杨组长，我可是一名警察！我为什么要杀死汪文广啊！"

杨志豪轻轻瞥了他一眼，目光中平添了一分凌厉，如同一把明晃晃的刀子。他淡淡地开口："你说得对，单凭这些证据还不足以将你定罪。我会找到更多的证据的，你等着瞧吧。不过康子文……"他不屑地抬起眼睛，"就算你是警察又怎么样？在法律面前，人人平等。"

对方的话如一记重拳，打得康子文无法站稳，瘫坐在椅子上。他心里很清楚，现如今所有的证据都指向自己，如果不能为自己开脱，那他将成为阶下囚，一生背负莫须有的罪名。

康子文紧紧握成拳头的手开始泛白，甚至微微颤抖，过了半晌才缓缓松开。他沉默半响，说道："我要见我们组长，Z 组可以帮我证明清白。"

只要使用 BC 技术，就能洗脱他的冤屈。康子文很清楚这一点，这也是他唯一的救命稻草。要是按常规的查案手段，他心知自己是很难洗脱嫌疑的。

所幸，BC 技术十分可靠。

然而听到他的建议，杨志豪反而脸有愠色。

这杨志豪一向对 Z 组不感冒，听了康子文的话更是反感。他目光阴沉，看得出来并不高兴，"你以为我们 A 组是想进来就进来，想出去就出去的吗？你的案子归我们管！"

这时，一位属下推门进来，报告说："组长，Z 组的陈组长在外面求见。"

果然……杨志豪早就猜到陈程会上门。他嘴角划过一道笑意。哼！他早就看 Z 组和陈程不顺眼了，这次正好给对方一个下马威。于是他装作满不在乎地摆摆手："不见！请他回去。"

那位属下随即便出门下逐客令了，可见平时也是对 Z 组积怨颇深。

"这个杨志豪……"吃了闭门羹，陈程心里也是不爽。但这多少算是在他的预料之内，以杨志豪的作风，怎么可能让别人插手这个案子呢？

"组长，我们该怎么办？"刘风朔问道。

陈程叉着腰，眉头紧蹙，只说了一个字："等！"

审讯室里，审问依旧继续，只不过，丝毫没有进展。倒也不是康子文不肯交代，而是他根本无法交代。杨志豪从他口中得不到想要的口供，双方就这样僵持着。

熬到了下半夜，A 组的属下出去买了宵夜回来。

"组长，"属下告诉杨志豪，"Z 组那帮人还在外面等呢。"

"别管他们。"杨志豪拿起一份夜宵，又递给康子文一份。

"谢谢，我不饿。"

"别硬撑了。"杨志豪笑道，"你也是警察，应该知道审讯犯人是消耗战，别妄想着 Z 组的人能救你出去。你如果足够聪明的话，早点交代的好，坦白从宽，抗拒从严嘛。"

"我没杀人。"

这句话，康子文已经说过多次了，但杨志豪不信，他也没办法。

不过，他还是拿起夜宵吃了，他可不想跟自己的身体作对。

好不容易等到天边露出鱼肚白，A 组办公楼外面，陈程等人早就困得在长椅上睡着了。而审讯依然没有丝毫进展。杨志豪也放弃了，他伸伸懒腰，打着呵欠走出去，想抽口烟清醒一下大脑。

他刚走出外面，就看见陈程坐在长椅上闭目养神。

听到动静，陈程睁开了眼睛，"老杨……"

他的话刚出口，却见杨志豪扬起手，表示拒绝沟通。

"陈程，你别白费心机了。我们 A 组的案子，还轮不到你们插手。"

"难道就不能通融一下吗？"陈程仍想争取。

"不行。"杨志豪的态度也很强硬，"这是杀人案，而且犯人是你们 Z 组的人。根据回避原则，你们不能插手此案。"

一番话，驳得陈程无话可说。杨志豪的话很在理，如果 Z 组插手这件案子，会引起外界的猜疑。但是，陈程心里也很清楚，要证明康子文的清白，只有动用 BC 技术这项不为人知的高科技。

"组长，我们该怎么办？"

杨志豪离开后，刘风朔和其他 Z 组组员一时没了主意。陈程咬了咬嘴唇，说："我不会坐视不管的。看来，得找局长一趟。"

"局长，他会答应吗？"

"我会说服他的。"陈程掏出手机，拨通了局长的电话。不曾想，局长直接拒绝了，他的理由和杨志豪的观点一样，既然犯罪嫌疑人是 Z 组的人，那么 Z 组就应该采取回避原则。

"局长，只要我们能动用 BC 技术……"陈程还打算据理力争，对方却挂线了。

再打过去时，局长已关机。

看来，局长铁了心不接受他的解释。

这可怎么办啊？

陈程是那种不达到目的誓不罢休的男人。他叉起腰，拿出一块口香糖狠狠嚼了一下："一定要找到局长当面解释，大家分散去找。"

得到命令，组员们立即分散行动。

第十三章

不属于自己的记忆

经过一天的审讯,康子文已经疲惫不堪。由于被指控的是杀人重罪,所以他无法被保释,只能继续待在审讯室里,看来A组不从他嘴里撬出点什么誓不罢休了。想到这儿,康子文惨淡一笑,他比任何人都想知道真凶的面目。可是,又有谁相信他呢。他坐在椅子上,开始回想整件事情的蹊跷之处——那就是王奕轩这个人物。

沉下心来,康子文努力回忆起有关王奕轩的过去。他记得王奕轩跟他住同一个小镇,两家距离不远。中学时,他经常骑单车去上学,路过王奕轩的家,就会站在门口大声喊:"小轩,上学咯!"

对了,他记得王奕轩家的院子里种着许多狗尾草。那种植物一旦被风吹扬起来,十分的好看呢。

哦!还有一件事!一个记忆片段突然在康子文的脑海里浮现。他摸了摸头上的伤疤,想起了这块伤疤的来历。那是在他们还上初中的某个夏天,杧果成熟的季节,他与王奕轩相约去摘杧果,王奕轩像猴子一样爬上了树,而他则站在下方。

"小文,接住。"王奕轩一边摘杧果,一边扔下来。

又熟又大的杧果,如果没接住,就会掉在地上摔破了。

康子文忙得不亦乐乎。

"小轩,你扔慢点,我接不过来呢!"

康子文一边接,一边将杧果放在随身带来的篮子里。这些杧果可以拿回去,让妈妈削皮切成小块,再腌制,那酸酸甜甜的味道,十分诱人。

却在这时,康子文抬头的瞬间,一个黑影像子弹一样飞至眼前。他下意识地低头,下一秒,他的头产生一阵强烈的灼痛感。随后,黏稠的液体从头发间流了下来。

噢，是血。

他被砸得晕晕乎乎，不由自主地蹲在地上。肇事的凶器——那只染着血的枕果在地上滚动着。

"小文，你怎么了？"闯祸的王奕轩见状，吓得赶紧从枕果树上爬了下来。

"我的头……"康子文捂着流血的脑袋，过了许久，眩晕感才缓解了许多。

之后王奕轩送他去了医院，这块伤疤就是当时留下来的。

这记忆多么真实和深刻啊。可是，明明在高中就已经惨遭杀害的王奕轩，怎么会还活在人间呢。这一点，康子文始终想不通。

这时，审讯室的门打开了。

一缕阳光从外面泄进来，伴着谁的身影。定睛一看，是杨志豪走了进来。他换了一套衣服，大概回家睡了一觉，换洗过了。

"怎么样？还是不肯交代吗？"他问。

康子文闭着嘴巴，依然不肯妥协。

"别以为不开口，就无法将你定罪！我会找到证据的。"

撂下这句话，杨志豪又离开了。

江城市行政大楼三楼，各级单位领导的市局会议正在这里召开。市长在做上半年的工作汇报，各单位的领导正在认真听讲，做笔记。

一个助理忽然悄悄走了进来，附在公安局局长耳边细语几句。

公安局局长面露不悦，但因在会议上，不好发作。他没有立刻离席，毕竟这是市级的会议，这样做，不太妥。

等到市长发言结束，稍作歇息时，局长才离开了座位。他走到会议室外面，看到陈程正在门外焦急地踱来踱去。

见局长出来，陈程立马迎了上去。

未等他出声，局长便摆摆手，显然看穿了他的来意："别说了，那件事我不会同意的。"

"局长，难道就不能再考虑一下吗……"

陈程还想努力争取，反被局长语重心长地劝道："小陈，你一直是我最看好的刑警，所以我才将Z组这么重要的部门交给你。没想到，你的部下居然卷入这么一起恶性的案件当中，如果我让你们Z组插手，那局里的其他人会怎么看，会怎么想？"

"局长，"陈程正色道，"我之所以这样向你请求，并非出于私情，而是此案太多疑点，以普通的刑侦手段很难破案。最重要的一点是，"说到此处，他忽然压低声音，左顾右望，确定周围无人才轻声说道，"我怀疑凶手拥有 BC 技术。"

"什么？！"听到此话，局长猛一皱眉。

"不可能！"他断言道，"BC 技术是我们警方历经多年才研发出来的，怎么可能外泄呢？"

"我曾经也这么认为。但是，这件案子里面，确实出现了不可解释的疑点。"陈程便将案子的情况详细告知了局长。

听完后，局长的脸色更加铁青了。他深深明白，如果 BC 技术外泄了，会造成什么样的后果。

当初研发出这项技术的时候，就考虑过这个问题，所以才会进行严谨的保密。别说外面的人，就连公安局内部，知晓 BC 技术存在的人也极少。

沉吟良久，局长终于松口了："好，我就相信你这一次，你一定要把案子给调查清楚。如果涉及 BC 技术的泄露，务必第一时间通知我。"

"明白了！"终于得到局长的应允，陈程兴奋极了。

傍晚时分，夕阳已西斜。暮色笼罩大地，天边流动着火烧云。

康子文仍被关在审讯室里，听到脚步声，他抬起头来。

是杨志豪进来了。这次，对方嘴角带着笑意。

"我找到了一个证人。"杨志豪胸有成竹地说。

"什么？"

"是汪文广家里的女佣。我刚才让她认人了，她认出几天前你曾伙同他人乔装混入汪家。"

噢！关于这件事，不提起的话，康子文几乎都忘记了。

就在几天前，为了调查汪文广的鸭舌帽跟凶手的是否为同一顶，他和刘风朔乔装成维修工人，混入过汪家进行调查。没想到，竟被杨志豪抓住了这一点来质疑。

就算康子文道出真相，杨志豪也不相信。

"鸭舌帽？！"

康子文点头，"对，那个凶手戴着鸭舌帽。我发现汪文广的家里有一顶同样的鸭舌帽，所以才会去调查。"

"嗤，你以为这种鬼话，我会信吗？赶紧老实交代，你的那个同伙是谁？"

"杨组长，我说过了……唉，那个人是……"

正当康子文打算说出刘风朔的名字，门口忽然传来一个慵懒的声音："等一下。"

单听这声音，杨志豪就知道对方是谁了。

他瞬间黑脸，往外一看。果不其然，他的老对手陈程正推门走进来。A组的人想拦住他，却被他直接推开。

杨志豪立即拉下脸，不悦道："陈程，你跑来干什么？"

陈程倒是悠闲，擅自走进来，还若无其事地拿出一块口香糖，边嚼边说："我是来带人走的。"说罢，他拿手指点点康子文。

这玩世不恭的态度，莫名就让杨志豪来气。他忍不住拍桌蹦了起来，高声喊道："凭什么？！你当我这儿是什么地方？！告诉你，陈程！这儿是A组，可不是你们Z组！"

"豪哥！别生气！别生气！"陈程讨好卖乖地拍拍对方的肩膀，慢条斯理地抽出一片口香糖，"吃不？"

"我才不吃这种玩意！"杨志豪一巴掌拍开。

"啧啧啧。豪哥，别这么说，吃口香糖能让口气更加清新，女孩子会喜欢的！"陈程喋喋不休地说着嚼口香糖的好处，杨志豪耳朵都听得起茧了。

"别扯开话题！"

"好好好。"陈程无奈地耸耸肩，从怀里抽出一张纸，轻飘飘地举到杨志豪面前，"这是局长亲自签字的，从这一刻起，康子文的案子将正式移交给我们Z组。"

"你……"这小子，居然连局长都搬出来了！

杨志豪气结，却指着陈程无话可说，毕竟这是局长发下来的命令。

但他仍是不甘心，立即拨通了局长的电话："局长，不能让Z组插手这件案子！"

他想据理力争，但随即，他的脸色沉了下来。

看来，局长早已有了决定，不管他怎么说，这件案子都要交到Z组手里。局长心里面很清楚，只要动用BC技术，就能破解此案的僵局。

没法子，杨志豪再横也只得服从上级的命令。

"豪哥，咋样？我能带人走了吗？"陈程小心翼翼地问。

"给老子……滚！"杨子豪气得甩门而去。

剩下陈程与康子文待在审讯室里。陈程瞅了这不争气的下属一眼，没好气地说："走吧。还不走，等人家请你吃夜宵吗？"

"哦哦哦！"康子文赶紧站起来，跟着陈程走了出去。

到了走廊上，他看到Z组的大伙儿都在，有些惊讶。他本以为刘风朔只通知了陈程，没想到这么晚了，大家居然都赶了过来。他心里不禁涌上一阵感动，他们一定为自己担心不少吧。

"各位……"他看着大家，欲语，却哽咽了。

"康哥。"其他人脸上忧心忡忡。

哪曾想，陈程突然黑着脸对王大铁和肖赜做了个手势，"给他戴上手铐，押回Z组。"

"什么？"王大铁和肖赜以及陈若彤三个人面面相觑，似乎无法理解这个决定。刘风朔也惊讶地看着陈程，有些懵。

"头儿，这合适吗？……康哥可是自己人哪，我们不至于……"王大铁既犹豫，又茫然。

陈程更不耐烦了："叫你上就上。"

不想让别人为难，康子文配合地伸出双手："大铁，你照组长的意思做吧。这是程序，我不会怪你们的。"

他的脸一半沉在昏暗的走廊里，另一半被外面的月光映出冷硬的线条。

话已至此，王大铁只得叹了口气，最终拿出了手铐，一边给康子文戴上一边轻声说："康哥，那就对不住了。"

回Z组的一路上，大家面色沉重。

回到Z组，本在研究科工作的顾程浩闻声迎了出来。眼看康子文的双手被铐，大家的脸色也十分难看，他着急地拉住刘风朔，"这是怎么一回事？阿文怎么被铐上了？"

刘风朔脸色阴郁，说："Doctor 顾，师父涉嫌一桩杀人案。"

"什么？！"顾程浩紧皱着眉，手下的力道都忍不住重了起来，不可置信道，"这怎么可能？阿文不会杀人的。"

他了解康子文的为人。

康子文很感激他的信任："阿浩，你不用担心。清者自清，我会没事的。"

"是啊。"陈程说，"你别忘了，任何罪犯只要进了 Z 组都会现出原形。也只有这样，才能洗脱老康的清白。"

"你是打算对他使用 BC 技术吗？"顾程浩紧蹙的眉毛依旧没有放松。

陈程点了点头："对。你要知道，人无法逃避的就是自己，只有 BC 技术可以最快地洗脱老康的嫌疑。"

"这也是我最希望的。"康子文说道。

陈程回头，审视了其他人，神情肃穆地说道："各位，开始工作了。"

话音刚落，所有人的表情顿时认真起来。

康子文被带入了审讯室内。这个审讯室自然与 A 组的审讯室大不相同，房间内摆满了各种仪器。所有犯罪嫌疑人都是在此处接受大脑入侵，捕捉到的记忆会出现在屏幕之上。为了保证入侵的顺利进行以及嫌疑人的安全，镇静类的药物是必需的。

这次，负责大脑入侵的成员是肖赜。

"小肖，就靠你了。"

康子文坐在审讯室内的椅子上，对肖赜表达了期待。

"放心吧。康哥，我一定不会辜负你的期望的。"肖赜开始做入侵前的准备工作。

陈若彤上前给康子文注入镇静剂。很快，康子文感受到冰凉的镇静剂缓缓注入了他的体内。没过多久，他就觉得全身无力。他努力地想睁开眼，但只能模模糊糊地看到审讯室内的阴影。最后实在抵抗不了药物的作用，他陷入了昏睡。

一旁观察的陈若彤见状，对陈程做出 OK 的手势，"组长，康哥已经准备好了。"

"肖赜，开始。"陈程坐在审讯室后面的椅子上，下达了命令。

肖赜点点头，坐在康子文旁边的椅子上。两人的头部都贴着连接线，一台体积更大、性能更稳定的 BC 机摆在旁边。随着 BC 机的红灯闪烁，房间内的屏幕也跟着缓缓显出了画面。

白色的幕布上出现了黑色的画面，这是入侵初始阶段的混沌黑暗。

紧接着，画面中出现了一些昏暗的光，这是康子文的记忆。

康子文出现在案发现场的仓库内，四周堆满废旧的物品。刚开始他在里面一直寻找着，呼吸急促。突然，他的脚步慢了下来，因为前面出现一个背对着他的男人。

那个男人回过头。陈程他们看得非常清楚，那人便是汪文广。

几乎所有的人都盯着屏幕屏住了呼吸。

他们听不到影像的声音，但却没办法不相信自己的眼睛。在场的人都难以置信地盯着那块幕布。

只见汪文广对着康子文说了没几句话，眼神中猛地露出一脸惧色，随即开始后退。康子文则步步紧逼，没过多久便举着斧头狠狠地砍向了汪文广。速度很快，力道也很重，几乎是这一击，汪文广便再也没能爬起来。

他死了。

紧接着，画面重新恢复了一片黑色。

一切仿佛静止了。

大脑互联已经断开了连接，入侵者肖赜一头冷汗。他格外震惊，看着坐在椅子上仍昏迷未醒的康子文，完全不能把刚才凶残的杀人犯和平时和蔼可亲的康哥联系起来。入侵记忆中的那个凶手冷静如斯，杀意浓浓，挥斧时没有一丝犹豫，杀完人之后还露出慢条斯理的得意。

而旁观者，陈程等人，盯着屏幕久久说不出话来。每个人脸上皆是震惊不已。现在的状况完全出乎意料。谁都不会料到，BC 技术竟然捕捉到康子文杀人的过程。

这是真的吗？

身为康子文的死党，顾程浩也无法相信自己的眼睛。

这杀人者，真的是阿文？

"不……不会的。"他如失了魂。

"这是真的。"旁边的陈程最先恢复了冷静。他的脸色很难看，自己的属下居然是这一连串案件的真凶，这让他无法接受。但作为警察，他的理智克制了他的情感。

"兴许……"顾程浩想说些什么，却又无话可说。

BC 技术不会骗人的，它呈现给大家的，正是康子文大脑里最真实的记忆。

此时，康子文也渐渐醒了过来。他盯着众人，发现大伙儿脸色十分难看。

"怎么了？"他困惑问道。

没有人回答。屏幕上的画面又重播了一次。

康子文盯着屏幕，瞳孔一点点放大。这屏幕里的犯罪过程，是他大脑里的记忆？

我是凶手？！

等他反应过来，一颗心如同坠入了冰窖。他颤抖着双手，难以置信地瞪着屏幕中的画面。

陈程脸色阴沉，冷冷道："康子文，你还有什么想说的。"

"我……"康子文欲辩无词。

刘风朔急道："师父……这是怎么回事啊？"

康子文失神落魄地摇摇头，语气中带着难以置信，轻声低喃："我也不知道……我……"他看着自己微微摊开的手，无法想象自己就是用这双手杀了人。

"不知道？"陈程微眯着眼，"你难道能够否认自己的内心吗？你能否认自己的罪行吗？"

"不！"康子文忽然站起来，情绪激动，大力地摇头，"不是我！不是我做的！"

他无法想象自己是杀人凶手，可是记忆却真实地呈现出来了。这是怎么回事？他记得自己明明被人打晕了呀！

他该如何解释大脑中的这段杀人记忆？

又该如何让所有人的眼睛，否认眼前所看到的画面？

没有人会相信他的话了。

王大铁愣愣地看着他，心情复杂地艰涩开口："康哥……你怎么会……"

"我没有……"他否认。

"康哥，如果你有什么难言之隐可以告诉我们，为什么要……"陈若彤难过地微垂下美丽的眼睛。

身边的伙伴们，眼中大都流露出同样的震惊与难以置信。尽管他们不愿相信，但真相在他们心里已然有了答案。

陈程没有再说什么，他对王大铁使了个眼色，便背过身去。王大铁再傻也明白组长的意思，犹豫了半刻，才拿出手铐："康哥……"

这一刻，说什么都是徒劳了。康子文很清楚现如今的状况——这是跳进黄河也洗不清了。他只能顺从地伸出手。

"咔嚓！"——冰冷的手铐铐在他的手腕上。

那声音，冷彻心扉。

当了一辈子的兵，到最后，却成了贼。

这多么讽刺啊。

康子文仰天，长叹。

第十四章

铤而走险

死寂的拘留所里，几平方米的牢房，只能以潮湿、逼仄、阴暗来形容。

幽暗的光线中漂浮着康子文孤独的身影，他几乎一夜没睡，静默地坐在拘留所的窗户下。

他在思考，他绞尽脑汁，他挠破头皮。

然而，他怎么都想不通，事情怎么会发展到如此奇怪的境地。他维持着同一个姿势始终没有动弹，房间内的黑暗渐渐变成淡淡的光芒。窗外的光斑映照进来，抹在面前的墙壁上。夜晚冰冷的空气也随着光明的到来而变得暖和起来，发酵出一种特殊的味道。

天亮了。

他换了一个姿势，站了起来，出神地盯着窗外。

窗口划开一小格天空，透过小窗，能看到警察局院子里的那株木棉树。此时正是木棉花盛开的时节，火红色的花朵缀满了枝丫。花朵随着微风轻轻摆动，随后便轻轻飘落下来。阳光映着花朵，看起来闪闪发亮，在湛蓝色天空的衬托下，就像一副浓墨重彩的油画。

康子文凭窗眺望，心中的郁闷像乌云累积，压得他喘不过气来。

想了一夜，他都没有想明白，这到底是怎么回事？他怎么会成了杀害汪文广的凶手？

更可疑的是，他的大脑里居然有杀人的记忆？

可是，他明明记得当时是被人打晕了呀。

BC技术捕捉到的记忆画面，是他根本想不起来的。这一点，康子文越来越觉得疑惑。

除非……他想到一种可能性：犯案的时候，他在梦游。

这种案例并不稀奇。曾经有梦游病人杀了人，却完全记不起犯案的过程，这跟他目前的状况,很像。

如果是这样,倒也解释得过去。只不过,这些年来,他从未发现自己有梦游症状。假如自己真有这方面的疾病,旁人多多少少也能察觉出来。康子文经常出差,跟同事住同一个房间,也没听他们提起过自己有梦游症啊。

左思右想之时,一个狱警走了过来。他将牢房的门打开,面无表情地说:"康子文,有人要见你。"

见他?这个时候,会是谁呢?

接见室里,果不其然,出现了顾程浩和孔繁倩思两人的身影。

也只有这两人会来看他了。

孔繁倩思一看到他就忍不住,眼睛本来就红红的,似在来之前就哭过。顾程浩抚着她的肩膀,以示安慰。

又让她担心了。康子文很是过意不去,走上前,坐在与他们相隔的玻璃前,然后拿起了手边的对讲机。

孔繁倩思迫不及待地拿起对讲机,神情担忧地说:"阿文,你在里面过得还好吧?"

康子文苦笑:"怎么会好呢?我可是被当成杀人犯了。"

"可是,"她急着追问,"你为什么会杀人?"

他甚为无奈:"倩思,我没有杀人,我没有,我是被冤枉的。"

"那你怎么会被抓进去呢?一定是他们搞错了!要不让他们再调查一下,说不定会有别的线索的。"看到他身陷囹圄,她急得都快要哭出来了。

"没用的。"康子文已然十分绝望,他沙哑着声音说,"现在所有的证据都指向我。我,洗脱不了。"

"阿文……"孔繁倩思强忍着内心的痛苦,轻声道,"我没告诉蓓蓓,她还是个孩子……"

听到女儿的名字,康子文心头涌上悲伤。这辈子,他觉得最亏欠的人就是女儿。

"倩思,这件事你做得对。以后……说不定蓓蓓就要你帮忙照顾了。"

万一他被定罪了,恐怕这一生再也见不着女儿了。

"阿文,你别这么说。"说着,孔繁倩思的语气中带了些哭腔,"你一定会没事的。是吧,阿浩。"她抬起头,看向身旁的顾程浩。

"嗯。"顾程浩拍拍她的肩膀,安慰道,"倩思,别难过了,阿文他一定会没事的。"

说罢,他又抬起头对康子文说:"阿文,你确定你没有杀人?"

对这一点,康子文表情严肃:"百分百确定。"

"可是……"顾程浩犹豫地问,"为什么你的记忆里……"他侧头看了眼孔繁倩思。碍于她还在场,他也没有多说,但康子文知道他的意思,为什么自己的记忆中会有杀死汪文广的画面呢?

这一点,真是不可思议。

为了跟顾程浩有更深入交谈的机会,康子文让孔繁倩思先离开一下:"我有重要的事情要对阿浩说,这些事情关系机密,所以不能有外人在场。"

孔繁倩思心里虽有不舍,但也顺从地离开了。

眼下,接待室只剩一个狱警站在远处。

康子文对顾程浩说:"阿浩,我这种情况,会不会是BC技术出现了问题?"

"你是怀疑BC技术导致你出现了错误的记忆?"顾程浩问。

"没错,我的大脑中虽然有这段记忆,可是我很清楚,我确实没有杀人。"

"应该不可能,大脑里的记忆怎么可能伪造呢?"

"可是,我没有杀人啊。"

顾程浩沉默了半响,才抬起头,缓缓地说道:"还有一种可能性……"

"是什么?"

"这……"顾程浩微侧着头,犹豫着问他,"会不会是你被打晕后进入了梦游状态,所以,你不记得你杀过人了?"

"梦游?"康子文惊讶,这种可能性,他之前就推测过。

"是的。你以前有过这种病史吗?"

康子文紧握手里的话筒,"这个可能性我也想过,可我似乎并没有这种病史啊。而且,我那天晚上是被人从后面打晕的。这更像被人陷害,不是吗?"

顾程浩沉思了一会儿,又问:"汪文广死的时候,你应该有入侵他的大脑吧。"

"有。"

当时发现汪文广死了之后,康子文便第一时间入侵了死者的大脑,还是顾程浩帮他启动的BC机。

"那你在他的大脑里看到了什么？"

"我看到汪文广去到了一个奇怪的建筑物里，跟那个鸭舌帽男见面了。而且，我看到了他的真面目。"

顾程浩惊讶地看着他："啊？真的？他是谁？说不定就是他杀了汪文广呢！你为什么不把这个线索告诉组长啊！"

说到这个，康子文的唇角又泛起一丝苦笑："因为，那是个不该存在于这个世界上的人。"

"什么意思？"

"那个人……"连康子文自己都觉得这是天方夜谭，"那个人是王奕轩。"

"王奕轩？"

"没错，就是我高中时死去的好朋友。"

这个答案令顾程浩感到十分震惊："不会吧？真的假的？"

"真的，不会有错。我之前就告诉过你，我曾经见过他。"

确实，这件事，康子文曾经的确提过几次。只不过，当时顾程浩并没有当一回事。现在看来，此事更为蹊跷了。

"按你说的，王奕轩不是早就死了吗？"

"所以这个案子才奇怪啊！"越深入地聊，康子文越觉得头痛不已。他的好友已经去世好多年了，即使让警方去查也无从查起了。

顾程浩说："这么想想，你的案子确实有很大的疑问。可是，你被关在拘留所里，怎么才能洗脱自己的罪名呢？"

这是个难题。

"我得想办法离开这儿。"康子文说这句话时，心中似乎已有了主意。

顾程浩看穿了他心思，脸色微微一变，一边瞅着站在远处的狱警，一边压低声音说："你要逃狱？阿文，你别做傻事！"

康子文低头不语。他很清楚现在的处境，如果不这样逃狱，他迟早会被定罪。他没有杀人，却被冤枉，这令他无论如何也不能接受。更何况，他不能扔下女儿一个人。

想到这儿，他沉默了。顾程浩也没有出声。

两个人都知道，越狱这一步风险很大。但照此情形下去，康子文铁定会背上杀人的罪名。

他必须靠自己，才能洗脱冤屈。

离开拘留所，顾程浩与孔繁倩思坐在车里，一路驶向市中心。

风景在车窗外飞逝，两人都没有说话。过了半晌，孔繁倩思才低落地开口说："阿浩，你要帮帮阿文，他不会杀人的，我了解他。"

顾程浩说："倩思，我也相信阿文是无辜的。可是，这件案子比我们想象中的还要复杂。"

孔繁倩思正是知道这件事情很复杂，才觉得担心。她既难过，又无助："这可怎么办呀，我如何向蓓蓓解释呢？"

"就跟她说，阿文要出差几天。说不定，很快就能洗脱他的嫌疑了呢。"

"希望如此吧。"

孔繁倩思靠在车窗上，望着外面的风景，陷入了深深的悲伤中。

忽然，顾程浩的手轻轻触及她的手。这个小小的举动把她吓了一跳，她慌忙把手抽回。

顾程浩脸上闪过一丝失落，尴尬地笑了一下。他认真地说："倩思，不管这件案子未来如何发展，我都不希望你卷入其中。"

"嗯……"

她忽然意识到，这件事恐怕没有她想象的那样简单。

XX 小学的校门口，天空已经蒙上了一层雾蒙蒙的灰色，学校门口的车辆繁杂，人潮汹涌。站在学校门口的学生们陆陆续续被家长接走了，只有蓓蓓仍站在学校门口，眼睁睁地看着离开的同学们都跟父母回家了。等学校门口一个人都没有的时候，她失落地低下了头，倔强地忍住快要决堤的眼泪。

这时，站在学校门口送完其他学生的班主任回来，见她一个人站在那里失魂落魄的，心里很是心疼。她关心地走过来问："蓓蓓，你爸爸又迟到了吗？"

蓓蓓低着头，踢飞地上的石子："我爸爸是警察，他一定是在忙着捉坏人。"

她的语气里充满骄傲，大约这么说，她才可以忍住眼泪。她一直都是个懂事的孩子，每当爸爸迟到，她都会给自己一个安慰的借口。可是，在内心深处，她多么希望爸爸只是一个普通的上班族，朝九晚五，这样就能准时接她上下学了。她也可以跟爸爸撒娇，对爸爸任性。

做一个懂事的孩子，原来是会很难受的。

这么想着，蓓蓓难过地不肯抬头。忽然，站在她身边的老师抬头望向马路，说："啊，蓓蓓，有人来接你了。"

"是爸爸吗？"听到有人来接她，蓓蓓兴奋地抬头。顺着老师的方向一看，一辆商务汽车正停在路边，她认识那辆车。只见倩思阿姨和顾叔叔从上面走了下来，但迟迟没有出现爸爸的身影。

爸爸没有出现呢。蓓蓓很失望。

孔繁倩思走过来，一把将她拥入怀中，轻声抱歉："蓓蓓，对不起，阿姨有点事情耽搁，所以来晚了。你等急了吧？"

蓓蓓摇摇头，然后问她："倩思阿姨，我爸爸呢？"

"蓓蓓，你爸爸因为有事，所以出差了。"孔繁倩思将她抱起来，"你爸爸说了，这几天呢，要蓓蓓和倩思阿姨住在一起。倩思阿姨会给你做好吃的，好不好？"

"爸爸他是去抓坏人了吗？"蓓蓓鼓着一张小脸，瞪着无辜的眼睛问。

孔繁倩思有些难过地顿了顿，随即又仰起脸挤出勉强的笑容："对啊，他去抓坏人了。"

蓓蓓信了。她满意地笑了，她的爸爸果然是个英雄。

在小孩子的心目中，父亲永远是伟大的形象。

夜深了，外面的繁星闪烁着，月光缓缓地洒向整个城市。

孔繁倩思望着窗外一片幽静的小区夜景。夜深人静，小区内人影几乎绝迹。她将窗户仔细地关上，以免冷风把蓓蓓吹感冒了。

然后她回到床边，打开台灯，蓓蓓正抱着她从家里带来的最心爱的Hello Kitty公仔。

"倩思阿姨，你今晚能和我一块儿睡吗？"她眨巴着天真无邪的大眼睛。

孔繁倩思慈爱地摸着她的头，"可以啊。"

两个人相依而睡，说着悄悄话。

突然，蓓蓓叫了她一声，说："倩思阿姨，你能不能当我的妈妈？"

这番话，令孔繁倩思很意外，她没想到蓓蓓一个小孩子居然会说这种话。

蓓蓓倒是人小鬼大，笑得很开心："我知道的哦，你喜欢我爸爸。如果你们在一起，我是不会反对的。"

"这小丫头……"孔繁倩思好笑似的点点她的小鼻子："不管阿姨有没有和你爸爸在一起，阿姨都会很疼你的。"

"可是我希望你们在一起。"蓓蓓说。

"为什么？"

蓓蓓难过地在孔繁倩思怀里缩了缩脑袋，就像小刺猬投入妈妈的怀抱。她说："因为这样别人就不会说我是没有妈妈的孩子了。如果你和爸爸在一起，我就和大家一样，我有妈妈了。"

可怜的孩子……孔繁倩思难过地抱紧了蓓蓓。她想起康子文，心里更加觉得忧愁，最后拍着蓓蓓的后背哄道："快睡吧。明天阿姨给你做早餐，然后送你上学。"

蓓蓓听话地闭上了眼睛。孔繁倩思将身边的台灯熄灭，两人相拥而睡。

漆黑的夜晚一片寂静。此时，在家的外面，一个身影正隐隐约约地从树影中浮现出来。那双不可言喻的眼睛，紧盯着她们的房间，静静地观察着。他的脸沉在黑夜中，洒下来的月光照在鸭舌帽上，帽徽反射出金色的光芒。

如同鬼魅般，又在黑夜中，悄然隐去。

自从康子文被抓之后，Z组的气氛就一直很怪异。大家都想不通一向沉默冷静、恪尽职守的他怎么会杀人，彼此之间也都不愿谈及此事。

其中最打不起精神的便是刘风朔了。他这两日总是兴致恹恹地趴在办公桌上，成日里紧皱着眉头，连旁人讲话都无心搭理。同事们知道他因为师父的事情心情糟糕，也不打扰他。

这天下午，办公室里一片寂静。窗外有倦鸟落在树上轻啼的声响，阳光懒怠地洒了进来。顾程浩站在二楼，端着茶杯喝了一两口，然后从楼上走下来。他来到刘风朔的桌边，轻叩了两下。

刘风朔微微抬起头，"Doctor顾，是你啊。"他的声音有气无力，精神显然不振。

顾程浩轻抿了一口茶："关于你师父的事，你有什么想法吗？"

"我的想法吗？"他微微侧头，犹豫了一瞬接着说，"我觉得师父他不会杀人的……"

虽然跟师父相处的时间不长，但他实在找不到师父杀人的动机。

这件案子,太奇怪了。

按照正常的办案程序,那些证据根本无法将师父定罪。但问题是,警方拥有一项外界不知晓的神秘技术,这项 BC 技术捕捉到了犯人的记忆。

那天在审讯室,所有人都亲眼看到了,康子文的大脑中确实存在着杀人的记忆。如果他没有杀人的话,那就不可能存在这些记忆吧?

这才是令刘风朔困惑不解之处。

"Doctor 顾,那你相信师父他会杀人吗?"他忽然反问。

顾程浩抿了抿唇,没有说话。

茶杯里的茶,逐渐变得微凉。

这是个矛盾的选择:相信好友,抑或是相信自己的发明?

总有其一,在说谎。

刘风朔只是个新人,他对 BC 技术的能力并没有那么信服。他知道,BC 技术可以入侵别人的大脑,看到他人脑中的记忆,一个人的记忆是无法撒谎的。然而,身为警察的直觉却告诉他,师父没有杀人。他所认识的师父是一个对案件很执着的人,甚至不惜冒着被处分的危险,都要抓到凶手。这样的人,居然是凶手?在他看来,实在是太不合情理了。

"如果你师父知道你是这么想的,他一定很欣慰。"顾程浩说。

只是,刘风朔依然神情低落,只有他一个人相信师父,这无济于事。

得洗清师父的冤屈啊。

拘留所内,7 号牢房里,康子文正一如既往地望着窗外的风景发呆。在这里待得越久,他便越焦躁。

对自己的命运,他已经完全无法控制。正当他一筹莫展的时候,狱警走了过来。

牢门打开了,狱警站在门口:"有人要见你。"

会是谁?康子文带着困惑走了出去。

到了接待室,却见是刘风朔。

"朔仔?"

"师父……"

师徒俩对视,恍若隔世。

康子文在玻璃隔窗前坐下，然后拿起手边的话筒，"你怎么来了？"

刘风朔也拿起对话筒，神情显得很难过："我来看看你，师父。"

"你还叫我师父吗？"康子文垂着眸，"我现在可是个犯人。"说出这句话时，他的内心掠过一丝刺痛感。

"不是的，师父。"刘风朔急忙打断他，"我相信你没有杀人。"

"朔仔，谢谢你能相信我。"能得到别人的信任，对现在的康子文而言，是多么奢侈。

"师父，这件事我一定会去求组长的，让他重新审理这件案子。其实这件案子还有很多疑点，不是吗……"

"没用的，朔仔。"康子文打断他，"没有人会怀疑BC技术的。要想重新审理太难了。"

"可是……"想说些什么，却欲言又止。一种爱莫能助的无力感，深深缠绕着刘风朔的内心。

他能做什么呢？到头来，他什么都做不了。

"对不起，师父……"刘风朔失落地低声道歉，"我什么都帮不上你。"

探视的时间快到了，还剩几分钟，不远处的狱警已经在看表。

就在这时，康子文突然将手伸出了玻璃窗，这是犯人和家属传递东西用的专用窗口。刘风朔愣了一下才上前握住。他能感觉到那只手微微蜷着，十分冰凉，指腹间有一个软软的却扎手的东西在两只手间挤压着。

师父要交给他什么东西吗？刘风朔心里一慌，瑟缩着抽回手，将那个东西带着藏进了手心。

这一小动作，没有被狱警发现。

"徒弟，再见。"康子文郑重地说道。

"那师父……你照顾好自己……我先走了。"刘风朔稳了稳心神，随后像没事人一样仰起头。

两人就此告别。

刘风朔从拘留所出来之后，才敢从口袋里拿出那张已经被揉成一团的小纸条，上面有些潮，是他攥在手里的时候出的汗。

他将纸条打开，上面写着四个字："帮我越狱。"

瞬间，他眉头一跳。

Chapter 15 / 第十五章

虚惊一场

越狱?

自从收到了康子文传递的小纸条,这两个字便如同乌云一般缠绕在刘风朔的脑海里。他为此辗转不安,此事非同小可啊!

整个下午,他都处于紧张兮兮的状态中。在犹豫和思索当中挣扎了许久,他最终想起了一个人,总觉得这件事务必跟对方商量一下。

这天晚上,天空刚刚蒙上一层黑色,就像新添的油墨画。城市的霓虹灯将整个天空映得发亮,现代城市里没有一点烟火气息。空气在此刻冷了起来,有些刺鼻。此时 Z 组的办公室内静悄悄一片,因为是下班时间,所以人都已经走光了,唯有二楼的研究科还亮着暖黄色的灯光。

这个时间段,顾程浩仍泡在研究科。正因为知道他的习惯,所以刘风朔想都没想就直接来到研究室。

他站在门外敲了敲门。里面传来一个温润的声音:"进来。"

刘风朔轻轻推开门。果然,里面只有顾程浩一个人在埋头工作。他从电脑仪器前抬起头,用手推了推滑下的眼镜,徐徐问:"朔仔?你找我有事吗?"

"Doctor 顾,我师父他……"话说到一半,刘风朔犹豫了,毕竟逃狱这事不一般。

"你师父怎么了?"说起康子文,顾程浩明显对这个话题关心多了,连手里的东西都放了下来。

刘风朔终于决定要说出来,他将口袋里的那张纸条拿出来,"这是师父今天偷偷塞给我的。"

字条上的内容简单,却格外沉重。顾程浩眸子一沉,却没有显得过于惊讶。他想了想,将那张纸条顺手泡在身边桌子上的一瓶不明溶液中。

那张纸条的字迹在溶液中渐渐稀释不见了，仿佛被抹去一般。

这时，顾程浩才抬起头："如果你不愿意的话，可以不做这件事。我相信，你师父也一定不会怪你的。"

"不……我愿意帮师父……"

来之前，刘风朔就下定了决心，无论师父要他做什么，他都愿意。唯一的顾忌是，一旦逃狱了，那师父的罪名就更难洗脱了。

他的顾虑是有道理的。顾程浩认同他的想法，不过，从康子文的角度出发，"你师父之所以要逃狱，应该是想亲自查案，洗脱自己的冤屈。他想靠自己，证明清白。"

"那么，Doctor 顾你的意见是……"

"帮！"顾程浩笃定地喊出这个字，如同砸下一枚钉子般掷地有声。

但是……刘风朔又犯难了。决定逃狱是第一步，怎么实施才是最重要的。拘留所虽然不如监狱那般森严，但是牢房的外面也围了一圈高墙。

要逃狱，就得想办法离开囚室，翻过这堵高墙。

该如何做呢？

这天晚上，清冷的月亮高挂在夜空，被一层乌云遮挡了一半。拘留所的院子里静悄悄的，晚风从树叶之间徐徐吹过，发出了轻微的响声。似乎到了夜晚一切都会变得懒怠。周围乌黑一片，唯有拘留所的方向还亮着暖黄色的灯。

到了深夜，值班的狱警也有些扛不住这漫漫长夜，觉得困乏不已，但也只能强打着精神巡视。从一排排囚室前走过，里面的犯人都陷入了睡梦之中。唯有康子文，他躺在床上一动不动，闭眼假寐，耳朵仔细地辨认着走廊上传来的脚步声。

声音越来越近。狱警从房间前面走了过去，几分钟后又折返。随即，脚步声慢慢消失在走廊上。

就是现在！康子文迅速起身。他小心翼翼地站起来，取下墙上铁窗的铁条。这几天他一直都在扳动这根铁条，平时看不出来，但其实这铁条下面的螺丝已经松动了。现在康子文轻轻一扳，就将它顺利地取了下来。

这铁窗外面就是拘留所的高墙了。灰黑色的高墙隐没在黑暗中，隔绝了两个世界。

高墙后面是一栋居民楼,黑压压的轮廓静默在黑暗里。

打开窗户之后等待了几分钟,就听到从黑夜之中浅浅地传来一阵"嗡嗡"的声音。这声音极小,但他还是辨认出来了。

来了!

他瞬间眯起了眼睛,只见一片黑暗中有一个红点在闪烁着,随着那个红点越来越近,黑暗中渐渐显出来一圈轮廓。

那是一架无人机。

无人机下面是一个比小拇指粗的挂钩,挂钩下面是一根绳子,绳子上还有一个金属滑轮缓缓滑下来。

刘风朔这小子现在越来越聪明了!康子文暗暗夸了一句,然后轻手轻脚地蹲在窗户上,将无人机上的钩子取下来,挂在了窗户上。而后,他两只手抓住绳子上的金属滑轮,暗沉了一口气,心道:这就是最后一关了。

随后脚下用力一蹬,便从窗户上跃了出去。这滑轮滚动得极快,康子文甚至能感觉到耳边漾起的风声。他回过头看了一眼身后的牢房,在迷蒙的月色下,囚室的轮廓突然模糊了起来,似乎就像他的一场梦。在这朦胧之间,他觉得那漆黑的窗口就像一只张大了的嘴,吞噬着一切寒冷。

已经没有退路了。马上就要到对面了,他身子猛地向前倾,在即将到达那栋高楼之前,跳了下来。过了十几秒,康子文听到"嗡嗡"声再度响起,那架无人机挂着对面牢房的绳子回来了。

大约十五分钟后,值班的狱警开始例行巡视。

走到 7 号囚室前,他瞬间定住了。

一目了然的房间里哪里还有犯人的人影!

狱警立即慌了,赶紧吹响了哨子,刺耳的哨声冲破了黑夜的死寂。

狱警冲出拘留所,对着外面喊道:"不……不好了,犯人越狱了!"

没过多久,警局内的灯便全亮了。一时间警铃声大作,划破了夜晚的宁静。

另一边,深夜的霓虹灯在街道上不停地闪烁着。随着夜晚将息,那些耀眼的光芒已经不再夺目,清冷的大街上只有几辆孤单奔驰的汽车。

耳边是"呼呼"的汽车暖风的声音,康子文坐在副驾驶的位置上,撑着下巴望着窗外一条条如流光一般的光线。旁边,刘风朔正驾驶着汽车,载着他在漆黑的夜晚绝尘而去。

过了半晌，康子文才侧过头歉意地对刘风朔说："朔仔，真对不住你啊。让你帮我这么一个大忙。"说来他也对刘风朔心有愧疚，做了人家师父这么久，正经案子没有办成几件，还总带着他顶风作案。

刘风朔握着方向盘，无所谓地摇了摇头："别这么说，师父，我相信你是无辜的。"

就在这时，他们听到身后由远而近地传来了鸣笛声。刘风朔瞥了眼后视镜，立即神色不安地说道："不好了，师父，后面有两辆警车追上来了，你快躲一躲。"

康子文显然也听到了警笛声，闻言便趴了下去，尽量让身子屈在车窗下面。后面的两辆警车的声音此刻越来越大，很快便从他们身后追了上来。

就连刘风朔都尽量低调地微垂着头，直到警车从他们的车边飞驰而过，康子文才悠悠地起身。

刘风朔继续刚才没有完成的对话："师父，我虽然把你救出来了，但是接下来你要怎么办呢？"要知道，现在康子文的身份不比从前，他现在可是一名逃犯，不管去哪都会很不方便。刘风朔很是担心他接下来的行踪。

其实，这件事情康子文早就有了打算，他寻思着要找到真相，就必须得找到王奕轩。有些事情来得太突然，也太蹊跷，他也只能依靠暂时知道的线索，走一步看一步。这后面的事情太复杂了，康子文没有开口回答。

两人沉默着又前进了一段距离，刘风朔驱车上了公路。这条路上的车辆屈指可数，此时已经离拘留所很远了。

就在这时，康子文忽然开口道："我要下车，就在这里停住吧。"

"在这儿下车？"刘风朔疑惑地看着他，脚下却缓缓地踩住了刹车。

"没错，就是这儿。"康子文抬头，目光灼灼，"朔仔，我不能再连累你了。以后的事，我会独自解决的。"

刘风朔没有再说什么，他将提前准备好的一套衣服拿出来，放到康子文怀里，过了半晌才愣愣道："师父，你多保重。"

康子文轻声应了一声"好"，然后便拿着衣服下车了，站在原地望着刘风朔缓缓驱车离去。

此时，天空已经微微泛起了一层光亮，康子文走进路旁的大树后面换好衣服,然后坚定不移地朝他预定的目的地走去。

天色蒙蒙亮,天边露出了鱼肚白,黎明绽开明媚的眼眸,俯视着大地。市中心的音乐厅里,一群人正陆陆续续从排练室里出来。这里是孔繁倩思所在的乐团。为了筹备一场盛大的演奏会,他们一连几天都是连夜彩排。昨晚也是彩排了好几个小时,刚刚才结束,大家都带着倦意,准备回家补觉。

孔繁倩思走在人群最后,一边走,一边打着呵欠。这些天她没日没夜地泡在排练室,偶尔停下来,脑子里也都是康子文入狱的画面。这深深刺痛了她的心,她一刻都不敢休息,只能通过忙于工作来忘却烦恼。除了接送蓓蓓上下学,其余时间几乎都在埋头排练。几天下来,她的脸容憔悴极了。

随着大伙儿来到停车场,与其他同事一一道别。一个要好的朋友见她日渐消瘦,表示了担心,临走之前再三叮嘱她要多注意休息。她嘴上答应着,眼看其他人开车从停车场出去,才悠悠叹了口气。要想停下来歇息,谈何容易啊!她摇了摇头,又叹了一口气才上了车。

她在驾驶座上坐稳,刚要拉好安全带,忽然——

车后座上伸出一双大手,猛地捂住了她的嘴巴。

是坏人?!难道遇上劫匪了?

孔繁倩思心里一惊,只感觉头皮一阵发麻。她惊恐地瞪着一双美丽的大眼睛,颤抖着身子,缓缓而不受控制地向车上的后视镜看过去。如果对方有不轨企图,她该如何是好?这样想着,她的手悄悄伸进手提包里,里面有一支防狼喷雾器,还是康子文买来让她防身的。

只是还未等她辨认出后视镜上的人是谁,那人就轻轻向她靠近,凑在她的脖颈处轻轻喊道:"倩思,别怕,是我。"

那个声音沙哑沧桑,尾音轻轻洒在她耳边,像密密麻麻的小针一样,刺得她眼睛一阵温热。孔繁倩思觉得那阵发麻的感觉传遍了她的四肢百骸,竟然有一种恍若隔世的晕眩感。

她僵硬着身子转过去,眼前迷蒙一片,什么都看不清,但是她却知道眼前的人是谁。

这声音,是康子文!

逃狱出来的康子文就藏在车后座,看着转过来的孔繁倩思漾着眼泪的样子,瞬间觉得歉疚不已,他微微低着头道:"对不起,吓到你了吧?"

孔繁倩思没有回答他，反而问道："阿文，你怎么在这儿？是你的案子了结了吗？"

康子文摇着头苦笑："没有。我是逃出来的。"

"什么？"听到这个消息，她十分惊讶。她没想到康子文竟然会逃狱，这可是犯法的啊！

康子文理解她的惊讶，但是他也别无他法。不这么做，他就无法洗脱自己的罪名。

"这究竟是怎么回事？你怎么可以……"孔繁倩思一脸焦急地看着他，逃狱可是会坐牢的啊！她不明白康子文怎么会让自己再涉险境。

康子文知道她在担心什么，只是此时此刻不是说这些的时候。他埋着身子，尽量将自己的脸隐在黑暗之中，低声道："等回去，我再跟你说。"

多日不见自己的女儿，他迫切地想见到蓓蓓。孔繁倩思也知道现在康子文顾忌颇多，便把想说的话都吞回肚子里，驱车开回自己的小区。

进门的时候蓓蓓还没有起床。康子文走进卧室时，她还在睡觉。他轻手轻脚地坐在床边，看着女儿睡着的样子就像个小天使，忍不住一阵鼻酸。他用手轻抚着她的小脸，心里默默地说：宝贝，爸爸对不起你……情到深处，眼泪浸湿了眼睫毛。

一滴眼泪落了下来，砸在蓓蓓的脸上。她脸颊微微动了动，然后缓缓睁了眼睛。初睁开眼睛，就看到日思夜想的爸爸正坐在床边。

这是梦吗？！她下意识地揉了揉眼睛。可是揉完眼睛之后，爸爸的身影，爸爸的笑容依然清清楚楚地印在她的瞳孔中。这不是梦！这是真的！

瞬间，她小嘴一撇，眉头一皱，委屈地扑进康子文的怀里，哭着说："爸爸，我好想你。"

此刻，康子文再也忍不住心里的酸楚，眼睛泛红，轻轻地抱着女儿，想永远也不放开。

"爸爸也想蓓蓓了。爸爸不在的时候蓓蓓有没有听话？"

蓓蓓在他的怀里点了点头，然后又仰起头，豆大的泪珠从她的脸颊上滚落。

"蓓蓓……有听话，爸爸，你能不能不要再走了？"

"蓓蓓，爸爸答应你，等这次的工作忙完了，爸爸就再也不离开你了，好不好？但是这段时间，你一定要听倩思阿姨的话。"

"真的吗？"

"真的。"康子文郑重地许下承诺，目光却不忍心看女儿的眼睛。

他不知道，自己的承诺能否实现。

而蓓蓓犹豫地抽出自己稚嫩的小手，伸出小拇指认真道："爸爸，那我们拉钩。"

"这……"康子文犹豫片刻，才伸出修长的手指。

这对父女的大拇指相触的那一刻，便是一份弥足珍贵的约定达成。

此时，外面天光大亮，缓缓升起的阳光像是蓄热一般，愈发炙热地洒向整个世界。一时之间，黑夜遁去，日光灼灼而现，而某些东西，已经发生了天翻地覆的变化。

康子文越狱一事已经惊动了警方，局里面专门派了重案 A 组出动。他们连夜排查，只是除了那根被拆掉的铁棍，没有找到什么其他线索。他们实在想不通，这康子文到底是靠什么越过了看守所后面的高墙，穿过警局内的层层关卡逃到外面去的？

而康子文这边，因为到了蓓蓓上课的时间，再加上他越狱的这件事绝对不能让蓓蓓知道，所以便让孔繁倩思先送她去上学。临走时，康子文蹲下来，一脸严肃对蓓蓓说："蓓蓓，无论以后有谁问起你，见过爸爸的事情你都不要说出去，知道吗？"

"为什么？"蓓蓓天真地问。

他撒了个小谎："因为爸爸这次可是偷偷跑回来看你的，要是让爸爸的领导知道了，可是会批评爸爸的。"

"好！我绝对不会告诉别人。"蓓蓓响亮地应着。

将蓓蓓抱上汽车后座，孔繁倩思回过头，提出了一个建议："阿文，你接下来打算怎么办？要不我先通知阿浩过来，我们在一起商量一下。"

"也好。"康子文正有此意，接下来的事情单靠他自己，估计难以应付。况且，他也需要知道警方这边的动向。

这件事顾程浩可以帮他。

顾程浩如约前来。他告诉康子文，越狱一案现由重案 A 组负责，所以具体的调查情况他本人并不太清楚。但杨志豪为人雷厉风行，据说已经下了死命令，誓要将康子文捉拿归案。而且，警局上下都知道顾程浩和康子文的死党关系，很多情况刻意对他隐瞒，生怕他通风报信。所以，顾程浩也只能侧面打听打听。

听了好友的话，康子文长叹了口气："真是为难你了。"

他也不想自己的事连累了身边的人。

顾程浩倒无所谓，"那么，阿文，你接下来有什么打算呢？"

康子文认为，现在唯一的办法就是找到王奕轩，查明这起案件的真相，这样才能洗脱他杀人的嫌疑。

而此人，正是整个案件的关键。

可是……怎么才能找到他呢？

下一刻，小区外面隐隐约约响起了警笛的声音，这让屋里正在商讨的三人脸色大变。

糟糕，警察来了！没想到，他们来得这么迅速。

"这可如何是好？！"孔繁倩思慌慌张张地站起身，走到窗户往外面望去。但见几辆鸣笛的警车已经驶入了小区，她赶紧把窗帘拉了起来。

"警察就要来了！阿文，你快藏起来！"

"这……"康子文一时束手无策。如果现在跑出去，那必定和警察撞个正着。可这屋里四周的环境，不论藏在哪儿都很有可能被发现。

情急之下，孔繁倩思将他推进了洗手间："阿文，你暂时待在里面，剩下的事情让我们来应付。"

"可是……"

"别可是了，快藏好！"

他只得听话，忐忑不安地躲在洗手间里，并将门反锁。

没过多久，家门便被敲响了。孔繁倩思稳定一下情绪，然后走到门口，把门打开。

门外的警察掏出证件，表明身份。领队正是杨志豪。他站在门口向屋内瞥了一眼，"您好，我们正在追捕犯人康子文，请你配合警察办案，我们现在需要搜查这里。"

"阿文？他不是已经被抓起来了吗？"孔繁倩思佯装惊讶，演技十分到位。

可这对杨志豪无效。他斜了斜嘴角，径直从她的身侧走了进去："是啊，但是他昨晚逃狱了。"

其余的警察也跟着走了进来。

"咦？这不是杨组长吗？"顾程浩装作正在喝茶，看见杨志豪，一脸颇为惊讶的表情。

杨志豪自然是认识他的，也是好奇："你不是Z组的人吗？怎么在这儿？"

顾程浩微微一笑："我和倩思是大学同学，今日来串门。这不会有什么问题吧？"

"这自然是没问题。"

也没有哪条法律规定不准串门啊。

顾程浩拿起一杯茶，递过去，"杨组长，你喝不？这可是上等的雨前龙井啊。"说着，他细抿一口，脸上充盈着享受的表情。

只不过，杨志豪意不在此，他挥一挥手，身旁的下属们立即不由分说地就要搜查。

见此，顾程浩忙起身阻拦："这是为何？"

"我们在追捕逃狱犯人康子文。"杨志豪说着，叉了一下腰。

"奇怪，我在这里可没见到阿文。是不是你们A组弄错了？"

"我们有充分的理由怀疑康子文就藏在这儿。你们最好乖乖把他交出来，要不然，等我搜到他，你们就多了一条窝藏罪犯的罪名。"他的话语里带着威胁。

然而，孔繁倩思和顾程浩对视一眼，说："作为公民，有配合调查的义务，你们随便搜。"

见她痛快放行，杨志豪反而微微吃惊，心里琢磨着：难道康子文没藏在这儿？

"要搜快点搜，不然，我可下逐客令了。"孔繁倩思催促道。

见此，杨志豪大手一挥，A组的成员立即四散搜索起来。

这栋小别墅是二层式，面积不大，只有五个房间。很快，搜索就结束了。一个下属从二楼匆匆走了下来，在杨志豪耳边细语一番："组长，二楼有个房间的洗手间门是从里面反锁着的。"

这说明，里面有人。

杨志豪嘴角浮起笑意，闻言回头看了孔繁倩思一眼："孔繁小姐，这二楼的洗手间里……"

"哦。"她毫不迟疑地说,"我闺蜜正在里面洗澡,你们进去……恐怕不方便吧?"

这是早就设计好的台词。但是,这能糊弄过去吗?

"是吗?"杨志豪微微眯起了眼,显然不相信孔繁倩思的话,"你要知道,包庇罪犯也是犯法的。"

"警察先生不用担心,这个你不说我也知道。如果你非要进去检查就请便吧。但是我丑话说在前头,这事关一个姑娘家的清誉,希望你也能承担接下来的后果。"

"这……"杨志豪被噎住了。他可不敢冒险,万一里面真的是女人在洗澡,那他贸然闯进去,可是会受到法律处分的。犹豫了半刻,他让身边的手下搬来一张椅子,然后大摇大摆地坐下来,"没关系,我可以等她洗完澡出来。"

"可是……我这个闺蜜洗澡要很长时间哦。"

"就算她洗到明天,我也要等!"

看来杨志豪心意已决,这反而让孔繁倩思和顾程浩为难了。这怕是糊弄不过去了。莫非康子文真要折戟于此?

却在这时,门外匆匆跑进一个警察。

"组长,我们发现外面有可疑人物!"

"什么?"杨志豪霍然站起,问道,"是什么人?"

那警察答道:"是一个戴鸭舌帽的男人,遇到我们的人,转身就跑了!"

鸭舌帽男?!杨志豪不疑有诈,追贼心切,立刻带着所有人追了出去。

等他们都出去,孔繁倩思才松了一口气。她的手心里全是汗,上面还有因为紧张被掐出的浅浅的指甲印。

"没有时间了,赶紧把阿文弄出来。"

原来这是顾程浩的计谋。刚才他打电话给刘风朔,让对方假扮成鸭舌帽男,好吸引走A组的人马。

等安全了之后,康子文才从洗手间内出来。他的脸色不太好,看来在里面也是虚惊了一场。

孔繁倩思着急地说:"我这里已经不安全了,趁他们现在走了,你赶紧离开这里吧,要是他们下次再来搜查就糟了。"

"不行。他现在还不能走。"顾程浩站在窗边,看着在小区外面晃悠的两个人,轻声说。

"怎么了?"康子文走上前,顺着窗户往外望,也看到了那两个人。

顾程浩的计谋虽然成功了,但是他暂时还无法离开这屋子。因为杨志豪留了个心眼,特地派了两个手下在外面监视。

这可糟糕了。康子文苦恼地揉了揉眉心。

"我们得想个办法,送你离开这里。"顾程浩在一旁若有所思。

第十六章 /

巧遇昔日同学

　　第二天清晨,薄雾氤氲地在空气中弥漫着,清冷的空气带着一丝寒意,那两个A组的人还在小区外面等候。他们打起精神在这里守了一夜,现在又冷又困,正靠在长椅上抱着胳膊,抵挡不住阵阵困乏,昏昏欲睡。

　　正当他们分神的时候,一个人影从屋里窜了出来。两个人听到动静后猛然间睡意全无,慌慌张张地睁开眼,反应半晌后才发现有人跑了出去。而且,那个人分明戴着鸭舌帽,形迹十分可疑!

　　他们不敢怠慢,便赶紧跟着那个人影追了过去。

　　那两个警察跟着追出小区,就看到他上了一辆出租车。两人也不敢懈怠,赶紧在大街上拦了一辆车,紧紧跟在后面。

　　但是,越走他们越觉得不对劲。

　　这车分明是开向警局的啊,两人心里直犯嘀咕,难道康子文打算自首了?

　　到了警局门口,两人傻眼了,因为从车上下来的根本不是康子文,而是顾程浩。

　　这时,他们才意识到自己恐怕是中了调虎离山之计。其中一个警察顾不了别的,赶紧让司机返回到原来的地方,但是被同伴拦住了。他摇摇头道:"没用的,就算我们回去也抓不到人,他一定早就跑了。"

　　"那怎么办啊!"想要返回去的那个警察垂头丧气道,"头儿一定会责怪我们的。"

　　而另一边,康子文在两人被引走的时候就装扮好,悄悄地从孔繁倩思家里离开了。

　　没有办法,那两个警察只能回警局里跟杨志豪报告这件事。

　　"你你你……你说什么?"杨志豪听到这件事的时候就差没把桌子掀起来。他瞪着一双熬得通红的眼睛,怒火中烧,把那两个属下吓得倒抽一口冷气。其中一个还算冷静，虚心道歉："对不起，头儿，这次是我们疏忽了。不过，这次都是Z组的顾程浩在搞鬼，这不正说明Z组的人在包庇逃犯吗？"

属下说得在理。但是，目前这也只是猜测，没有真凭实据。杨志豪缓缓地沉了一口气，就差头顶上冒白烟儿了。

就在这时，另一个属下走了进来，向他汇报：拘留所的监控录像调出来了。康子文在逃狱之前，曾经和Z组的刘风朔见过一面，而且当时康子文好像还递给了刘风朔什么东西。另外，拘留所外的街道监视器完整地记录了康子文越狱的过程。很明显，他的越狱有人接应。只不过，那个接应者的车牌号码被人刻意地遮挡了，看身影，和刘风朔很像。

得到这个消息，杨志豪便带着证据气冲冲地叫来了陈程和刘风朔对质。陈程看了视频之后没有说话，侧过头瞥了眼刘风朔。

刘风朔被两人看得后背冒汗，手足无措地打哈哈道："当时我就只是和师父握了一下手而已嘛。"

"握手？"杨志豪冷哼一声，"明显可以看到康子文把什么东西递给了你。刘风朔，你帮助罪犯逃狱，你敢说在拘留所外面接应的人不是你？！你信不信我现在就能把你关起来！"

刘风朔不敢吭声了。

倒是一直没有说话的陈程这时悠悠开口道："老杨啊，凡事讲求证据。从这视频中根本不能清楚地辨认出刘风朔的模样，怎么能百分百确定是他呢？这上了法庭，也当不了证据啊。"他看了视频之后虽然也很生气，但是毕竟还是要护着自己组里的人。

陈程一句话就将杨志豪驳得无话可说。要是视频再清楚一些，他就不必跑来对质，而是直接将刘风朔给铐起来了。

"陈程，你这样纵容自己的属下，可别怪我向上级汇报。"杨志豪丝毫不留情面地说。

"哎哎哎！老杨，你这么说我可不高兴了。"陈程慢条斯理地拿出口香糖嚼了起来，"目前没有证据证明我们的人在帮康子文越狱，哪里谈得上纵容属下？若是有真凭实据了，无须你去汇报，我自然就会向上级负荆请罪的。"

"你……"杨志豪一时气结，但是也无话可说。

"没事我们可走了。"陈程笑嘻嘻地说道。

杨志豪虽生气，却也没辙，只能愤愤然作罢。毕竟他们确实没有直接的证据证明刘风朔涉及此案。

当走出 A 组的办公室，刘风朔的表情明显松了一口气。然而，陈程的表情却严肃起来："从今天起，你要停职检讨。"

"组长？！"刘风朔惊讶得张大嘴巴，"可是……"

"怎么，你还觉得自己冤枉吗？"陈程转过身狠狠瞪了他一眼，"我可不是傻子。在杨组长面前我没有戳穿你，并不代表我不知道你的所作所为。"说着，他的语气又软了下来，郑重地将手掌按在对方的肩膀之上，"朔仔，我理解你要帮师父的心情。不过，你身为警务人员，要注意自己的一举一动。你的任何行为代表的可不仅仅是你自己本人，还代表 Z 组，代表整个警界形象。"

组长语重心长的教诲，令刘风朔无地自容。过了半晌，他才垂头丧气地低着头，瓮声道："我知道错了，组长。可是，我始终觉得师父是无辜的。"

"这么说，你是不相信 BC 技术吗？"

"组长……"刘风朔抬头认真地说，"人心和科技，你更信任哪一个？"

噢，这可是一个严谨的话题。

自古以来，都说人心叵测。可是，高科技就一定值得信任吗？任何科技都有漏洞，它无法取代人与人之间信任的那一份关系。

陈程嚼着口香糖，陷入了沉思。

很快，警方向各地发出了通缉令，全力缉捕康子文。

此时，熙熙攘攘的大街上，人潮涌动，来来往往的行人和车辆络绎不绝，周围的喧嚣覆没了所有声响，道路两侧是琳琅满目的商店，窗明几净的橱窗上面贴着一张通缉令。来往的行人总会有那么几个站定侧目几下，随后便漠然地走开。

其中，有一个鸭舌帽男正站在一家服装店的橱窗前看着这张通缉令。他身材修长，穿着一身黑衣，还戴着口罩，身子微侧，尽量压低着帽子，然后在橱窗前缓缓抬头，竟是康子文！他的一双深邃的眼睛紧盯着眼前的通缉令，不知在想些什么。注视良久，他才从人群中缓缓离去。

康子文辗转走了几个地方，没有多待便匆匆离去。现在他的照片已经被挂满了江城的大街小巷，一个不小心就会被人认出来。而且他不能坐火车之类需要出示身份证的交通工具,最后来到了汽车站,准备坐长途大巴离开这里。

现在他可以联系的人不多,江城也已经不能久留了,他目前能去的地方只有一个地方——那就是他从小长到大的故乡。

故乡说近不近,说远也不远。不过好在不用搭乘其他的交通工具,只要坐长途大巴就可以了。他想回到故乡寻找有关王奕轩的真相。

坐了几个小时的大巴,等他到镇上的时候天色已经黑了。他刚走到自己家附近的小路,就听到前面传来一阵喧闹的声音。康子文抬头,就看到家门口停着一辆汽车,其中有两个熟悉的身影,是Z组的人,王大铁和肖赜。

康子文心里一惊,没想到他们竟然来得这么快。

"大铁,你说康哥真的会回老家吗?"肖赜倚着汽车,边注视着那边的康家老屋,边啃着面包。他和王大铁是昨天被组长派来监视的。陈程认为,康子文很可能已经离开了江城市,而他最可能去的地方就是他的故乡。

"这个我也不太清楚。"王大铁一边利用汽车做俯卧撑,一边应着,"不过,康哥居然是杀人犯,这一点我始终无法理解。"

"对啊,我也很困惑。康哥没有杀人的理由啊。"

"可是,BC技术不会出错的,不是吗?当时是你入侵了康哥的大脑,你也真真切切看到了他杀人的画面啊。"

"别说了……"肖赜似乎不愿回忆起那可怕的一幕,叫停了这个话题。

他的视线重新转回那边的屋子。现在,康家老屋只有康子文的母亲一人独居,从昨天监视以来,除了那位白发苍苍的老母亲,就几乎没有见过其他人进出那间屋子。根据对街坊邻居的询问,他们也没有见康子文回来过。

说不定,康哥根本没有打算回来。肖赜正想着,收回视线的时候,突然发现那边有个奇怪的身影从电线杆后面缩了回去。那人全身捂得严严实实,戴着口罩,还戴着一顶鸭舌帽,低着头,不想让别人看见脸似的。

肖赜觉得此人不太对劲,他碰了碰身边的王大铁,对着那边扬了扬下巴:"大铁,你看那个人。"

王大铁显然也已经注意到了,尽管他离得很远,但是他的穿着打扮显得很突兀,跟周围的人格格不入。

"那个人确实有点可疑啊。"他摸着下巴轻声说。

"走。我们跟过去看看。"

说着，两人便抬腿上前，准备过去问话。

察觉到他们意图的康子文一手扶着帽檐，心中暗叫一声糟糕，要是让他们发现就完了。他慌张回过身，打算若无其事地离开这里。

王大铁和肖赜两人眼看面前的鸭舌帽男要走，觉得更加古怪，便加快了脚步，紧紧跟在他身后。

康子文一边用余光观察着身后，一边越走越快，但是无奈差距怎么都拉不开，这周围的巷子也没有个能藏身的地方。他看着四周的地形，一时觉得十分苦恼，不知该怎么摆脱他们。正巧，拐过一家豆腐店的后巷时，一个穿着围裙戴着白帽子的店老板出来泼水。当时康子文突然从巷子里窜出来，那店老板猝不及防，一盆水洒在了康子文身旁，水花溅湿了他的裤脚。

"不好意思，不好意思。"见状，那店老板立即低声道歉。

"不，没事，没事。"康子文心急想要离开，不想与他过多纠缠。

哪曾想，对方一把拉住他的手，"咦？这不是阿文吗！"

康子文本无暇顾及这些，但是听到声音便下意识地看向那店老板，没想到竟是熟人："李……李博弈？"

这个叫李博弈的店老板，是他高中时的旧友也是他的同学。多年不见，对方长高了，更壮了，而且继承家业，卖起了豆腐。

"博弈，那啥，我们有空再聚……"遇见老朋友，康子文虽然想寒暄叙旧一番，奈何情势危急，巷子外面的脚步声越来越近了，追兵将至！

李博弈却一把拉住他，"快进我店里来。"

"啊？"康子文没想到对方看穿了他的处境，并且愿意施以援手。其实，有关康子文的通缉令早就在电视上出现了，李博弈当然晓得此事。现在见好友神色紧张，便猜到他在躲避追捕，没有过多犹豫，就赶紧让他进了店里。

就在店后门关上的下一刻，王大铁和肖赜两人也追了过来。然而，他们进了巷子，却不见对方人影。走到巷子对面的马路上，同样毫无所获。

站在大街上，王大铁摸了摸脑袋，一脸疑惑："哎？那个可疑的家伙呢？"

肖赜观察着一目了然的街道，也是丈二摸不着头脑。他明明看着那个人穿过后巷，那必然是跑到这边马路上来了。纵使对方是神行太保，也不可能在短时间内完全失去踪迹。

真见鬼。他愤愤道:"那个家伙一定是藏哪儿去了。"

"那咋办?一家家搜?"王大铁真是四肢发达,头脑简单。

肖赜苦笑:"这条街上那么多商店,我们怎么搜呀。况且,我们也没有搜查令。"

理倒是这个理。王大铁站在原地,沉思片刻,侧过头轻声说:"肖赜,我看刚才那人的背影,有点像康哥啊。"

"你也发现了?"肖赜微微点了点头,似乎是在应着他的话,又似乎是在肯定,"组长让我们守在这儿,果然没错。康哥一定会再次出现的。"

从后门缝隙看到王大铁和肖赜的身影走远后,康子文长舒一口气。

"博弈,谢谢你了。"他向好友表达感激之情。

"别这么说,我们是朋友嘛。来,阿文,这边请。"

康子文跟着李博弈上了二楼。因为这豆腐店白天要做生意,大堂里两面通透,里面的桌椅和一应摆设都有古色古香的味道。外头的阳光斜斜地照进大堂,落在青石砖上,倒真让人有恍若隔世的感觉。

他踏着木梯上了二楼,发现这里的风格却与下面的古风不同,上面的装修风格十分现代,而且东西齐全。李博弈带他上来之后便笑着说:"这里是我们居住的地方,因为平时总是要忙到很晚,所以住在这里倒也方便。你就先待在这里吧。"

"没想到你现在真的子承父业了啊。"康子文跟着昔日好友缓缓坐下,不禁感叹。还记得当年李博弈的父亲就在他们镇上卖豆腐,因为是祖传的手艺,所以他的父亲一直希望他可以子承父业。只不过以前李博弈似乎对这些并不感兴趣,还因为这件事经常和他父亲吵架。

李博弈摸了摸鼻子,有些不好意思:"那些都是陈年旧事了。不过,说起来,我们真的都好多年没联系了。"

"是啊,还真是怀念那个时候的我们。"康子文一边点头,一边说。他和李博弈是同班同学,两人上学那会儿的关系就特别好,再加上家也离得近,所以经常在一起玩。

两人已经多年不见,如今见面很是感慨。

正说话时,一个大着肚子的女人端着茶走了进来。康子文见她虽然大着肚子，但是整个人却很纤瘦，一双眼睛微微弯着，似乎总是带着一点笑意。大约是怀了孩子的缘故，总让人觉得她举手投足之间都透着一股子温柔和娴静。

李博弈走上前拉过妻子的手，笑眯眯地回过身来，问："阿文，你还记得她吗？"

康子文闻言，抬头端详她的脸，果然觉得很眼熟的样子，但又一时记不起来她到底是谁。

"这……"他为难地摇了摇头，"觉得很眼熟啊……"

李博弈"哈哈"笑了一声，似乎早就知道他猜不出来，"她就是我们班以前的小兰啊。"

"啊？！"康子文惊讶地看着那女子，觉得震惊不已。他当然记得小兰，只是在他印象中，以前的小兰很胖，而这个女子看起来纤细苗条，就连怀孕之后都没有太多孕妇的那种臃肿之态。再者，以前的小兰脾气也有些火爆，跟这个女子的温婉气质相比，简直可以说是天差地别。

也难怪康子文认不出来。

说起来，当年在高中的时候，李博弈和他是好友，小兰是李博弈的同桌。康子文记得，两人不光是死对头，而且他们两人的不和，在整个班级里都是出了名的。上学那会儿，小兰很胖，李博弈总是跟在她身后毫无顾忌地叫"胖子，胖子"。小兰当时也不恼，背地里却会悄悄扎破他的自行车车胎，让李博弈每天放学都一边咬牙切齿地推着自行车走回家，一边愤恨地想着怎么反击回去。

不过，这些都不算什么。让康子文印象最深刻的一件事，就是李博弈把死老鼠和蟑螂放进了小兰的书包里，结果她在上课的时候打开书包，吓得直接从座位上弹起来。也是那一次，她让全班同学听到了一次嘹亮的女高音。

后来，为了报仇，小兰偷偷在他的水杯里下了泻药，导致李博弈拉肚子拉到脸色发白。而那天是他第一次跟刚刚交往的女神一起约会的日子，结果他一个小时跑了七八趟厕所，女神最终掩鼻而逃。

两人的梁子一旦结下，便一发不可收拾，只要一遇到与对方相关的事情，就斤斤计较起来，相爱相杀了整个高中时期。这两人在高中三年吵架的次数，比一对在一起相处了十年的老夫老妻吵架的次数还多。康子文本想着，如果以后他们不坐同桌了就会好些。没想到，三年来，两人每一次都能阴差阳错地成为同桌。有时候康子文都怀疑，他们的老师是不是故意的。

想到此,他还是没办法从这巨大的反差中反应过来,瞪着眼睛感叹:"没想到你们两个居然结婚了!"

李博弈"嘿嘿"一笑,说:"和她吵久了,都习惯了,要是她不在我身边,我还觉得缺了点什么呢。"说着,他贴心地将一个软枕垫在小兰的腰后,两人眉目之间都流露着爱意。

既然谈起了往事,康子文又想起了王奕轩。虽然知道他去世的消息的人不多,但是说不定其他同学会有别的消息。如果别人能帮他提供点线索,他就可以尽快找到王奕轩,然后搞清楚事情的真相了。

"说起来,你现在知不知道王奕轩的下落?"

康子文话锋一转,搞得李博弈有些措手不及。他愣了愣,一脸困惑,语气迷茫道:"王奕轩是谁?"

"你难道不知道他吗?"康子文难以置信地反问,"我和王奕轩以前是死党啊!"

李博弈笑了笑,仿佛以为康子文是在跟他开玩笑。他肯定地摇摇头:"阿文,你是不是记错了。我和你一起读的初中和高中,从没听说过你有个死党叫王奕轩。"

"不,不可能,一定有这么一个人。"康子文神色古怪地看着他,"只不过,他当年被人杀死了。"

李博弈冲他摆摆手:"那就更不可能了。我们这儿如果出了杀人命案,一定会很轰动的,可我不记得有这么一起杀人案啊。"

说完,他又问坐在他身边的小兰:"你记得阿文说的这起案子吗?"

小兰也是一脸茫然地摇着头:"不。我们在这儿住了这么多年,从来没听说过杀人案什么的。"

怎么可能!康子文心里忽然犯起嘀咕。在他记忆中,王奕轩虽然和李博弈他们没有什么交际,但毕竟是一个班里的学生。而且他当时和王奕轩的关系特别好,他身边的人没道理不知道啊?为什么他们却像是从来没听说过王奕轩的样子?

这时,客厅的电视台正巧开始播放新闻。画面中是一张已经贴满大街小巷的通缉令,康子文的个人信息在上面——陈列着。旁边的主播正一脸肃穆地播报:"江城蓝天集团总裁汪某被杀一案的嫌疑人越狱在逃,警方现正全力追捕,望广大群众能够提供线索，帮助警方尽早破案。"

李博弈看了新闻，疑惑地问道："阿文，你真的杀人了吗？"

"不，"康子文摇着头，"我是被冤枉的。你应该清楚我的为人。"

"我当然相信你。"他们是从小一起长大的好友，他知道康子文是不会杀人的，只不过……李博弈接着问，"可是，我记得你不是当警察了吗？怎么会扯上这种案子呢？"

这也是康子文最痛心的地方。昔日他是伸张正义的警察，现在却成了潜逃在案的嫌犯。不知道那些认识他的朋友和同学到底会如何揣度他，又有多少人会在得知这件事之后对他感到失望。

他很想将这件事情的来龙去脉跟自己的好友解释清楚，但是被这件事牵扯进来的人不宜太多，只能叹气道："谢谢你。不过，我不能跟你透露太多，我不想连累你们。我这次回来，就是想弄清楚王奕轩这个人身上的疑问。"

"但是你口中的王奕轩到底是谁啊？为什么你会觉得我认识他呢？"关于这件事，李博弈也想不明白，他怀疑康子文是不是记岔了。

"我们明明是一个班里的学生啊，你怎么可能会不记得他？"康子文也觉得十分诧异，就算是记性再不好，也不可能对同班了三年的同学一点印象都没有啊！更奇怪的是，小兰也不知道王奕轩的存在。

"他会不会是你大学的同学？你和我们搞混了而已。"

"不可能。"康子文摇摇头，"我上大学的时候，王奕轩就已经去世了，怎么可能和我一起上大学呢。"

"这就怪了。"李博弈觉得太蹊跷了，但是康子文又不像是在胡说的样子。

康子文此时心里猛然生出一阵惊恐，觉得后背发凉，这件事似乎更加复杂了。

第十七章

一个不存在的好友

第二天一大早,早餐还没吃,康子文就穿得严严实实准备出门去了。

"咦?阿文,你去哪儿?"李博弈刚买了油条和豆浆回来,见他这样,连忙问,"警察还在外面到处找你呢,你这样出去很危险的。"

这一点,康子文自然很清楚,"我有一件事必须要弄清楚。"

李博弈见无法劝阻他,只得叮嘱:"你要小心啊。"

"我会的。"说完,康子文便拉开门,走了出去。他戴好帽子和墨镜,还粘了假的胡子,走在路上却也无人认出他来。

他沿着故乡熟悉的街道一边走,一边察看街道两边的房子。这条街通往当年他就读的高中。他和王奕轩就是经常沿着这条街,骑着单车去上学。

走着走着,他忽然在一棵杧果树前停了下来。就是这棵杧果树。他记得那年夏天,他们摘杧果,王奕轩爬上了树,将杧果扔下来,一个不小心砸破了他的头。康子文摸了摸头上的伤疤。这件往事在脑海里浮现出来,就像昨天发生的一样。

继续往前走,在第二个街口拐弯。

猛然,康子文停了下来。

噢!他遇见熟人了。

是肖颐和王大铁,两个人正在路边的早餐档吃着白粥和油条。这两人可能忙了一晚上,神情疲惫。康子文脚步停滞了一下,但仍然大步地走了过去。王大铁背对而坐,但肖颐却是面对的方向,而且他抬起头,盯向走过来的康子文。

糟糕,会被发现吗?

这样想着,康子文却没有放慢脚步,反而更加昂首挺胸了。

越是这种时候,越要冷静。

他装作接到电话,拿出手机自言自语地聊了起来。

"噢！老婆吗？我就快到家了。你再等等。我今天有点感冒。嗯好的，等一下我就去医院看看。"他还刻意改变了嗓音，听起来像得了感冒一样。

大概是他的演技过硬，肖赜没有起疑心，低头继续吃早餐。

他顺利地走了过去。

再往前走不远，就来到一座老房子前。这就是他记忆中的王奕轩的家，和当年相比，这栋房子显得又老旧了一些，外面的墙壁渗着岁月的痕迹。院子里依然种着大片的狗尾草，风一吹，就像在向人招手。

他走过去，按响了门铃。

不一会儿，一位白发苍苍的老婆婆拄着拐杖走了出来。

"你找谁？"老婆婆眯着眼睛问，看起来视力不太好的样子。

"奶奶。"康子文认真地问道，"请问王奕轩是不是住这儿？"

"谁？"老婆婆竖起耳朵，似乎没听清楚。

"王奕轩。他以前就住在这个房子里面。"康子文认认真真地重复了一遍。

老婆婆盯着他，摇了摇头："不，没有这个人。"

"不可能啊。"康子文说，"大概十几年前，他去世了。我记得他是住这儿啊。"

"小伙子，你说啥呢。"老婆婆回道，"我在这儿住了几十年，从没听说过什么王奕轩。"

康子文仍不死心，"那你是不是有个儿子？"

老婆婆摇摇头说，"不，我没有儿子，只有一个女儿。"

这就奇怪了。

老婆婆接着说："我们家不姓王，姓柳，哪来叫王奕轩的儿子？"

莫非，真是他记错了？

不，不可能！他明明记得是这里。这房子的外貌，还有院子里的狗尾草，和记忆中的一模一样。但是，王奕轩却不住这儿？怎么回事？！

说起来，康子文的母亲姓陈，当年是这小镇中的一个教书匠的女儿，家中也算是书香门第。而康子文的父亲在他高中时便去世了，独留下他和母亲相依为命。康母性情刚烈，从不在意门外对她的闲言碎语。

对于她来说，儿子便是她全部的骄傲。直到康子文成家立业她才算是轻松下来，开始在小镇颐养天年。

直到前些日子，康子文已经多日没有给她打过电话了。当时她便隐隐觉得有些不安，直到关于康子文的通缉令传遍了小镇，她才知道自己的儿子杀了人。

警察的动作也快，第二天就找到了家里询问她。康母都一一作答。她最开始还是有些慌乱的，但内心依然坚信自己的儿子没有杀人。她了解从小到大长在身边的儿子。他心地善良，性格温柔，虽然平日总是沉默寡言，但是为人正直，从小的愿望就是可以当上警察。这样充满正义感的他，怎么可能杀人呢？

当Z组的王大铁和肖赜两人到访康家的时候，康母冷静地一一回复了他们的问话，一点都没有得知儿子入狱后该有的歇斯底里。这反倒令他们二人心感佩服。问话之下，并无所获。康母声称儿子确实没有回到小镇，而且也不清楚儿子的消息。

没辙，王大铁和肖赜只得去附近的街坊家调查。

街坊邻居皆说，康家的儿子好久没回家了。

结果一无所获，两人只能偷偷地监视起康家。也就在那时候，他们无意中撞见了出现在巷子口的鸭舌帽男。那人形迹甚为可疑，不过他们没有追到人，最后唯有悻悻作罢。

两人垂头丧气地往回走时，心里已经有七八分确定那人就是康子文了，只是让他给逃了。二人心中懊悔不已。正在路上走着，肖赜忽然一把拽住王大铁，把他拉到了旁边的小巷子里。

"你干吗啊？"王大铁疑惑道。

"嘘。"肖赜对他做了个手势，然后指了指前面的街道。

王大铁歪过头一看，只见康母提着菜篮子出现在街上。他回过头问肖赜："这不是阿姨吗？她要去哪儿啊？"

肖赜看了看手表，下午四点多了。他推测说："应该是去买菜吧。我们偷偷在后面跟着，说不定，康哥会再出现的呢。"

然后，两人便偷偷摸摸地跟在了康母身后。

康母轻车熟路地来到附近的小集市，挑了一些蔬菜和鸡蛋。分量不多，只够一人食用，看得出她生活很节俭。如果康子文藏在家里，她不可能买这么一点菜。肖赜和王大铁继续跟着她，希望得到更多的线索。

康母开始往回走，来到了刚刚那家豆腐店，想顺便买几块豆腐。这李家的豆腐店在镇上经营了几十年，童叟无欺，街坊邻居都爱到这儿买豆腐。自从李家老一辈中风后，这做豆腐的手艺就传到了李家后人的手里。

康母蹒跚着脚步走到店门口，店里面没有人在。她站在一楼喊了两声，正在二楼的康子文瞬间听出了母亲的声音，不禁惊讶地站起身来："我妈她怎么来了？"

"没事没事。"李博弈冲他摆摆手，示意他冷静一点，又抬头看了一眼墙上的时钟，"阿姨平时也都是这个时间来我家买豆腐，大约今天也一样。你先在这里坐着，我下去看看。"说着，李博弈便脚步匆匆地从楼上走了下来。

他看着站在门口的康母，笑意盈盈道："阿姨，又来买豆腐啊。"

康母微微点了点头，"跟以前一样。"

"好咧！"李博弈驾轻就熟地将豆腐小心地切好，过了称递给她时忽然道，"阿姨，您有一份快递包裹在我这里，要还给您，您和我上楼去取一下吧。"

"快递包裹？"康母这种老一辈，几乎从不网上购物，怎么会有快递发给她呢？

"我也不清楚。"李博弈挠挠头，"反正是快递员弄错了地址，发到我这儿了。"

康母犹豫了两秒后，还是跟着李博弈走到了店里面，然后上了二楼。

"小李，是不是我儿子发给我的包裹啊？"上楼梯时，康母在他身后问着。

刚上楼，她便看到了站在门口的康子文。望着面容比往常憔悴了许多的儿子，在人前一直冷静的她，终于忍不住一阵鼻酸。她颤巍巍地扶着楼梯，才不至于站不稳脚跟。

"妈。"康子文赶紧去扶她，沙哑着声音开口。

"阿文，你怎么会在这里？"康母赶紧上前走到儿子跟前，眼里只有焦急。她颤抖着双手伸了上去，抚摸着儿子那沧桑而憔悴的脸庞，心中悲痛至极，"孩子，你瘦了。"说着，她抬起手背抹了一下眼角，湿润的泪光在眼眶里闪烁。

"妈，您快进来。"康子文将母亲扶进房间里。

久别重逢，母子俩有千言万语要说，却也知不是时候。她是上来拿快递的，耽搁太久，跟踪她的人会起疑心。康子文早就发现肖颐和王大铁跟在他母亲后头了。

康母轻声道："阿文，你到底出了什么事？"

康子文强忍着心中的悲痛，说："这件事太复杂了。但我向您保证，我绝对没有杀人。"

"我当然相信你不会杀人，可是现在家里已经有警察上门了，你待在这里太危险了。"康母焦急地看着儿子，这个小镇说小不小，说大也不大，如果让那些警察发现就完了。

康子文摇了摇头："没关系，他们现在暂时找不到我。而且，我这次逃狱，是为了找一个人，只要能找到他，我就可以查明案子的真相。"

"你要找谁？"

"妈，您知不知道王奕轩？他是我高中时的好友，您应该也知道的。"

然而，令他失望了。

康母摇头道："我不知道啊，以前从未听你说过你有个叫什么王奕轩的朋友啊。"

"什么？连您也不知道？"这下康子文更加困惑了。为什么除了他之外，身边的人都不认识王奕轩？

"这不可能啊！"康子文摸了摸头上的伤疤，记忆中，这是被王奕轩不小心用杧果砸破的。"妈，您还记得这块伤疤吗？这不就是王奕轩弄伤的吗？"

"嗯？"康母却是丈二和尚摸不着头脑，一脸迷茫，"阿文，你是不是记错了？这块伤疤是你小学的时候弄的，不是高中弄的。当时，还是我带你去医院的呢。"

听到母亲这么说，康子文思维更加混乱了。

整件事越来越奇怪啊！

如果王奕轩真的存在，不可能没人知道他呀。

这时，李博弈说："这件事也好办，如果真有你说的那个人，我想可以去学校查到他的档案资料的。"

这倒提醒了康子文。就算别人不认识王奕轩，学校里肯定保存着他的档案。可是，怎么样才能查到那份档案呢？学校毕竟不是自由出入的。以他现在的身份，贸贸然闯入学校，很容易暴露行踪。

"这有什么难的。"李博弈说，"阿文，你还记得苏寿波吗？"

"苏寿波……"康子文摸着下巴思忖了一会儿，才想起班里那个瘦弱的男生，他当年虽然看起来瘦弱，但人其实很灵活，"我记得他啊，高中的时候我经常和他一起打篮球。"

"他现在在学校里当体育老师,我可以找他帮忙。"

"好,不过这件事得晚上去办。"说完,他又转头对母亲道,"妈,您先回去,省得他们怀疑。"

"好。"康母点头答应着。

"等一下。"李博弈喊住康母,然后匆忙将之前网购拆开的快递空箱封好,塞到她的手里。

做戏做全套嘛。既然说好了拿快递的,那必须得做做样子。

康母心领神会,下了楼,拿着豆腐回家了。

王大铁和肖赜两人偷偷躲在巷子后面,盯着那边的豆腐店,见康母没过多久便出来了,手里还拿着豆腐,也没有怀疑,又偷偷地跟着她走了回去。

夜晚将至,繁星密密麻麻地布满了整个天空,耳边是昆虫在附近的田地里鸣叫的声响,清冷的空气中充满了青草味的香甜。

李博弈带着康子文偷偷地从后门出来,到了街上,四周无人的街道上只有浅浅的路灯亮着,照得青石板路发着幽暗的光。

他们来到学校门口,苏寿波已经早早在外面等候着了。

康子文看到他时,他正穿着一身干练的运动服,以前稚嫩的脸也成熟了许多,瘦弱的身板在长年累月锻炼下愈发精练,大概因为总是在太阳下晒着,皮肤还比以前黑了许多。

"好久不见了,波仔。"康子文率先上去打了招呼。波仔是中学时代的称呼,现在喊出来,仿佛又回到了那年的青春。

而苏寿波微微笑了笑,在黑暗中亮出一排白得发亮的牙齿,"是啊,阿文,真的好久没见你了。只是没想到……"

一晃多年,大家的境况已然天差地别。

站在两位昔日的好友面前,康子文有些难堪。如今,他是一个被通缉的杀人犯,境况如此潦倒,怎有颜面面对他们呢。

"别说了,一言难尽啊。"康子文摇头叹息,同时心中又怀有愧疚,"倒是你们,这样帮我,你们也会惹上麻烦的。"

李博弈和苏寿波毫不介意地相视一笑,走过来拍拍他的肩膀:"别这么说,我们是朋友嘛。"

听他们这么说,康子文心里倏忽生出一阵感动,到底是少年时期共同在一起相伴了多年的好友,大约在这种时刻,也就他们这几个人还愿意相信自己是无辜的。

苏寿波环视四周,顷刻说:"现在学校里没有人,但是学校的大门口有监控,我们得翻墙进去了。"

"那我们赶紧进去吧,万一被人发现了就不好了。"李博弈说着,猫了腰走到学校的围墙外。

于是,苏寿波在前面带着路,他们跟在后面,从学校的围墙上翻了过去。这是他们以前的母校,所以也算熟悉,轻车熟路地便钻进了教学楼。苏寿波在前面一边走着,一边轻声说:"我记得历年来的学生名册都放在教务室里。"

教务室就在一楼走廊的后面。此时,窗外的月光从窗户洒了进来,映出一片银光,他们的影子在墙壁上被不断地拉长。

走到教务室,门上还落着一把锁。苏寿波从口袋中掏出早已准备好的钥匙,"咔哒"一声,锁便开了。

推开门,里面一片漆黑,只有浅浅的月光,能让他们看到一层轮廓。

苏寿波拿出一只手电筒,对着放资料的柜子晃了晃:"名册就在里面。"说完,他站在柜子边,依靠手电筒的光找寻当年的资料。

终于,他将其中一册资料抽出来,递给康子文:"这就是我们那一届的学生名册。"

康子文急忙接过来,然后放在手电筒的光下翻找,可是他翻遍了这一本资料,都没有看到王奕轩的名字。

"这怎么可能呢?"他惊讶地喃喃道,还不死心地又重新翻找了一遍,结果依然一无所获。

当年,根本没有王奕轩这个学生的资料。

李博弈说:"我早说了,没有王奕轩这个人啊。"

就连苏寿波也摇头道:"还有博弈告诉我的那宗命案,我在镇里待了这么多年,从未听谁说起过这宗命案。阿文,你是不是真的记岔了?"

"不……"这次就连康子文都有些动摇了,"这不可能啊。我明明记得的……"

那记忆太深刻了,就像昨日发生的一般,怎么可能记错呢?

然而,一切证据都表明,他的记忆出现了不可思议的混乱。

这时,校园里忽然传来了一阵脚步声。声音很浅,但康子文还是敏锐地捕捉到了。他走到教务室的窗口一看,只见外面的操场上有几个人影出现了。

是Z组的人,而且他看得很清楚,这次除了王大铁和肖赜,刘风朔和陈若彤也出现了。他们正直奔着教学楼的方向。

"糟了!"康子文低呼一声,"警察来了。"

李博弈和苏寿波相视一眼,紧张道:"阿文,你快走。我挡住他们。"

康子文回过头,犹豫地看了他们一眼,轻声道:"可是这样,你们会因为妨碍公务被捕的。"

李博弈对他摆摆手:"别在意,我们不会有事的。"

"是啊。"苏寿波把教务室后面的窗户打开,"你快从窗户离开,记得跑出去后一定要翻墙出去,别被门口的监控拍到了。"

"我知道了。"康子文点了点头,没有再多说什么,跃身从打开的窗户逃了出去。

这窗户外就是学校的后院,幸好院子里还有几棵木棉树可以遮挡。他朝着树后面的院墙跑过去,在这漆黑的夜晚中,除了轻浅的脚步声,几乎看不到他的身影。

木棉树在夜风中微微地摆动,叶子随着微风发出了声响,几朵艳丽的木棉花轻飘飘地随着他的身影落在地上,似乎也在帮他掩人耳目。

康子文听着耳边的风声和落花入泥的微动,忽然觉得这场逃亡恍若梦中。

几乎就在同一时间,Z组的王大铁和肖赜几人,快步从学校的操场赶了过来,夜色中响起一片窸窸窣窣的声响。夜幕下,只见巨大的教学楼阴影幢幢,晚风像是要将这黑暗吹得破碎一般。

"那个房间里好像有灯光闪过。"王大铁稍微停步,指着教学楼的一个房间,对其他人示意。那个房间正是学校的教务室。他刚刚看到有手电筒的光在房间的窗口处一闪而过。

"过去看看。"肖赜朝那个方向看了一眼,准备赶过去。

这时,刘风朔突然说:"要不我们兵分两路,我先去学校外面守着吧,以防出现突发情况。"

这样也好。肖赜点了点头,没有阻拦。他知道刘风朔与康子文的关系,这种时刻,两人若是相见恐怕都不好受。再说了,康子文逃狱,本来刘风朔就有很大的嫌疑,最好避免他跟嫌疑人有直接接触的机会。出发前,组长陈程就是这般叮嘱肖赜的。

"那我们三个先过去。你在外面守着,万一遇见康哥,你可别手软。"

分开前,肖赜意味深长地看了一眼刘风朔。刘风朔自然明白对方话中之意,点头应允。

双方不敢怠慢,立即分开行动,只剩他们三人跑去教学楼。

这时的教学楼里没有开灯,走廊里一片漆黑,尽管他们已经尽量将声音放轻,但空荡荡的走廊里还是发出了一阵纷乱的脚步声。

月光微斜,透过窗户映在教务室的金属门牌上,房间的门并没有上锁。王大铁沉了一口气,猛地推开了教务室的门,门撞在墙上发出了"砰"的一声巨响。

房间里很暗,手电筒的光芒在偌大的房间里起不了多大作用,李博弈和苏寿波正趴在房间的桌子上,上面摆满了凌乱的资料。听到巨响之后,他们悠悠地转过身,手电筒的灯光映着门外几个人的影子,房间似乎更暗了。

肖赜站在门外向里面打量了几眼,只看到了两个陌生的面孔,他脸色一沉,对着二人问:"康子文呢?"

李博弈和苏寿波相视一眼,佯装疑惑:"什么康子文?你们来找谁啊?"

昏暗的房间内,月光从缝隙中遗漏进来,微风吹来,一缕光线便在这昏暗中影影绰绰。肖赜干脆打开灯的开关,顿时,房间内灯火通明,室内环境一目了然。

除了这两个陌生的男人,屋内并无康子文的身影。

肖赜皱着眉头问:"你们俩是什么人?深更半夜怎么会出现在此处?"

"哎哎哎,这话应该我们先问你吧,你们又是什么人?"李博弈故意扯开话题,为康子文逃跑争取更多的时间。

"警察!"肖赜不再废话,直接掏出证件,"回答我,你们什么人?"

"哦。"苏寿波上前一步,"我是这儿的老师,今天晚上和我朋友过来找一份资料。"

"那你们为啥不开灯？"肖赜心思缜密，觉得此处颇有疑点。

"因为带了手电筒，就懒得开灯了。"苏寿波漫不经心地回答。

这两个人，总有些不对劲。但肖赜没有时间深追究了，他要追捕的目标是康子文，便从口袋里拿出照片，问对方："你们见过这个人吗？"

照片上的正是康子文，李博弈和苏寿波自然否认。

忽然，肖赜发现了什么，快步走过去推开窗户。外面是一片被月光映出的灰白色，树影婆娑，空无人影。

"糟了！康哥一定是逃了，快报告组长！"说着，肖赜回过头就往外面冲。

王大铁闻言赶紧掏出通讯机，联系了陈程："报告组长！"

"怎么样，抓到人了吗？"陈程沙哑的声音从话筒中传来。

"对不起组长……我们来晚了一步，康哥他，跑了。"

"什么？居然让他跑了？"陈程懊恼道，随即目光凛冽，"给我接着搜，务必把他找出来！"

"是……"王大铁应着声，那边通讯机就被重重地关闭了，耳边只剩一片刺耳的"刺啦"声。

他看了眼肖赜，无奈道："组长让我们接着搜，务必把康哥找到。"

肖赜没有什么表情，点点头道："若彤，你先去朔仔那里看看有没有情况，我们在学校里搜一搜。"

"好。"陈若彤应声便去找刘风朔会合。

第十八章

信仰之跃

另一边,康子文从学校后院的围墙上翻过来,外面就是广阔的街道。他脚刚落地,还未站稳,身子便一僵。昏黄的路灯相互交映,投在两边的墙壁上,他看到面前的墙壁上突然出现了一个人影。

是谁?!康子文心里"咯噔"一声。那人此刻就站在他的身后。他愣了几秒,额头冒出几颗冷汗,继而转动僵硬的脖颈,缓缓回过头。

呼——看到站在身后的人,他长舒一口气。

"师父!真的是你啊!"刘风朔将刚掏出来的枪又插回枪袋。他刚来到围墙外,便见有人翻墙出来,吓得他一紧张,差点拔枪出来。

"朔仔,你是来抓师父的吗?"康子文看了他一眼,心里有些不确定。

"不,师父。"刘风朔摇头,皱眉道,"我只想告诉你,现在Z组也已经出动了,组长说一定要抓到你。"

康子文低头沉默了几秒:"朔仔,我现在还不能被抓到。"

"我知道。不管出现什么情况,我都会帮你的。不过,你这么晚怎么会来学校呢?"

"因为我要调查我一位高中好友的情况。只可惜,学校里没有他的档案。"

"你的好友跟你的案子有关联吗?"

"有,而且是莫大的关联。"康子文始终觉得,这个谜一样的人物王奕轩,是破案的关键。

在此人身上,有两个无法解释的疑点:一,在他的记忆中,王奕轩明明已经被杀了,怎么还会出现?二,王奕轩是他的高中同学,然而奇怪的是,其他人根本不认识他,连学校也没有他的档案。这在逻辑上根本说不通啊。

既然连学校里也查不到任何信息,那他接下来,该去哪儿调查呢?

猛然,康子文想起来一件事,如果在高中时期确实发生过凶杀案,那么派出所里一定会有记录。只要去调查一下当年的卷宗，就可以得出王奕轩被杀的真相了。他马上告诉刘风朔："朔仔，我不能久留，我得走了！"

"师父，你要去哪儿？"刘风朔似乎看穿了他有了线索。

"这个……"康子文刚要回答，就感觉自己眼前猛地一片黑暗。这个状态他已经再熟悉不过了——他与凶手的视像再次连接同步了！

他现在看到的，是另一个人的画面。

眼前的建筑物在黑暗中拖着长长的影子。月光下，还能看到年老的墙壁上长满了爬山虎，周围细碎的昆虫鸣叫声响彻耳边。

凶手的步子缓慢地朝前面的建筑物走去。眼前的景象，令康子文总觉得有些眼熟。愣了一刻，他才分辨出这是他们镇上的派出所，今天他刚经过那儿。

凶手去派出所干什么？

不祥的预感像乌云一样笼罩头顶。

猛然，视线内出现了一抹火光。这是凶手打着了手中的打火机，火光微簇。而凶手的手里，还提着一罐汽油！

难道他想在派出所放火？康子文心里一惊，不敢细想下去。

这凶手不简单呐！跟他想到一块儿去了，所以才会提前一步行动。

真见鬼！

就在这时，康子文眼前的画面重新模糊起来。想必，他与凶手的互联就要断开了。

耳边又响起了刘风朔的呼喊："师父！师父！"这声音如同风一样，越吹越近。

随即，康子文回到了现实中。他身处学校的围墙外，但脑中还回忆着刚刚的画面，不禁脱口而出："糟糕！"

刘风朔问："怎么了？"康子文刚刚还好好的，现在却面色苍白，不知发生了什么事。

康子文刚要和盘托出，却忽然听到远处传来了疾步跑来的脚步声。

有人来了，虽然还不见人影，却已经听到了那人气喘吁吁的声音："朔仔，你那边发现情况没？"

听声音，是陈若彤。

刻不容缓。刘风朔急忙推开康子文："师父，你先走。我来应付他们。"

"谢谢你，朔仔，你多保重。"康子文也不啰唆，匆匆道别后，转身投入黑夜中，拔腿向派出所的方向跑去。

希望能在凶手行动之前阻止他！至少，也要将他逮住！

他刚跑出不远，那边陈若彤已经一路小跑了过来。她狐疑地蹙起柳眉，问刘风朔："朔仔，你刚才在跟谁说话吗？"

"啥？"刘风朔装糊涂地摇摇头，"你听错了吧，这里一直就我一个人啊。"

"是吗？"陈若彤说着，目光盯向那边的黑暗。

此刻，黑夜吞噬了一切的影子和声响。她看不到人，只好说："那你有没有看见康哥？刚才王大铁和肖赜他们在学校里面没找到人。"

"没有。"刘风朔忙否认，"我一直都在这儿，没看到任何人。"

陈若彤皱了皱眉，倒也没起疑心："那就怪了。"

康子文穿着一身黑衣，疾走在黑夜中。长夜寂静，双脚落在冷硬的青石路上发出"哒哒"的轻响。他呼吸微沉，在清冷的黑暗中呼出浅浅的白雾，无暇顾及内心中的灼热，只觉得眼前迷茫一片。

他的大脑在急速运转着，思索着那个凶手此刻正在派出所里点火，脚步便越发的快。恨不得生上一对翅膀，快点飞过去。

等到匆匆赶到派出所的街对面，眼前的景象如他之前看到的，寂静的建筑物沉浸在月光下，一如往昔。他刚刚站稳，就看到一个身影从前面飞快地跑了过去。看不清那人的长相，但是可以看到戴着一顶鸭舌帽。

是他！

毫无疑问，这就是先前多次出现的鸭舌帽男！康子文赶紧追了上去。他跑到了派出所的大门口，刚准备走进去，突然看到地上有什么东西在闪着光。低头捡起来一看，顿时眉头紧蹙，是用来包口香糖的锡纸。

莫非，是鸭舌帽男留下的？正疑惑着，前面猛地燃起了一片火光。

起火了！

火势起得很快，短短一分钟左右便越来越大，将漆黑的天空都映得一片橙红。夜幕之下，就像大地燃起了一堆火苗，撕裂着整片黑夜。从火势迅速蔓延的程度看，很显然，这不是简单的火灾。明显是有人故意纵火，才会在这么短的时间内，引发如此猛烈的火势。而且，空气中弥漫着强烈的汽油味。

无疑，纵火犯正是方才逃之夭夭的鸭舌帽男！

他为何要这么做呢？

康子文本想去追人，心里却忽然一惊，急忙不顾危险冲进了派出所，里面还有当年杀人案件的档案！他一定要把那些资料救出来，不然他要怎么找到王奕轩，洗刷自己的冤屈呢？

然而，此时的派出所内已经是浓烟滚滚，一股热浪扑出来，逼得人不得不后退几步。只见屋内火舌乱窜，窗帘、沙发之类全烧着了，难闻的烧焦味弥漫在空气中。康子文只得避过火势较大的地方向里面冲。一楼的值班室里还亮着灯，但不知里面的警察是睡着了抑或是逃生了，里面迟迟没有人出来。

康子文顾不上这些，他冲进了办公大楼，刚进去就被浓烟给呛了出来。屋里已经被熏得浓烟滚滚了，他要是贸然进去，恐怕九死一生。忽然，他想到了一个法子，从停在门口的摩托车上拿来一个头盔罩在头上，正准备再次冲进去，身后突然传来一阵急匆匆的脚步声。

待回头一看，却见陈程率着Z组的同事朝这边赶了过来，熊熊的火光映着那些人逼近的人影。本来陈程等人巡查到附近，发现远处有火光，感到事情不妙，才赶了过来。误打误撞之下，康子文已经无暇顾及这场火灾。万一他冲进火场里找不到那些档案，那他就逃不掉了。在没有十足的把握之下，他不能冒这个险。想了想，他只得准备逃走。

这时，陈程发现了火场里一闪而过的身影，猛然大喝一声："站住！"

对方戴着头盔，陈程理所当然地以为他就是纵火犯。

康子文没有停下，而是越跑越快。

"嘭！"一声枪响划破寂静的夜空。

这是警告。康子文很清楚，他再不停下，第二枪就会瞄准他。没法子，他只得刹住脚步。

"举起双手，慢慢转过身来。"陈程做事十分谨慎，枪口对准戴着头盔的嫌疑人，并不知道他就是康子文。

康子文额头渗出冷汗，缓缓地转过了身。

"别开枪！是我。"他的声音隔着头盔，透露出一种诡异的沉重感。

"摘下你的头盔！"陈程喝道。

慢慢地，康子文将头盔摘了下来。

他的真面目，让在场的 Z 组成员吃了一惊。

"康子文！你杀人逃狱，现在竟然还在警局内纵火！你是不是疯了？！"陈程感到不可置信，甚至是痛心疾首。他曾经相信康子文的清白，还为之向局长求情，甚至和 A 组起冲突。他所做的一切，现在看来，只是徒劳，这怎么能不让他感到心痛呢？

而面对陈程的控诉，康子文微愣片刻，内心窜上一阵无力感。

纵火？又一条罪证压在了他的身上。现实竟是如此可怕，甚至让他连辩驳的机会都没有。

他想要张嘴说些什么，却看到昔日与他并肩作战的同事正用难以置信的眼神看着他。他们抬起了枪，黑洞洞的枪口坚定不移地指向他。

一时间，他仿若失去了语言的能力，竟不知该如何辩解。

"组长，我真的没有杀人。"最终，他坚定地说道。尽管，他知道这种辩解毫无说服力。

陈程冷哼一声，举着枪的双手依旧没有放下："你有没有杀人，法律自有定夺。不要再挣扎了，束手就擒吧。"

"康哥，你就认罪吧，我们会想办法给你减轻罪行的。"肖颉也加以劝说。

王大铁也说："康哥，别犟了。这样子下去你会完蛋的。"

至于刘风朔，他虽然没有说话，心里却十分希望师父能够洗清冤屈。而且，他相信康子文是清白的。对于这一点，他坚信不疑。

面对曾经亲密的伙伴们的劝说，康子文没有一丝动摇。他用力摇头："不，我不会承认自己没有做过的事。我会向你们证明，我是无辜的。"说着，他开始向后面缓缓后退。

"别动！"见状，陈程厉声喝道，"再动一下，我可开枪了！"

他的严肃表情说明，他不是在开玩笑。

听到他的警告，康子文的脚步略有停滞。组长真的会开枪吗？他不是没有这个担心。但是他心里也清楚，他不能坐以待毙。

逃！这个唯一的念头，形成于他的脑海中。

然后，他不顾一切，转身跑进了派出所。

"混蛋！"眼看对方无视警告，陈程竟然气得扣动了扳机。

"砰!"一声枪响,划破了夜空的宁静。

子弹脱膛而出,却没有飞向康子文奔跑的背影,而是直接朝夜空飞去。

不是陈程手下留情,而是一个身影突然跑出来,将他的枪口抬向了上空。

"朔仔,你!"见此,陈程怒目而视。

刘风朔不敢直视他严厉的目光,只是低头辩解:"组长……我……我……"

"等回去再收拾你!追!"陈程没空教训他,率着其他人追了上去。

这时,康子文已经翻过了派出所的围墙,夺路狂奔。

这周围是一片农耕地,附近还有一条河,上面搭着一座简陋的石桥。绿油油的农作物刚抽出了嫩芽,越往前走,路便越是泥泞。陈程他们还在他身后紧追不舍,他的脚步丝毫不敢慢下来。月光下,前后的人影飞快地奔跑追击。

"快停下!不然我开枪了!"

后方传来陈程的警告,可康子文置若罔闻。他怎么懂得陈程现在的内心是多么的纠结呢。自康子文逃狱之后,Z组面临着前所未有的压力。这压力不仅仅来自上级,还来自其他组的同僚们。A组的杨志豪更是趁机发难,质疑Z组有庇护的嫌疑。为了堵住悠悠众口,陈程立下了军令状,一定要亲手将康子文捉拿归案,不然就解散Z组。这是关乎Z组生死存亡的大事,容不得他有半点私心。

他猛地停了下来,端起手枪,瞄准前方奔跑如飞的身影。

紧接着,一声枪响划破了夜晚的宁静。

正在狂奔的康子文愣了愣,他迟疑了两秒,难以置信地回过头,但脚步依然没有停下来。他以为,陈程不会开枪。可是,他错了。

随即,又响起了第二声枪响。这次的声音响彻在耳边。他微微低头,肩膀处的鲜血渗出了外套,他甚至能感觉到鲜血向下滑落,浸湿了里面的衬衣。

他的身影踉跄了一下,但勉强站得稳。他知道,如果不是陈程手下留情,他不可能还能站着。以陈程的枪法,即便在这么暗的光线下,要击中几百米开外的目标,不是难事。但是,陈程不会开枪要了他的性命。一方面是顾及多年的情分,另一方面是要留活口,将康子文带回去,留给法律审判。

陈程没有想到,中枪之后,康子文更加不敢犹豫,他顾不上肩膀处的疼痛,决然地转过身,继续向前跑。只是毕竟中了一枪,他的速度开始慢了下来,他感觉自己的力气正在缓缓流逝。

"师傅,别跑了!"身后传来刘风朔焦急的叫唤声。对方显然是出于关切之心,只不过,康子文铁了心要跑。

陈程他们越追越近,眼看着就要抓到他了,情急之下,康子文跑到了小河附近。这河水离岸上还有一段高度,此时水流湍急。他直接从岸上跳了下去,"扑通"一声,瞬间,溪流便将这声音覆盖了过去。

陈程亲眼看着康子文跳进了河流之中,心中一凛,匆匆跑过去,月光下的水面上不见任何身影。

"这水流这么急,康哥又中了枪,该不会是被冲走了吧。"肖䜣蹲在岸边,担忧地望着河面。

"这可怎么办啊。"刘风朔焦急地趴在岸边,"师父现在受了伤,还掉进了水里,岂不是会有生命危险……"他不敢再说下去,可内心已经有了最坏的结果。

陈程目光灼灼地盯着水面,脸上没有表情,也不知道在想什么。就这么盯了几分钟,才开口说:"回去找捕捞队来,先把人找到再说。"

活要见人,死要见尸。

这一幕是陈程内心最不愿看见的。他本不想将康子文逼得跳河。只要乖乖跟我们回去不就好了吗?陈程心里泛起一丝苦涩。

在他看来,康子文的这一行为可以解释为亡命之徒的绝望选择。

"唉——"他情不自禁地长叹一声。

回到康子文身上,这时的他正潜在水底屏息观察岸边。

他刚跳入水中时,冰凉的河水冷得刺骨,他觉得自己的五脏六腑都被浸泡在这寒冷当中。被湍急的水流冲了一段路之后,他才缓缓停下来。他觉得自己的身子开始渐渐发麻,双手似乎都失去了知觉。他的肩膀受了枪伤,只能用一只手在水里艰难地划着,河流又太过湍急,前进起来异常费力。偶尔在河面上微微抬头激烈地喘息,都觉得心脏收缩时一阵灼热。他觉得自己的体力越来越不支。不知在水里漂了多久,他觉得自己眼前一片模糊,快要睁不开眼睛了。此刻,他的脑海中晃过无数的画面,有不甘,有疲惫,但是更多的,是不舍。迷蒙之中,蓓蓓的脸似乎就在他的眼前,女儿在他的耳边笑着喊"爸爸"。

就那样一声一声地唤着,唤得他心里发酸。随后那一张笑得灿烂的小脸又挂满了泪水,对着他委屈道:"爸爸,你什么时候回来呀?"

康子文便在这时睁开了眼睛,他心里坚定了许多,一声声告诉自己:我还不能死,我还要再见蓓蓓一面,我一定要好好活下去。

　　凭着这最后的意志力,他开始奋力向岸边游过去。

第十九章

一条口香糖的巧合

天刚蒙蒙亮，黑了一夜的天空中已经可以分辨出清亮的蓝色，天边还泛着白光，小镇上飘起了淡淡的青烟。万物渐渐苏醒，沉寂了一夜的镇子似乎活了起来。清冷的空气中蒸腾起路边湿漉漉的野草的香味，还有炊烟袅袅，家家户户传来的饭香，这些味道混合在一起，让人觉得异常安稳。

街上的豆腐店，店主李博弈起床开门营业。结果刚一打开门，就看到康子文伏倒在店门口的台阶上，身下是一片水印。江城地处南方，夜晚湿冷，他在河里挣扎了许久才游上了岸。当时他的意识已经十分模糊了，凭借着本能，硬是走到了这里，却在最后一刻失去了敲门的力气。

李博弈赶紧上前将他扶起来，触手便是一阵冰凉。再细看，发现他的脸色已经惨白，嘴唇也冻得发紫，肩膀处还有一个骇人的伤口，正渗着黑红色的血。

不知道他已经昏迷了多久。

李博弈不敢怠慢，先小心翼翼地把康子文扶进豆腐店里。妻子小兰正在厨房里准备做豆腐的原料，听到动静便从厨房里走出来，看到这情形吓了一跳："呀！这是怎么了？"

李博弈说："我也不知道。一大早，刚开门就看见阿文倒在门口了。"

小兰过去，看到脸色苍白的康子文，再加上他肩膀处不停往外渗的鲜血，急忙道："他受了伤。我们得赶紧送他去医院。"

"不行。"李博弈摇头，"这是枪伤，如果送医院，阿文一定会被逮捕的。"

"那这可怎么办，总不能放着他不管吧。"小兰说着，忽然想起一件事来，"对了，我有一个亲戚是做医生的，他一定能帮我们治阿文。"

李博弈犹豫道："可是阿文现在身份特殊，你那个亲戚可靠吗？"

"你放心吧。"小兰对他点点头，"是我的伯父，他一定不会说出去的。"

"那你快去请他过来。记得要悄悄地，千万不要让别人知道。"

"知道了。"说完,小兰便出门去了。

小兰走后,未免店里一会儿来人,李博弈将康子文扶上了二楼,然后将他放到床上,外面浸湿的外套也帮他脱掉了。

没过多久,小兰便带着她的伯父从小店的后门走了进来,然后带上了二楼。李博弈看到小兰带着人进来,立即上前指着康子文道:"伯父,就是他,因为伤势较重,可能会比较麻烦。"

伯父提着医药箱走上前查看康子文的伤势,可是刚看到伤者的脸,马上就愣住了:"这……这不是……"这个人的通缉令已经传遍了小镇,他自然清楚康子文的身份。

小兰看到伯父眼中的犹豫,说:"伯父,我们要救的人就是他。我可以向你保证,他绝对不是坏人。你一定要救救他。"

"好吧。"伯父无奈地叹了口气,然后将医药箱放在床边。观察了康子文的伤势之后,对他们吩咐道,"给我打一盆热水,再拿一条干净的毛巾。"

李博弈赶紧帮忙打了一盆热水,还拿了一条干净的毛巾,放到伯父跟前。

伯父先帮康子文把衣服脱掉,将周围的血迹都擦拭干净,然后用手术刀将伤口处切开一点,再用镊子将肩膀处的子弹取出来,随后对切开的伤口进行缝合。这个过程不用太久时间,但因为操作的时候一定要小心,所以做完这一切,伯父的额间已经渗出了一层薄薄的汗。

然后便是敷药和包扎。做完这一切后,伯父说:"幸好只是打中了肩膀。只是在水里泡得太久了,害怕伤口会感染,而且他现在有些发热,我留给你们一些药,叫他喝了,再休养一段时间就好了。"

小兰点点头,感激地看了伯父一眼,"谢谢您。"随后又叮嘱道,"不过伯父,您千万不要把这件事说出去。"

"我知道。"他关切地说,"可是,小兰,这个人是通缉犯,你们这样做,会惹祸上身的。"

李博弈和小兰相视一眼,坚定地说:"这是我们的朋友,一定要帮他。"

伯父没办法,只能嘱咐他们两句,然后便走了。

清晨,阳光透过晨雾缓缓照射在小镇上空,空气中都带了<u>丝丝</u>暖意。附近的居民在早晨出行的时候,就看到河边出现了大批警察,旁边是好几辆警车,一群穿着警服的警察站在河边探寻着。河面上还有几条船只来回开着,看起来像是正在进行打捞搜捕。

人们看到这种场面总是想要满足自己的好奇心,尽管河边还围着一圈警戒线,依然挡不住群众想要一窥究竟的热潮。刚开始警察还会驱赶两下,但是效果并不显著。次数多了,警察们最后干脆放弃了,只要没人闯进警戒线,就不再管了。

只要有三五成群的人围在一起,便会引来更多的人。无论是早上起来去工作的居民,还是游手好闲的混混,抑或是出来遛弯的老人,他们站在警戒圈外小声讨论着、猜测着,渴望知道事情的真相,以满足自己的好奇心。

"警察在这捞了多久了啊。"不知谁在旁边问了一句,这场讨论便无休无止了。

"不知道啊,早上过来就看到他们了。"

"该不会是有人淹死了吧?"

"不会吧,没听说谁掉河里了。"

"哎哟,最近咱们镇子上怎么这么多事啊!老康家那孩子才被通缉,这就有人掉河里了。"

"不过,你说老康家那孩子,小时候看着挺好的啊,怎么会杀人呢?而且还逃狱。昨天警察来我家询问情况的时候,都吓我一跳。"

"嗨呀!人不可貌相呗!看着挺正常,谁能想到是个杀人犯……"

所有人都七嘴八舌讨论着。湛蓝的天空一碧如洗,偶尔一抹白云飘过。密密麻麻的声音听起来十分模糊,就像事实的真相。

这些人来了又走,走了又来,许久才散去。而警方也已经在河里搜寻了好几遍,王大铁、刘风朔、陈若彤等人带的捕捞队都陆陆续续回来报告,说是没找到人。

搜救的希望越来越渺茫,刘风朔担忧地望着奔流不息的河面,惴惴不安:"师父会不会死了,顺着河流漂走了?"

陈程站在河岸边叉着腰,目光迥然,不知在想些什么。他沿着岸边走了一圈,看到有一处的河岸边堆积了一摊泥,上面还有顺着泥土滑落下来的印记。他的眸子沉了沉,沉默地拿出一块口香糖嚼了半天,才笃定地说:"康子文一定还活着。"

"可是这河水这么急……"刘风朔在一旁小声嘀咕,"再说,您还打了康哥一枪呢,能活下来就是奇迹了。"

陈程斜睨了他一眼,嚼着口香糖冷哼一声:"要是真的死了,为什么捕捞队这么久都找不到尸体?"

"漂……"

"你不要跟我说漂走了。"陈程不耐烦地打断他,像看白痴一样看了他一眼,"这是河不是海。而且河水也不是很深,如果真漂到了别的地方,都这个时间了,早就有人发现他的尸体并且报警了,为什么会一点消息都没有?"

刘风朔泄气地挠了挠头。陈程的这些话驳得他哑口无言,虽然内心不忿,却也只能憋着,最后唯唯诺诺地点了点头说:"知道了,组长。"

陈程冷着脸转过头。他很清楚,那一枪没有打中康子文的要害。而且,据他所知,康子文会游泳。

这家伙十有八九还活着。陈程想着,一边走出警戒线,一边对身边的下属吩咐:"告诉大家不用捞了,开始继续搜查康子文的下落。"

得到命令,捕捞队早早地散去,只留下一些镇上的居民,还在沿岸的河边细声讨论着。似乎是因为没有得到事情的真相,或是对其他人的传言总是有些怀疑,久久不愿离去。

小河依旧是那条小河,事情如同奔流不息的河水流到了远方。日光叠起又缓缓落下,人们迎着晨曦离开,又背着夕阳归来,如同所有平凡的日子一样。

深夜的豆腐店,烫着金漆的招牌在黑暗中闪闪发亮,门口挂着的两个红红的灯笼映在地上显得红彤彤的。清冷的空气中还透着一些淡淡的豆腐香,四周一片寂静,却偶尔也会有些窸窸窣窣的声响,让人觉得不安。

康子文在经过治疗后,开始缓缓恢复了气色。为了避免他伤口感染引起发烧,李博弈一直都在床边照顾着,不过幸亏他一直都没有发烧的迹象,病情总算是平稳下来。到了晚上,康子文便醒了过来。他睁开眼睛,头顶刺眼的白炽灯让他下意识地微微侧过了头。他觉得自己的喉咙像火烧一般,难受得地张了张嘴,又只能艰难地咽下。

"水……水……"他艰难地说出来几个字。待在床边的李博弈发觉他的不适,赶紧给他倒了一杯水。喝完水后,康子文犹如旱地里的禾苗得到了滋润,精气神恢复了很多。

而此时,漆黑如墨的夜色中,一个黑影悄悄地靠近了豆腐店。他的脚步放得很轻,像夜晚躲藏在草丛中的昆虫一样,让人难以察觉。片刻后,他停了下来,站在豆腐店前不远处的街角,缓缓抬头注视着豆腐店二楼微亮的房间。他的影子在地上拖得很长,如同死神拖着的披风,又像一个伺机出场的猎人,悄声等待着自己的猎物。

冷风骤然从巷子中穿过,不知从哪儿传来一声冷笑。

温暖的灯光下,李博弈正在帮康子文拆掉肩膀上的纱布,然后重新换药。这个程序烦琐复杂。康子文在猛地中枪之后,度过了最初对疼痛麻木的时候,现在倒开始敏感起来,稍稍一碰就会疼。加上李博弈是个糙汉子,再细心也会不小心戳到伤口,叫康子文总是忍不住皱紧了眉头。好不容易换好了药,他才缓缓吐了一口气。

"阿弈,真是太谢谢你了。"康子文感激地看了李博弈一眼。这次他能死里逃生多亏了李博弈,明知道他是个犯罪嫌疑人还一次次地收留他。

李博弈冲他摆摆手,丝毫不在意道:"没什么。不过话说回来,今天早上发现你的时候,我真的很惊讶。你当时不是跑了吗,怎么会又被他们发现了?"

"说来话长。"康子文顿了一下,"今天是谁给我治的病?"

"是小兰的伯父。"过了一会儿,察觉到他的犹豫,李博弈补充道,"不过你放心,她是小兰的亲戚,一定不会把你的事说出去的。"

康子文点点头,轻声道:"谢谢。"

"还有,今天我听外面的人说,警察找了好几个捕捞队在河面上捞人,应该是在找你吧?"

"嗯。"康子文点点头,"当时为了不被抓到,我迫不得已才跳进去的。没想到水流太急,一下便把我冲走了。因为受伤太重,我怕昏死在水里,便努力游到了对面,然后走到你这里。可是还没来得及敲门就晕倒了。"

事情的经过原来是这样。李博弈点头表示了解,然后对他说:"不过今天警察没有捞到人就走了,大约以为你受了那么重的伤,水流又急,漂走了吧。"

康子文低头沉吟了一会,忽然抬头问:"不,他们一定是察觉到了我还活着……"

"何出此言?"李博弈对他的说法感到很困惑。

康子文苦笑一声。他与陈程共事多年，很清楚对方的做事风格，在没有找到他的尸体之前，陈程一定会认为他还活着。

他的思维回到派出所纵火案上。他曾在现场捡到了一块口香糖的包装纸，这说明凶手喜欢嚼口香糖。这个习惯，让他自然而然地联想起一个熟悉的人物——陈程。

不，怎么可能会是陈程呢？！

但凡事皆有可能。陈程是Z组的负责人，他是有机会将BC技术外泄的。同时，昨天晚上，康子文去学校翻查档案时，刘风朔、陈若彤、王大铁和肖赜都曾经出现过，独独少了陈程一人……

可是，如果陈程是凶手，昨晚他应该一枪杀了我，就可以将整个案子盖棺定论了呀。

如此分析，康子文的怀疑又动摇了。

突然，康子文的脸颊表现出一番错愕，五官僵住似的，眼瞳微微睁大。

噢——又上线了！

康子文的大脑突如其来地出现一片漆黑，这种状况他经历过多次。他心中大惊，又跟凶手的视像连接了。

这一次，凶手要干吗？！

见康子文突然不说话了，表情也变得十分怪异，一旁的李博弈甚为疑惑。

"阿文，阿文！"叫了他几声，可是他却僵硬着身子，没有任何回答。

此时，康子文的视角已经切换成与凶手同步，也就是那名可疑的鸭舌帽男：他就站在豆腐店外面，先是慢条斯理地拆开某个品牌的口香糖，然后放进嘴里，"吧嗒吧嗒"地慢慢嚼起来。随即，他再度迈开脚，拉开了门。

康子文记得这扇门，正是豆腐店的后门！

他走进了豆腐店里，一条楼梯通往二楼。

他要上来了吗？康子文的心跳仿佛被人按下了加速键，怦怦直跳。

然而，他没有选择上楼，而是缓缓地走向了厨房。

厨房里，一个正在熬粥的背影出现，那是李博弈的妻子——小兰。

她在替受伤的康子文熬粥，此时正专心致志地用勺子搅动锅里的粥，丝毫没有察觉到有人正从身后逼近。

危险，迫近中！

真见鬼！

康子文心中焦急万分，也不管与凶手的连接仍在继续，脱口大喊："博弈！快！小兰有危险，赶紧去救！"

李博弈被他这么一喊，愣了半秒："啥？"

康子文与凶手的连接就在这时中断了。中断之前，他看到凶手就站在小兰的身后，而小兰也终于察觉到身后有人，正转过身来……

"啊呀！"楼下厨房里传来了小兰的尖叫声。

不好！康子文和李博弈两人对视一眼，慌慌忙忙赶到楼下。只见小兰瘫坐在地上，似乎被吓到了，一脸惊恐地望着窗外。

看到他们下来，她急切地指着窗口："有……有……"

不用问，凶手肯定是从窗口逃跑了。

但他似乎手下留情了，并没有伤害到小兰。见小兰没受伤，康子文赶紧跑到窗口处张望，只见外面漆黑的街道上闪过一个黑影。那可疑的家伙逃远了。

可恶！又一次被对方逃脱，康子文懊恼万分，往窗台上狠锤了一拳，发泄自己的情绪，这让他肩膀的伤痛加剧。他正抚着肩的伤口，忽然——

"啊，我肚子好痛啊！"就在这时，小兰脸色大变。她捂着肚子，吃痛地喊着。

"怎么了？"李博弈走过去想先将小兰扶起来，可是刚刚过去就在地上看到了一摊水渍混合着鲜血，他瞬间慌张了："怎么回事，怎么会流血呢？"

康子文过去一看，立刻道："快打120！小兰现在有流产的迹象，先把她送到医院。"

李博弈不敢犹豫，赶紧打了120。没过多久，救护车的声音便传到了门外。

"阿文，你在家里待着，我跟小兰先去医院。"李博弈转身对康子文叮嘱了几句。

"好。"康子文点点头。

这时，医生抬着担架走了进来，康子文躲进了侧室里。听着外面慌乱的声响，他心中思绪万千。

渐渐地，外面的声音越来越小，救护车的声音在黑暗中慢慢消失。

到了医院的产科，眼看着小兰被推进了产房，李博弈被医生拦下来后，着急地在走廊内来回踱步。

黑夜，在缓慢流逝。

大约两个小时后，一位医生才从产房里出来，对他说："恭喜李先生，是个男孩，孩子很健康。"

这真是个莫大的喜讯。李博弈欣喜之余，赶紧又问："那大人呢？"

医生说："产妇也很好，只是现在有些虚弱，休息一晚上就好了。"

"那就好。"李博弈这才松了口气，赶紧向医生道谢过后便高兴地走进产房。看到满头大汗的小兰还苍白着脸，手里却紧紧地抱着孩子，丝毫不觉痛苦地对着儿子慈爱地笑着，他瞬间鼻头一酸。

小兰抬头看到走进来的他，两人相视一眼，不知怎的，都红了眼眶。李博弈过去抱住小兰和儿子，在她耳边轻声道："辛苦了，老婆。"

小兰摇摇头，眼眶中却满溢着泪光，像一片细碎的星星，闪着亮光。

李博弈又看着小兰怀中的儿子。小小的眼睛还未睁开，小嘴撅着，像是对父母秀恩爱的行为十分不满，两只小手还半举着，紧紧地攥着小拳头，小模样可爱至极。

小兰看了眼门外，忽然问："对了，阿文呢？"

"哦……"李博弈愣了一下，"医院人多眼杂，我先让他在家里待着了。"

第二天，李博弈因为不太放心康子文，便先回了一趟家。当他上了二楼的时候，发现康子文已经走了，桌子上留有一张字条：抱歉阿弈，非常感谢你这些天的照顾，但我不能再连累你们了。

他走了。

和煦的阳光照耀着小镇，淙淙溪流在阳光的照射下闪闪发光，四周飘荡着一股清甜的气息，微风和畅，让人觉得静谧舒爽。

小镇的南面是一片无际的山坡，离小镇不近也不远。山坡上是一片坟场，葬着世世代代在此地消亡的人。一排排石碑按列排好，有的是崭新的墓碑，棱角分明，上面篆刻的名字都是浅浅的痕迹；有的却已经历了时间的洗礼，带着被黄土浸染过的颜色，上面名字也已经在风吹日晒下刻得极深了。

康母手里握着一簇花，一言不发地站在一块墓碑前。她望着墓碑上的照片，眼神极其温柔。黑白照片上的逝者看起来很年轻，大约40岁的年纪，一双与康子文极其相似的眉眼，嘴角噙着一抹笑，让人感觉到犹如春天般的暖意。

她站在微风中怔楞良久,才缓缓蹲下来,将手里的鲜花放在墓碑前的石阶上,然后抚摸着墓碑轻声道:"老公,我来看你了。"她微微弯着眉眼,眼侧是岁月雕琢出的细纹,流动着如水般的忧伤。

"如果不是因为当年阿文还小,我早就和你一同去了。"康母伏在墓碑上,缓缓诉说着心中的惆怅,"你走的时候,阿文才十几岁,我不能不管他。我本来想,就算拼尽全力也要让他一生平安快乐,可他却比这世上所有人都过得苦。幼年丧父也就罢了,结婚之后又失去了自己最爱的女人。"

想到亲生儿子的遭遇,康母鼻头一酸,瞬间红了眼睛,语气中也带了些许哽咽:"现在,就连……他最骄傲的职业都令他岌岌可危,害得他四处躲藏。老公,你说,我现在该怎么办?"她无助地望着照片上的亡夫,因为难过,瘦弱的肩膀忍不住颤抖。

可照片里的人却只是微微笑着看她,目光中饱含深情。

他不会说话,他已身处另一个世界。

想到他,康母就压抑不住内心的悲伤。

此时,墓园的四周一片冷清,蓝天与阳光构成静谧的背景,密密麻麻的墓碑之中,看不到其他人。忽然,从山坡上缓缓走过来一个人。他穿着一身黑衣,戴着一顶鸭舌帽,在春日的阳光下显得十分怪异与诡秘。倘不细看,甚至会以为是地狱来的使者。

此人的脚步极轻,边走边环视四周,生怕有人在暗处埋伏。但墓园的风景一目了然,除了康母与他,并无他人。

他总算放下心来,缓缓走到康母身后。她仍沉浸在对丈夫的追忆中不能自拔,没有察觉到他的到来。

注视着她单薄的背影,他终于忍不住,沙哑着声喊道:"妈。"

这声音被微风吹得破碎不堪,变成了万种情绪。

康母的身子明显一僵。她缓缓回过头,就看到儿子康子文正站在身后。因为生病的原因,他的脸色苍白,看起来虚弱不已,眉眼处皆是沧桑。她的呼吸一窒,只觉心中有千万只手在揉捏着她的心脏,忍不住便落下泪来。

"妈。"康子文如鲠在喉。当年瘦弱却总是蕴含着无尽力量的母亲,现在似乎开始力不从心了。他缓缓道,"我是来跟您告别的,我不在的这段日子里,您一定要照顾好自己。"

"我知道。"康母擦了擦眼角的泪,点头问道,"那你准备去哪儿?"

康子文目光沉了沉,过了半晌才轻声说,"我不知道。"

"好。"康母颤抖着声音,"我现在也不多问,只是以后有时间,你一定要带蓓蓓回来看看。"

"我一定会的。"康子文压了压帽子,在为离去做准备。他走上前轻轻地抱住母亲,像是不忍背后的微风将母亲的头发吹乱一丝一毫。

过了一会儿,他放开手,然后转向墓碑,"爸爸,恕儿子今天不能好好拜祭您。请您原谅我这个不肖子吧。"

说罢,他跪在地上,磕了三个响头。

"只要做人正正直直,苍天一定会还你一个公道。"父亲当年的话,犹在耳边。康子文站起来,再度看了看母亲,才一言不发地转身离开。他的身影在辽阔的山坡上越来越远,康母站在丈夫的墓碑前驻足眺望,直到他的身影消失在绵延无际的蓝天之下。

而后,她转过身注视着墓碑。墓碑上,照片里的亡夫,依然保持在十多年前的模样。

那年,在一次行动中,她的丈夫牺牲生命,挽救了被歹徒挟持的人质。而她失去了丈夫,儿子失去了父亲。

是的,康子文的父亲也是一名刑警。高中时期的他,因为父亲的牺牲而改变志愿,报考警校,从此踏上了与父亲一样的人生道路。只是他没想到,今天自己却沦落为罪犯。

"我的儿子,才不会做坏事。老公,你一定也这么认为,对吧。"康母细声呢喃,伸出手指轻轻抚摸墓碑上的照片,心中无尽的惆怅和忧伤涌上眼眶,化作泪珠渗出眼角。

忽然,远处传来一阵轻轻的脚步声,由远而近。

未等她抬起头,便听到一声温柔的呼唤:"师母。"

康母抬起头,眼神里掠过一丝惊讶,"是你?"

多少年,没听过师母这个称呼了。

康母仍记得当年,丈夫有一次回家,带回来一个年轻的小伙子。他拍着那年轻人的肩膀,笑着向妻子解释:"亲爱的,这是我带的新人,是我徒弟。"

年轻人毕恭毕敬地向她鞠躬:"师母,您好。我叫陈程。"

原来在十多年前,陈程刚进警队的时候,就是在康父的手下工作。那时候的他,只是一个初出茅庐的菜鸟,很多事都不懂,全靠康父教会了他办案的经验。后来,康父牺牲之后,他与康母的联系便越来越少了。但是逢年过节,他都会打电话来问候一声。

"小陈,你来了。"康母见到他,并不意外。

陈程拿着一束美丽的雏菊,轻轻地将它放在师父的墓碑前,然后双手合掌,默默地悼念一分钟。

他想起了师父牺牲的往事。那是十多年前,他们奉命去追捕一名姓叶的杀人逃犯。眼看就要将之捉拿归案,不曾想那穷凶极恶之徒居然丧心病狂,拿刀挟持了一名小学生。

"你们别过来!不然我痛死他!"歹徒挥舞着尖刀,疯狂地叫嚣着。

他用刀架着小学生,退到了车水马龙的大桥上。那可怜的孩子早就被吓哭了,脸色苍白得没有一丝血色。

见状,康父提出跟人质交换的要求,结果却遭到了歹徒的拒绝。

"你们快走开!不然,我就把这孩子扔下桥!"歹徒将小学生抱到了桥梁外面,下方河水湍急,掉下去那可不得了。那名约八岁大的孩子更是吓得哇哇大哭,围观的群众也哗然一片。康父与陈程听了,心急如焚。

为免刺激歹徒的情绪,康父装作答应他的要求:"好好好,我们这就退后。你且把孩子先放下!"

他们边退边观察动态,在此期间,康父悄然对陈程使了个眼色,似乎将有所行动。

果然,就在歹徒刚将孩子抱回来——就是这时!康父猛地拔出手枪,对着歹徒毫不犹豫地射了一枪。

"嘭!"

子弹打中了歹徒的胳膊,他顺势一甩,手中的孩子竟被甩出了桥外。

"哇啊!"

见状,群众发出惊恐的尖叫声。说时迟,那时快,只见一道身影如闪电,朝坠向河面的孩子飞奔过去。

"师父!"陈程大喊一声,赶紧跑了过去。至于那名歹徒,早就被热心的群众给按倒在地了。

陈程跑到桥边一看。康父正一只手抓住桥边,另一只手抓着孩子。

"师父,把手给我。我拉你上来。"陈程伸出手,奈何距离不够,他抓不住师父的手。

"别管我。先救这孩子!"康父使尽了所有的力气,一只手缓缓地将那孩子提了上来。

"师父,那你怎么办?"

搁在康父面前只有两个选择:放弃这个孩子,自己就能获救;又或是,救孩子,牺牲自己。

他选择了后一种。

"救孩子重要!"康父憋红了脸,终于将孩子提到了陈程够得着的高度。

陈程顺利地接住了孩子。

可惜此时,康父也耗尽了力气。他再也抓不住桥边,手指一松,整个人向河面跌落下去。

"师父!"

随着陈程的一声大喊,河面上荡起一阵巨大的水花。只见康父的身影在水面上浮沉几下,便消失了踪影。陈程本想跳下去救人,却被围观群众死死拉住。他们说,这条河很险,平时都是不敢下去游泳的。更何况昨天刚下了一场大暴雨,此刻水流湍急,他若是下去,怕是两个人都活不了。

可陈程怎么能眼睁睁地看着师父被河水吞噬了生命呢。他匆匆找了附近的船家,在河道上进行搜索。很快,水务局的船只也闻讯赶来。可惜,等找到康父的时候,他已经……

想到这儿,陈程心中一阵泛酸。

"你今日来拜祭师父,你师父在天之灵,也会感到很欣慰的。"康母的声音从侧方传来,他转过身,"不,我应该感到惭愧才是。"陈程面露愧疚,"这么多年了,我很少来拜祭师父,是我这个徒弟做得不好。"

"不要放在心上。你工作那么忙,你师父会原谅你的。"

两个人沉默片刻。

继而,康母又说道:"你今日来,是为了捉小文吗?"

"师母,原来您心里都清楚啊。"

"这种事,瞒不过我。"康母叹了一口气,"但是,我不会告诉你小文的下落。我相信我儿子，他一定是清白的。"说着，康母伸出手，"你会以知情不报的罪名将我逮捕吗？"

陈程苦笑一声，"我怎么可能逮捕师母呢？更何况，知情不报不算犯罪。只不过，职责所在，我这一次也是迫不得已。如果您能告知康子文的下落，这对他，或许是好事。"

康母摇了摇头，"我老了，不知道怎么做才是对儿子最好的选择。他的路，就由他自己去走吧。但是小陈，你还记得你师父当年对你的告诫吗？"

陈程沉默片刻，"当然记得。师父经常告诫我，无论什么时候，都要相信自己的伙伴。"

康母盯着他，"那你做到了吗？"

陈程一时无言。扪心自问，他也很希望相信康子文的无辜，所以当初才会力排众议，非要将康子文从 A 组转到 Z 组。无奈，BC 技术却验证了康子文就是真凶。他对康子文的信任，也是在那一刻，崩塌了。

相信人心，抑或是相信科技，这对大部分人而言，并不是困难的选择。自古以来，就有"画虎画皮难画骨，知人知面不知心"的老话，人心会欺骗，但科技不会。更何况 BC 技术已经过多次试验，证明是非常可靠的。

"师母……对不起。"此刻，他不知说什么好。

追捕康子文，是他的任务。但这样做，他总觉得有愧于师父。

"不，你没必要道歉，这只是你的职责。"康母想了想，又问，"小陈，我儿子真的是凶手吗？"

还没等他回答，她却又自言自语般摇了摇头，"不，小文不可能杀人。不可能的。"

这是母亲对儿子绝对的信任。

陈程不想打破这种亲情间的互信。他嘴角泛出一丝苦笑，欠了欠身，打算告辞。

一边离开墓地，他一边剥开口香糖，放进嘴里，慢慢嚼了起来。

口香糖的包装锡纸，慢慢悠悠地飘落地上，反射着白色的太阳光。

第二十章 /

少年的援手

深夜，一层乌云轻轻地遮盖在月亮之上，像被油墨泼过的天空依旧让人觉得冷飕飕的。外面的行人很少，家家户户紧闭门窗，隔绝外面的寒冷。温暖的家中亮着一盏盏白炽灯，他们窝在沙发上看着电视，暖光中流淌着温馨的欢声笑语。

孔繁倩思家中的卧室里，轻柔的窗幔掩住了窗户，床边的柜子上摆放着一盏暖黄色的台灯。蓓蓓在床上睡着了，手里还紧紧地抱着康子文给她买的小兔子公仔。她的小脸晕着淡淡的红色，眉头微皱，紧闭着双眼，不知做了什么梦，过了半晌突然轻声喊道："爸爸。"

孔繁倩思轻拍着她的背，闻言动作微顿，无奈地叹了口气。这可怜的孩子啊，从小便没了妈妈，现在爸爸也……她心里轻喃，见蓓蓓睡熟了，起身将旁边的台灯关掉，而后轻手轻脚地关上房门，走了出去。

客厅，顾程浩正坐在沙发上安静地看书，是村上春树的《挪威的森林》。只是，他的心思并不在书上。这本小说他本就看过了几次，这个时候，他满脑子想的都是康子文。听Z组的同事说，那天晚上康子文被打伤掉进河里之后，便没了影踪。

他是死是活呢？

顾程浩此时的心情十分复杂。一方面他希望康子文会平安无事，作为多年的好朋友，他不喜欢看到康子文出事。但另一方面，却是内心的阴暗面，他在想，如果康子文死了，或许倩思就会彻底地死心，那时候，她就会投入到他的怀抱……

顾程浩用力晃了晃脑袋，被自己这个邪恶的念头给吓坏了。

他爱倩思，但他不喜欢用这种手段得到她的人。

如果她喜欢的人不是自己，即便跟他结婚了，她也不会感觉到幸福的。

他抬头看了一眼，倩思刚好从卧室走出来，他便问道："蓓蓓睡着了？"

孔繁倩思轻轻点了点头，"嗯。"她捋了捋额间落下的发丝，一脸失落地坐在沙发上，"都睡着了，还一直在喊着爸爸呢。"

顾程浩的脸色也变了变，心里一片动容，轻声叹气道："唉，也难为她了，还是个这么小的孩子。"

孔繁倩思忽然捂住了脸，身子颤抖着，啜泣声从指缝中传出来，呜呜咽咽："我看电视里说，阿文被警方开枪打中，生死未卜。"

"你放心吧。"顾程浩心疼地搂着她，轻拍着她的肩膀安慰道，"阿文吉人天相，他一定会没事的。"

多日来的压力和忧虑让她喘不过气来，每一件事的发生都让她措手不及，难以接受。她也不停地劝着自己，事情一定会变好的。直到看到康子文中枪的消息，她觉得一切轰然倒塌了，此刻被顾程浩一安慰，像是得到了宣泄的阀门，倒在他怀里大哭起来。

顾程浩搂着她，目光中透出一股温柔和不舍来。他一只手爱怜地轻抚着她的头发，一边轻声哄着："没事的，不要哭了。"

突然，他的目光微斜，望向一侧的窗外，刚才似乎看到有一个人影在外面的树丛里一闪而过。思索片刻，顾程浩起身走到窗户前看了两眼。孔繁倩思依然坐在沙发上，不明所以地问："阿浩，怎么了？"

顾程浩望着窗外树影婆娑，还有那片深如大海的黑夜，总感觉是自己花眼了，便摇摇头说："没事。"

而此时，茫茫无际的黑夜中，一个人影正猫着身子从小区的街道上快步离开。他的影子投在灰白色的墙壁上，像一只漏夜潜行的黑猫，小心地隐没在黑暗之中。那个人影压着压鸭舌帽，侧脸被头顶的月光照出惨白一片。这个人正是康子文。他本来是想来投靠孔繁倩思的，只是刚才在外面看到她和顾程浩在一起的场景，心中隐约有些动容，站在外面犹豫了很久，终究没有走进去。

康子文疾行在黑夜之中，越想便越是不愿停下脚步。他不想再连累孔繁倩思了。这么多年来，她为自己做的事情已经够多了，而顾程浩又是真心喜欢她。大概他们才是命中注定的一对。如果他再出现，只会让这两个人都没办法看清楚彼此的感情。

康子文轻轻地叹了口气。他应该成全她们的，可是抬眼望去，这孤冷寂静的马路上，只有盏盏昏黄的路灯，照着他孤影前行。站在广阔的街道上，他竟不知该何去何从。

但是他得赶紧另找一个地方待了，否则天亮之后，他便无处遁形。

深夜的一栋公寓楼中，漆黑幽长的走廊内只能看到一层淡淡的轮廓，电梯的指示灯显示电梯停在了这一层。两秒之后电梯门缓缓开启，走廊里被映出了一方亮光，刘风朔从电梯内走了出来。

他掏出口袋中的钥匙，准备打开公寓的门。

"咔哒"声在空荡荡的走廊中突兀地响起时，他的动作突然顿了一下，犹疑了一瞬，总感觉身后有些异样。他疑惑地回过头，便看到有个人影正一动不动地站在他身后。刘风朔惊恐地张大了嘴，身上汗毛直竖，站在原地动弹不得。那个人影微微抬起头。走廊里虽然黑暗，但那人离他很近，刘风朔仔细辨别了一眼，发现竟是康子文。

"师父？！"刘风朔高兴地惊叫出声，"师父你没死呢！"

他开心地猛扑上去，抱住了康子文。

康子文来不及躲开，吃痛一声。他的伤口还没有好全，被刘风朔这么一熊抱，只感觉伤口都要裂开了。他捂着受伤的肩膀，缓缓道："我本来没死，不过现在可能要疼死了。"

"不好意思，不好意思。"刘风朔赶紧放开他，扶着他的胳膊把家门打开，"你先进来吧。"

康子文进了门，温暖的家中比外面的冷风要好得多。刘风朔将他扶在沙发上坐下，他才觉得身上的疲惫渐渐消失了。

刘风朔问："师父，你吃饭没有？"

康子文摇摇头。他急着从老家赶回来，一路上舟车劳顿，也不敢停下来吃饭，直到天黑才敢出来，所以整整一天都没有进食。

"那我去给你做点东西吃。"刘风朔说着便去了厨房。

他打开冰箱，里面只有一些青菜和面条，只能将就着下了一碗汤面，把青菜烫了烫铺在面上后，给康子文端了过去。

刘风朔有些不好意思地把面条放在茶几上说："我的厨艺一般，师父你凑合吃一口吧。"

康子文没说话，低头尝了一口，味道确实很一般，但好在是热的。他也饿了一天了，便将就着吃了。

一碗热面条下了肚，康子文觉得身上又重新恢复了力量，四肢百骸都舒软起来。

刘风朔犹豫地开口问他："师父，你当时不是中枪跳河了吗？为什么会出现在这里。"

康子文躺在沙发上，舒缓地叹了口气："我中枪之后被河流冲走了，清醒之后爬上了岸，躲在一位朋友家里。中间发生了很多事情，我不想连累他们，所以回到了城里。"

"这样啊。"刘风朔点点头。

康子文思索了一会儿，问他："现在案情进展得怎么样了？我让你查的案子，有消息了吗？"

刘风朔苦恼地摇摇头，"那天派出所起火，部分档案被烧了，我把剩下的档案整理了一下，并没找到当年的凶案。可能已经被烧毁了吧。"他想了想，接着说，"而且，我还特地找附近的居民问了，大家都说当年那里没有发生过杀人案。师父，你是不是记混了？"

"这就怪了。"康子文疑惑地轻声低喃。他清清楚楚地记得那年王奕轩明明被杀死了。那天的场景以及王奕轩的尸体，都在他的脑海中，这么多年过去了，他连细节都没有忘记过，仿佛这件事情就在不久前发生一样，警局里怎么会没有记录呢？

"唉，师父你也别想了。"刘风朔拍了拍他的肩膀，"现在已经不早了，我给你收拾一下睡觉吧。"

康子文点点头，跑了一天，现在吃饱了饭，他还真的有些累了，便跟着刘风朔进了客房。

夜色极深，遮蔽夜空的乌云淡淡散去，露出了光的轮廓。康子文躺在床上，微阖着双眼，陷入了沉思。在混乱的思索中，他又想起了之前看到的那个凶手嚼口香糖的场景。而那个口香糖的牌子，似乎跟组长陈程经常买的牌子一样。

这真的都是巧合吗？不管怎么样，必须要调查清楚。

想着，想着，康子文终是抵不过一天的困乏，渐渐睡着了。

忽然，客房的门被打开一条缝隙，客厅的一缕光线透了进来。刘风朔探头看了看，表情怪异地盯着熟睡的康子文。

过了半晌，他才关上了门。

江城市某区的一栋高级公寓，Z组组长陈程的寓所就是在这栋公寓内。

天色已暗，月色在阴云的遮盖下忽明忽暗。一盏盏路灯就像过客，冷漠地注视着这充斥着恩怨情仇的人世间。

晚上八点，五楼的房间里正亮着鹅黄色的灯光，伴随着留声机播放的古典音乐的旋律。这旋律声音很轻，很低，如同天籁。陈程坐在椅子上，轻闭双目，双手如指挥棒，循着音乐的旋律挥动。他完全沉浸在这乐声中。

突然，留声机卡住了，旋律变得磕磕绊绊。陈程皱着眉，起身关掉了留声机。

他拿出一块口香糖，剥开包装纸，轻嚼了起来。

不知为何，他特别喜欢口香糖那种清新的味道。

"叮咚！"——就在这时，门铃声响起。

"你好！我是XX快递公司的。"

是快递员来了。下午的时候对方曾经来过电话，因为当时在上班，所以陈程让他晚上再送来。

"这是你的快递。"

签收完毕，陈程关上门。他拆开精致的包装盒，里面露出一顶黑色加绒的鸭舌帽。这是某品牌的今年最新款。他检查了一下帽子，然后才打开手机网站，给卖家点了一个好评。

卖家在线，回复得很快：欢迎亲的再次光临！

听语气，陈程应该是老顾客了。

陈程拿着鸭舌帽，走到衣橱前面。没有人会想到，当衣橱门打开时，里面装的不是衣服，而是一个个格子，里面全放着鸭舌帽！

这琳琅满目的鸭舌帽，可不是地摊货，几乎全是名牌限量版，数量不下一百只。照这样看来，这个陈程有收藏鸭舌帽的嗜好呢！他将新买的鸭舌帽放入其中一格，正要关上衣橱门，他忽然想到什么，伸手将其中一格的鸭舌帽拿了出来。

那是一顶有着金色帽徽的鸭舌帽。

他戴上帽子，站在镜子前，嘴角突然露出一丝不明的笑意。

翌日清晨，天初亮。街上的行人陆陆续续多了起来。只见一个人影穿着连帽衣衫，戴着口罩，急匆匆地行走着。

他就是康子文。这么早，他要去哪儿？

不一会儿，他出现在陈程家的公寓楼下。既然要调查陈程，最好的方法就是入屋搜查。康子文几年前来过一次陈程的家，对方应该是住在501号房。他站在楼下，注视着朝南的五楼房间。现在是早上七点，陈程应该起床了。

果然，他马上便看到那个房间的窗户闪过熟悉的身影。

起床后正准备洗漱的陈程忽然感觉不太对劲。他有一种被人监视的感觉，不禁朝窗外的楼下望去。只不过，康子文早就藏好了。

半个小时后，吃完早餐的陈程出现在楼下的停车场。

他朝自家的白色SUV走过去，刚打开车门，又停了下来。

他又感受到了那股来路不明的视线。

是错觉吗？

陈程环视四周，没发现异常，只好上车开走了。

目睹白色车辆在马路上远去，康子文才不慌不忙地从一棵大树后走出来。他朝公寓大楼走过去。走到一半，他又放弃了原先的主意。要进入这栋大楼需要门禁卡，而且大楼入口处还有监控摄像头。即便他贸贸然闯入了，又怎么打开陈程家的门呢。他可不是神偷，随便拿根铁线就能捣开别人家的门。

怎么进去呢？

噢！他忽然想到了一个人。那个人，对非法入屋应该很在行。

他转过身子，大步朝医院的方向走去。

江城市第一人民医院，三楼住院部走廊尽头的08号病房里。

德仔正站在床边收拾着衣服，在医院住了这么久，他的伤口总算愈合了，医生说他的身体已经没什么大碍，可以出院了。今天便是他出院的日子。他一大早就开始收拾自己的东西，准备离开这个充满消毒水味道的地方。在这里，每天一睁眼就是惨白的景象，他觉得自己都快要成神经病了。

没过多久，走廊里便传来一阵熙攘的声音，叶允安和几个小伙伴推门而入，边走进来还边说着："太好了！德仔今天出院了，我们要去好好庆祝一下！"

其中一个小伙伴兴奋地说："我们去烧烤，唱歌！"

"好啊，好啊。"另一个人跟着附和，"德仔不在，我们都好久没happy过了。现在他大病初愈，我们哥几个正好高兴一下。"

"对。"德仔用力点点头，"在医院这么久，医生什么都不让吃，快把我憋坏了。我今天可要大吃一顿。"

德仔出院，叶允安大约是其中最高兴的一个了，现在更是开心地拍了拍他的肩膀，连声答应说："行行行，钱什么的大家不用担心，都包我身上。"

听到有人请客，其他人更兴奋了，在医院连叫带喊地欢呼起来。正好有几个过来巡房的护士碰上了，生气道："这里可是医院，你们小声一点，要是惊扰了其他的病患，可不是你们这几个小鬼能担待的。"

"护士姐姐，对不起！对不起！我们马上就出去。"叶允安连忙抱歉地摆了摆手。

见他态度不错，巡房的护士便离开。

这时，德仔凑在叶允安身后轻声道："小安，你真的要请客啊？你哪来的钱？"

叶允安摆摆手，一副胸有成竹的样子："这你就放心吧！你好不容易出院了，大家开心嘛，我当然要请客了。你放心，我有钱！"

"那好吧。"德仔点点头，拿着收拾好的行李，和大家一同高高兴兴地出了医院。

走到医院大厅，外面是一群要么在挂号，要么在缴费、咨询的家属和病人。叶允安坐扶梯下去的时候，忽然看到门外有一个穿着一身黑衣的人在向他招手。那人还戴着一顶鸭舌帽，在人群中显得十分突兀，但是却给他一种很熟悉的感觉。

叶允安犹豫了一下，看到那人又对他招了招手，这才确定那个人确实是来找他的。

他思索了两秒，然后侧过头，笑着对其他小伙伴说："你们几个跟着德仔先走吧。我等一会儿就跟上来。"

德仔闻言拉住了他："你干什么去啊？"

"我……我肚子疼！想去上厕所啊！"叶允安支支吾吾，说着他还捂住了肚子，一副憋不住的样子。

"那你赶紧去吧。"德仔嫌弃地对他挥了挥手，就跟其他人先出去了。

叶允安看着他们走了，赶紧朝那个人走过去。原来是康子文！他下意识地看了看四周，发现没人注意到他们，然后跟着他走到大厅附近的楼梯间。

进去后，叶允安惊讶地看着康子文："大叔，怎么是你？"

现在的康子文早不像前段时间见到的样子。那个时候的他总是穿戴得一丝不苟，俊朗的外形下掩藏着一种运筹帷幄的气势，不管做什么都能冷静思考，不动声色。可现在的他一脸沧桑，终日将自己掩藏在一身黑衣之下，面色苍白，有一种病态的孱弱。大约唯一不变的，便是他漆黑如墨的坚定眼神吧。

叶允安说，"电视里说正在通缉你呢！说你是杀人凶手。"然后又补了一句，"可我才不信呢。"

"哦？"康子文听到这话倒是诧异地看了他一眼，"为什么？"

"直觉吧。"叶允安挠了挠头，"你这个人……怎么说呢，一身正气的，根本就不像个坏人。"

康子文难得听到这样的评价，不禁笑道："小安，谢谢你的信任。我确实是被人陷害的。"

"可是……"叶允安疑惑地看着他，"你不是警察吗？你们的人为什么要诬陷你？"

康子文微微低着头，将表情尽量隐藏起来，"一言难尽。"

短短四个字，包含着他多日来的所有无助和疲累。

叶允安看出他的失落，转移话题道："大叔，你今天来这儿找我，肯定是有什么事吧？"

这少年可真聪明。康子文神秘地在他耳边轻声道："我想请你帮我办一件事。"

"什么事啊？"叶允安问。

康子文犹豫了一下，便道出来意：他想让叶允安偷偷潜入陈程的家里。

"什么？！你让我偷东西！"听到他的想法，叶允安是大吃一惊，声音大得差点连楼梯间外面的人都惊动了。

"哎哎哎！别喊那么大声。"康子文真害怕他会把人招来，赶紧示意他小声点。

"不是让你偷东西,是进去帮我找证据。"

"找证据?"

"没错。我怀疑那个人家里兴许有可以帮我洗清罪名的证据。"

"这么说,你认为那个人是凶手咯?"叶允安果然是个不可小觑的少年,脑子很灵活,一下子就猜出了康子文心中的想法。

不过,康子文说:"这只是我的推测。只有找到实质性的证据,才能确定。"

"那我明白了。大叔,我决定帮你!"叶允安信誓旦旦地保证。

夜晚,低垂的夜幕被缓缓拉开,冷清的月光被霓虹灯闪烁的城市反射出不知名的颜色。此时,人迹罕至的地铁附近的一栋公寓楼内,黑暗中沉默地映出一条灰黑色的轮廓。地铁轰隆隆地从轨道上疾驰驶过,大地深处似乎都震颤起来。

有两个鬼鬼祟祟的人影,猫着腰出现在这栋公寓楼下。他们的影子被月光投映在墙壁上,忽大忽小地闪动着。

康子文的侧脸在月光下显现,平日硬冷的线条此刻更是被镀上了一层寒意,他在前面对身后的叶允安做了个手势。

叶允安便像一只灵巧的小猫一样跟了上来。他们的脚步极轻,发出的声响也被湮没在了微风里。

康子文走了一截,然后蹲在一楼的阳台下,转身对叶允安道:"这堵墙就正对着我们组长的卧室,他们家在五楼的东侧。你可以吗?"

叶允安抬头,看到他所说的那间房子漆黑一片,成竹在胸地笑着点点头,语气中还有些得意:"五楼而已,小意思。不过,那家里没人吧?"

要是撞上主人在家,那可真是糟糕了。

"放心。"康子文很有把握,他方才跟刘风朔确认过了,陈程目前还在Z组总部。就算对方赶回来,车程也得二十分钟。这段时间,足够他们搜索证据了。

"大叔,我明白了。"叶允安对康子文使了个眼色后站起身,扶在居民楼的排水管上,轻声道,"看我的吧。"

"你小心一点啊。"康子文本来还有些不放心,但是看到他娴熟地爬上排水管，然后又跳到阳台上面，动作轻巧灵便，就像只小猴子，便也略微放下了担心。叶允安一层层地翻越着，很快就到了他所说的陈程家。

他今天去找叶允安，就是想让叶允安去陈程家里，帮他找一找有没有关于他这起案件的线索。不知怎么，他总觉得陈程似乎在这起案件上有一种说不清道不明的联系，那个凶手似乎和陈程有着一样的爱好——嚼同一个牌子的口香糖。

这难道会是巧合吗？

此时，叶允安已轻手轻脚地爬到陈程家的窗户外。这栋公寓楼的窗户都是推拉式的。叶允安趴在窗户上轻笑了两声，一只手用力将窗户垂直推向一侧，窗户之间便有了能让锁错开的缝隙。这种窗户最好开了。叶允安打开窗户之后便跳了进去。

这梁上君子的本事，让康子文在下面看得目瞪口呆之余，不禁在心中暗骂：这个臭小子，不好好学习，专学邪门歪道。这样下去，还得了？！

他思忖着得把这孩子给导回正途。

另一边，叶允安已经摸进了陈程家里。他不敢开灯，而是拿出随身携带的迷你手电筒开始翻找了。这个卧室不算很大，陈设也很简单。翻找了一会儿，一无所获，卧室大多是衣服被子之类。

于是，从卧室转战书房。书房里全是一些资料和书籍，有些书以叶允安的高中生水平也看不懂，便只能作罢。他观察了一阵，发现书桌上随意放着一本笔记本。这本笔记看起来和普通的笔记本并无不同，但是，它有一个小小的密码锁，这让它显得有些特殊。

这种小锁，还能难倒我？说不定，大叔想要的证据，就在这本笔记里面呢。叶允安把笔记本拿在手里掂了掂，然后开始解密码锁。这种密码锁的设置很简单，三组数字，一到九，用最原始的方法，不用十分钟，就把它给解开了。

叶允安好奇地翻开了几页。顿时，他的眼瞳瞪大了。

这里面记载的，是一种他从未听说过的技术。笔记本里简称它为 BC 技术，利用它，就能入侵别人的大脑，窃取别人的记忆。

世间还有这么可怕的科技？一时间，叶允安分不清真伪。他继续翻阅下去，殊不知，房外，一个人影如幽灵般悄然已至。

他轻轻地拧动门把手，尽量不发出一点儿声音。

黑夜，静谧得宛如一场默剧。

门把手非常缓慢地扭动，房门轻微地裂开一条缝隙，门外的灯光随之渗入屋内。但随即，门被关上了，屋内恢复了漆黑一片。

楼下等候的康子文正靠在公寓楼旁抽烟，细碎的火星在黑暗中落下。他侧头观察着周围的动向，以防被人发现。

他吸了一口烟，尼古丁的味道刺激着鼻腔，让他不由自主地想起了陈程。陈程与父亲的关系，他是清楚的。高中时，他曾经在父亲的葬礼上见过陈程，那时他才知道，父亲还有一个徒弟，就像现在他与刘风朔的关系一样。

后来，他也考入警校，当上了刑警。有一天，刚入职不久的他参加了一次颁奖大会。大会上，陈程因为侦破一桩绑架杀人案，并且勇擒凶手救出人质而受到了上级领导的嘉奖。站在台上的陈程，意气风发。

像这种警队里的精英分子，真的会是这一连环案中的凶手吗？

康子文希望他的想法是错的。就在这时，他的眼前出现了熟悉的漆黑。

康子文明白，自己又和凶手的视像同步了。

每次出现这种情况，就不会有好事发生。康子文心中荡起莫名的不安。

旋即，他的眼前浮现了不同的景象——这是在房间内，虽然一片幽暗，但依稀可以辨认出家具的轮廓。

这是凶手的家？

不太像。因为凶手在走动，却没有开灯。如果是他自己的家，他不可能摸黑走路。

只见凶手踱着细步，走得很慢，几乎只能听到他的呼吸声。

真见鬼，他在哪儿？要干吗？康子文心中越来越不安。他心底浮出一个念头：该不会……那凶手就在陈程的房间里吧？！

他猜得完全没错。

下一秒，他看到凶手的眼前出现了一个人。

那人正站在书桌前，拿着手电筒翻看笔记。从身影判断，是叶允安！

而凶手此时已站到叶允安的背后，如同鬼魅一般。至于叶允安，他正沉浸在笔记中，在月光下好奇地翻阅着，丝毫没有发现自己背后的动静。

鸭舌帽男在黑暗中微微弯起嘴角，默然奸笑。康子文甚至能感觉到他笑容中的得意。随即，一把明晃晃的匕首出现在眼前。

这把匕首离叶允安只有咫尺之遥。

"小安!快跑!"顾不上那么多了,康子文拼命地撕破喉咙般大喊起来。

他的喊声在宁静的夜里显得尤为刺耳。叶允安听到了,并且朝窗户外面看去。

只可惜,太迟了。

第二十一章

徒弟的
秘密

叶允安发现了身后的身影，但随即，寒光一闪，那把匕首直直地捅进了他的身体里。

鲜血如奔腾的河流般，从他的身体里汹涌而出。那血殷红，在黑暗中好似黏稠的石油，一滴一滴，飞快而沉重地从伤口处坠落。

体内的疼痛像齿轮碾压着器官，叶允安惊骇地回过头，黑暗中只能看到一个模糊的人影以及一抹漾在嘴角的冰冷刺骨的阴笑。

楼下的康子文只觉得心脏猛地缩紧，仿佛被电击一般。

他与凶手的连接断开了，来不及犹豫，他赶紧冲上楼去。这栋公寓楼本来需要门禁卡才能入内，然而奇怪的是，等他跑过去，却发现门禁已经失灵了，大门敞开着。

是凶手做的手脚吗？他顾不上想那么多，连电梯也不等了，急匆匆往五楼赶。等他撞门闯进陈程家，按亮灯，只见叶允安已经倒在了地上。他压着伤口，吃痛地蜷缩着身子，鲜血从身下流出，湿了一地。环顾室内，凶手早已经不知所踪。

这种时候，顾不上追捕凶手了。康子文赶紧跑过去，"小安，你还好吗？"他一边说一边脱下身上的 T 恤。叶允安的伤口在腰部，鲜血正汩汩流出。他用 T 恤压住对方的伤口，不然，这孩子会失血过多而死的。

"大叔，我没事。"叶允安忍着身体上传来的阵阵疼痛，嘶哑着声音说道，"大叔，我找到了一本笔记本，可是刚才笔记本被凶手给拿走了。"

"笔记本？是什么笔记？"

叶允安摇摇头，虚弱道："我也不知道。但我翻开看过，笔记本上面画着一副素描，描的是一栋建筑物的模样。"

"建筑物……"康子文皱紧了眉头，立即想起之前在汪文广脑海里见过的那栋有烟囱的建筑物。

他不敢再多想,叶允安已经疼得出了一层冷汗,身子都有些颤抖。

"那你看到凶手的脸了吗?"

"没有……屋里太暗,我看不清。他捅了我一刀就跑出去了。可是,"他忽然想到什么,"那个人嘴里好像嚼着口香糖。"

又是口香糖!凶手的这个习惯,会成为破案的线索吗?

忽然,躺在康子文怀抱里的叶允安身子一软。

"小安?小安?"康子文叫了他两声,发现他已经昏迷了。

"小安……"康子文愧疚地将他抱起,"你会没事的,大叔一定会把你救回来。"

他抱着叶允安"咚咚咚"地跑出去,刚好进入电梯。这鲜血淋漓的场面,吓得正在坐电梯的一位女士尖叫着晕了过去。康子文无暇顾及,一等电梯到了楼下,立马冲了出去。深夜的路边,偶尔还有过往的出租车疾驰而过。"停下!停下!"康子文站在路边,好不容易拦下了一辆出租车,可是当司机摇下车窗,看到满身是血的叶允安,便慌忙开车走了。

"喂!"康子文气得直跺脚。他看了看怀中的叶允安,鲜血已经湿透了他的手掌。

"小安!别睡!你不能睡!"他蹲在地上,用力拍打着对方的脸。

这一睡过去,怕是再也醒不过来了。

幸好,在他的努力下,叶允安又缓缓地睁开了沉重的眼皮。

"来,快跟大叔聊聊天。不能睡过去!"

"可是,大叔,我好困,好想睡。"

"别睡!"康子文焦急道,"小安,跟我说说你家里的事吧。"

"我……我家里只有妈妈。"

"你爸爸呢。"

"他……他做了坏事,被关进了牢里。据说,这辈子都不会出来了。"

这么说,叶允安的父亲一定是犯了很严重的罪行。康子文,一边观察着路上的情况,一边接着说:"那你跟你妈妈两个人,一定过得很辛苦吧。"

叶允安乏力地点了点头,"我妈妈为了养家糊口,每天早上五点多就去扫大街。"

他的妈妈原来是个环卫工啊。

这时,前方的路面驶过来一辆出租车,康子文赶紧招手。

出租车停了下来。但和上次一样,出租车司机过来时,发现乘客身上有伤,便想直接离开。康子文不干了,直接趴在窗户上,掏出自己的证件,恶狠狠地警告道:"我是警察,你要是敢拒载,我就逮捕你。"

出租车司机被他的举动吓了一跳。如果拒载被举报,免不了要受公司的处分,司机只好不情不愿地答应了:"赶紧的,上车。"司机心里直叫苦,怎么就摊上这种事呢。

康子文抱着叶允安上了车,出租车载着他们迅速赶往附近的医院。

汽车在公路上一路疾驰。那司机大约是紧张害怕的缘故,只想赶紧让康子文他们下车,所以将车开得飞快。幸好深夜路上车辆很少,一路上倒也顺畅。只是,叶允安的气息越来越弱。

"孩子,别睡,知道吗?"康子文尽量和他说着话,以免他昏睡过去。

叶允安也强撑着,喃喃说:"大叔,我以后再也不偷东西了。我要当个好学生,不再让妈妈担心。"

"好好好,你会是个好学生的。"

前座的司机一边开着车,一边透过后视镜观察着他们。忽然,他像发现了什么,表情怪异起来。

他认出来了,坐在后座的那名男人,跟这段时间电视上播放的通缉犯很像……

没有几分钟,就到了医院。

"司机,多少钱?"康子文匆匆抱着叶允安下了车,不忘付车费。

"不用给了,你赶紧送去急救吧。"

"那多谢你了!"

不敢耽搁,康子文抱着叶允安冲进了医院,撕开喉咙大喊:"喂!快来人啊!救人!救人!"

听到喊声,医生和护士赶紧推着担架床跑了过来,把受伤的叶允安接了过去。

停在医院门外的那辆出租车并没有立刻开走,司机一边瞅准医院里的情况,一边悄悄拿出电话,拨通了110:"喂,是公安局吗?我现在在江城市第一人民医院。我有重要情况报告，是关于上次通缉令里的……"

挂掉电话，司机脸上露出了喜滋滋的表情。听说，只要协助抓到犯人，就能得到十万块奖金呢！

医院里，康子文正随着医生进了急诊室。

"怎么弄的？"医生和护士合力将伤者抬上病床，然后问。

这个……该怎么说呢？康子文不便道出真相，只好胡乱编了一个借口："路上遇上打劫的，他被捅了一刀。"

"原来是这样。现在的劫匪也太狠了，这是奔要命去的啊！"医生一边检查伤势，一边让护士去准备相应的医疗器械，还要准备输血。

听说叶允安要输 B 型血，康子文立即捋起衣袖："抽我的！我是 B 型血。"

"不。"晕得迷迷糊糊的叶允安突然轻轻握着康子文的手，"大叔，你快走吧。等一下警察来了，你就麻烦了。"

这孩子，伤得这么严重还在关心自己呢。康子文心里大受感动，担心地看了他一眼："那你怎么办？"

叶允安虽然脸色苍白，却努力地对他笑了一下，"放心吧，我挺得住。"

见他这么说，加上自己身份确实不便久留，康子文只好匆匆向医院外走出去。

几乎与此同时，刚才的出租车司机带着 A 组的杨志豪还有几个刑警跑进了医院。

接警后，A 组便迅速出动了。此时，杨志豪环顾了一圈医院大厅后，急忙问司机："你说的那个人呢？"

没找到人，司机也一脸困惑："我明明把他们送到了医院，也一直盯着，没见他出来啊。"

杨志豪脸色阴沉地拿出康子文的照片，"你确定是这个人没错？"

"肯定是他。"司机点着头说道，"我看过你们警方的通缉令，所以很快就认出他来了。他还抱着一个十六七岁的孩子，那个孩子浑身是血呢。"

杨志豪没说话，顺手拦住一个路过的护士问："你们这里刚刚有没有一个浑身是血的十六七岁的孩子被送进来？"

"有啊。"那个护士点头，"他被送到急救室了。"说罢，她还指了指急救室的方向。

"那送他来的人呢？送他来的人去哪儿了？"

"这个我就不太清楚了。你不如进去问一下医生吧。"

杨志豪立即率人跑进了急诊部。很快，他们便找到了正在为叶允安做手术的医生。

问起康子文的下落，那名医生看了一圈后，有些发蒙地说："刚刚，还看到他在这里呢，怎么一转眼就不见了呀？"

而此时在医院的后门，康子文正穿过医院的停车场，将帽子戴好压低，偷偷地离开了。

夜深人静，公寓楼被夜幕遮盖，幽暗封锁着静谧。路灯下，一个鬼鬼祟祟的身影步履匆忙地走过，很快便闪入了公寓楼的楼梯间。正好遇上有居民下楼，他便紧张地躲在墙角，装作是在看手机。那位居民没起疑心，再加上这人的鸭舌帽压得很低，看不清样貌。待楼梯间的脚步声越来越远后，他才松了一口气，抬起头，赫然是康子文。

原来这儿是刘风朔所住的公寓楼。

等他悄悄回到公寓的时候，他的徒弟刘风朔正在房间里着急地踱步。听到门外的敲门声，他赶紧打开门，门外站着的正是迟迟未归的师父。刘风朔立刻焦急地问："师父，你今天都去哪儿了？差点急死我了。"语气中除了担忧，还隐隐有些生气。

看看时间，现在都快凌晨1点钟了，他不着急才怪。

康子文边走进房子里边说："有点事要办，所以我出去了一趟。"

"是什么事？"刘风朔紧跟其后地问。

"嗯……"康子文摸了摸下巴，面露犹豫。对于刘风朔，要不要隐瞒呢？踌躇数秒，他才有所决定，抬起头说，"你记得那个叫叶允安的少年吗？"

"叶允安？"刘风朔歪着头思索了几分钟，才想起来德仔遇袭事件中的那位少年，"是他？"

"对。"康子文点点头，将外套挂在门后的架子上，然后走到沙发旁坐下，接着说，"我就是去找他帮我一个忙。"

一个高中生能对案子起到什么帮助？刘风朔挠挠头，大惑不解。

而康子文的说辞却十分令人意外：他让叶允安潜入陈程家里调查，说不定会找到杀人案的线索。没想到,凶手预测到了他的行动,在陈程家里偷袭了叶允安。

可怜的小安啊……想到叶允安现在仍躺在医院里生死未卜,康子文内心甚为担忧,惦挂着那位少年的安危。

刘风朔没有听进去别的,倒是一脸震惊地盯着康子文:"师父……你为什么要去组长家里?难不成……你怀疑组长是凶手?"

康子文没有说话,只是一脸的意味深长,那不言而明的眼神已经回答了刘风朔的问题。

如果不是对组长起疑心,又怎么会去他家里调查呢?如今叶允安遇袭,陈程的嫌疑更大了。凶手拿走那本笔记,必定是在刻意隐瞒什么。或许……那栋建筑物才是关键。

"不!不可能吧!"这时,刘风朔难以置信地抱着脑袋,"组长怎么可能有嫌疑呢!师父,你的推理是不是错了!"他坐在沙发的另一边,扯着嗓子吼着,期望能用自己的大嗓门让康子文恢复理智,"那可是组长哎!"

"那又怎样?"康子文斜睨了他一眼,"我身为警察,不照样被当作杀人犯了?"

一句话,便驳得刘风朔无言以对。

"我倒不是这个意思。"刘风朔无奈地摆摆手。他微垂着头,依旧无法想象组长陈程就是凶手。倘若真如此,那这个案子的真相实在是令人背脊发凉。

然而,康子文这样怀疑有理有据:凶手有个习惯,喜欢嚼口香糖,而那个口香糖的牌子,和组长陈程的一模一样。

刘风朔闻言,挠挠下巴:"这会不会是个巧合呢?"

巧合的可能性并非不存在。喜欢嚼口香糖的人不在少数,况且那个口香糖牌子很有名,所以撞款了也说不定。但康子文心中始终有个直觉——Z 组里有内奸!

这个内奸能将 BC 技术外泄——这才是他怀疑陈程的地方。作为组长,陈程如果要窃取 BC 技术,不是什么难事。

"对了,陈程昨晚是什么时候离开 Z 组的?"康子文忽然问。

刘风朔想了想,"你打电话问我的时候,组长还在办公室里。后来,我也不清楚他是什么时候离开的。"

康子文记得当时从打电话给刘风朔，到叶允安遇袭发生，中间相隔了差不多 30 分钟。也就是说，陈程有足够的时间从 Z 组跑回来作案。

听了他的分析，刘风朔也深感有理，他忽而问道："那你们去组长家搜查，有没有找到什么线索？"

唯一找到的线索就是那本笔记上所描绘的建筑物。但康子文摇摇头，却没有道出。他卖了个关子。兴许，他是对刘风朔仍没有完全的信任。之前说过了，Z 组里有内奸，那么刘风朔自然也有嫌疑！

见康子文不愿多言，刘风朔多多少少也猜到了他的顾忌，便没有追问。加上深夜了，两人便洗漱休息去了。

辗转反侧的一夜过去了。天空刚刚破晓，月光的边缘随着黑暗褪去，白昼将黑暗缓缓向天边驱逐，阳光重新回到广阔无际的大地上。

上班之前，刘风朔专门叮嘱康子文不要乱跑，要在家好好待着。他先回 Z 组总部探探组长的口风，说不定能套出蛛丝马迹来。

康子文答应了。由于昨夜叶允安遇袭，在送医的过程中他被司机认出，警察现在肯定知道他人在江城市，一定会加强搜索。他若出去，风险太大，待在公寓里足不出户倒也是个好主意。

吃过早餐，打开电视机，电视新闻果然报道了有关他的通缉。如果仍不能抓到真正的凶手，他的罪名便永远无法洗脱。想到这儿，康子文觉得心烦，干脆关了电视。

他躺在沙发上，百无聊赖地盯着头顶的天花板。过了半晌，他站起身来环顾四周。这客厅的陈设简约明了，别看刘风朔总是不拘小节，房间却意外得窗几明净，跟单身狗的邋遢生活完全不一样。

而阳台旁边放着一个小书柜，上面摆放着漫画书和小说。看书籍名称，有《孙子兵法》《讲话的艺术》等。

嘿！没想到，这小子看书还挺有深度呢。康子文哑然失笑。他的手指在书柜边缘溜了一圈，本想拿本书看看，哪曾想，书柜里还有一本相册。

虽然看别人的相册有点侵犯隐私，但百无聊赖之下，康子文还是将那本相册抽了出来。翻开，里面全是刘风朔的私人照，从孩提时代至学生时期，再到成年照，覆盖了各个年龄段。而且，相册里还保存着各个时期的毕业照。

他饶有兴趣地在每张毕业照上寻找刘风朔的身影。翻到其中一张时，他忽然身子一僵，眼瞳难以置信地睁大，像被钉子死死钉住了一般，目光凝视着那张高中毕业照不放。

竟然是这样？！

早上，Z组总部，组员们早已坐在办公桌旁工作。

刘风朔装作翻阅资料，眼睛却悄悄盯着组长办公室。

陈程端着咖啡杯走到饮水机旁，倒了一杯热水，然后跟肖赜讨论了一会儿工作，又回到办公室里去了。看起来，并无特别之处，就跟平常一样。

组长就是真凶？刘风朔手里转着笔，托着下巴有些发呆。

既然师父怀疑组长，那必定有他的道理。刘风朔又偷瞄了一眼组长办公室，却发现陈程穿好外套，朝门外走去。

他要出门干吗？不过还没等他发问，肖赜便开口了："组长，你去哪儿？"

陈程淡淡地道了一声："有点事。"便推开了Z组的门，走了出去。

得跟着他。刘风朔想了一下，紧随上去。

"朔仔，你也出去？"

肖赜真是八卦！刘风朔挠了挠头，撒了个谎："我要出去拿份快递。"

等他追出去时，陈程已经走出了公安局的大门口。

上班时间，组长打算去哪儿？刘风朔更加起疑了，亦步亦趋地跟在陈程后面。

但见陈程在前面的街道上大步流星，像要赶去什么地方。突然，他猛地停了下来，吓得跟在后面的刘风朔赶紧躲进停在路边的汽车旁。

然而，陈程只是将嚼着的口香糖扔进垃圾桶里。而后他继续前进，只不过步伐快了许多。刘风朔不敢耽搁，立马跟了上去。不料，刚拐过一条街，他却找不到陈程的踪影了。

真奇怪哪！刘风朔摸不着脑袋了。这条街上人来人往的，就算组长混入人群中，也不可能消失得那么快呀。真见鬼了！他又眺望了一遍街道两头，确实没发现组长的影踪，只得悻悻折返。

就在他走后不久，一个身影从路边的汽车后座里钻了出来。

此人正是陈程。

这个朔仔，为什么跟踪我？陈程坐在车里，凝视着刘风朔远去的背影，眉头紧皱。

康子文像中邪似的盯着相册。

不会吧？！康子文心里吃惊地喊道，眼睛瞪得更大了。震惊充斥着他的大脑。

一时间，他觉得大脑混沌如糨糊，无从理清头绪。就这样愣怔好几分钟，待呼吸渐渐平稳，理智渐渐恢复了，他的视线再次停留在照片上。

他终于确定，他没有看错。

这张毕业照上出现的刘风朔，留着那个时代流行的短发，穿着蓝白相间的校服，一脸的青涩，脸上甚至长着青春痘。然而这不是康子文关心的。他的目光始终不移地盯牢站在刘风朔身边的同学。那位男同学穿着白衬衫，留着三七分发型，身高约莫1.76米，身材很瘦削，嘴角流淌着一抹稚气而青春的微笑。

而这个男生，跟他记忆中的好友王奕轩一模一样！

这到底是怎么一回事？那一瞬间，康子文觉得大脑一阵晕眩，心中震颤不已。他紧紧地捏着手里的相册，一双眼睛死死地盯着照片中的那个男生，期望从中看出答案来。

王奕轩跟刘风朔是什么关系？！

死去的好友，怎么跟刘风朔成同学了？

最重要的，为什么是刘风朔对他隐瞒了这一切！

站在书柜前，阳光仿佛变冷，血液的流动趋于停滞，康子文感觉一股恶寒自肩头窜起，顺着脊背往毛孔里钻。他的整件T恤都被涔涔冷汗浸湿了。这是他遇见的最大危机——明明是他最信任的徒弟，竟然跟案件有着不可告人的牵连！

最可怕的，不就是身边人的背叛吗？

他越想越觉得不对劲。

就在这时，他的眼前猛地一片漆黑，像显示器被拔掉了电源插头。毫无疑问，他的大脑再度与凶手的大脑互联了，眼前出现了对方看到的景象：凶手此刻站在谁家的门外！他的一只手反背着，摩挲着手里的手枪！

房门的门牌上写着302。等……等一下，这不正是刘风朔的家吗！

凶手与他只有一门之隔！

难道他是冲自己来的？危急时刻，康子文出乎意料地冷静。

　　只听客厅里传来门锁扭动的声音，眼看那人就要把门打开了。恰逢此际，脑中的互联突然断开。康子文二话不说，将相册里的那张毕业照抽走，紧接着从阳台上的窗户直接跳了下去。

　　下一秒，那个鸭舌帽男冲了进来。只是他进来时，房间里早已空无一人，而窗户大开。

　　他走上前，趴在窗户上向下看了一眼。这时的康子文早就跑得没影了。

　　他一直跑啊跑，跑出好几条街了，才敢停下来喘口气。

　　他扶着路边的电灯柱，汗流浃背，心中涌上了许多复杂的情绪，同时，一个个疑问从心头蹦出：这刘风朔和王奕轩之间，究竟有什么渊源？

　　这时，口袋里的手机忽然响了，把正在出神的康子文吓了一跳。

　　拿起一看，是刘风朔打来的。盯着手机上的名字半晌，康子文迟迟不敢接起来。现在，他觉得什么人都不能轻易相信了。

第二十二章 /

真相
越来越近了

傍晚,下班时分,刘风朔提着刚买的快餐回到公寓,他打包了师父最爱吃的回锅肉。电梯门打开,他刚要走出去,脚步却蓦然一滞。

"哟,朔仔。"只见陈程站在他家门口,欢快地跟他打招呼。

"组长,你怎么在这儿?"刘风朔很是惊讶,下意识地将手里的饭盒往身后藏了藏。但来不及了,陈程早看见了。

"你打了两个饭盒,是打算和别人一块儿吃吗?"

"这……这个……"

"你家里该不会藏着你师父吧?这其中一盒饭是给他的?"陈程犀利的眼神有如神探,盯得刘风朔如坐针毡。

"怎……怎么可能呢!我只是饿了,才多打了一盒饭。"

"真的吗?"对这样的说辞,陈程似乎并不相信。

"真的。我发誓。"

发毒誓都没用。陈程笑道:"怎么?不打算请我进去坐坐,喝杯茶吗?"

这个要求着实为难刘风朔了,万一陈程进去发现了康子文,那还得了?

"组长,我家里没怎么收拾,实在太乱了。要不,我请你到楼下吃饭吧?最近新开了一家韩国烤肉店,那是相当好吃。"

没用。陈程不信这一套。他干脆敲了敲门,半带威胁半带玩笑地说:"再不开门,我可要发脾气了哦。"

看这阵势,是福是祸躲不过了。刘风朔也没辙了,只得乖乖掏出钥匙,心里嘀咕着:这陈程从哪儿得到的风声,知道师父就藏在他的家里呢?

等门一打开,陈程迫不及待地推开门走进去。他径直走进卧室,又转去洗手间,还推开窗户察看了一番,根本就是来搜寻康子文的。刘风朔本来忧心忡忡,想拦也拦不住,却没想到,屋里没其他人。

咦？师父去哪儿了？刘风朔也感到困惑，师父明明答应过今天不出门的呀？不过，幸好师父不在。

"组长，你看，我都说我没藏着师父。这下子你总相信了吧。"刘风朔此时理直气壮起来，还敢叉着腰跟陈程说话了。

"嗤！"陈程不爽地嗤了一声，然后拉着刘风朔往外走。

"组长，你要干吗！"

"你不是说请我去吃韩国烤肉吗？正好我饿了。今晚我要海吃海喝！"

可怜的刘风朔，欲哭无泪。

陈程还真是不客气，一顿韩国烤肉挥霍了刘风朔近一千块，害得他这个月剩下的日子都得靠泡面生存了。

刘风朔依然很关心康子文的下落。从烤肉店回来后，他便不停给对方打电话，却始终无人接听。

师父究竟去哪儿了？刘风朔坐在家里的沙发上，握着手机皱紧了眉头，脸色显得十分担忧。

这一夜，康子文未归。

深夜的街道上，街灯交织在一起，世界沉溺在光的海洋。城市的璀璨霓虹之上，是一片浓厚的墨蓝色天空。

一个人影漫无目地在街上行走着，夜晚的冷风吹得康子文感受到了一丝凉意。他不小心打了个喷嚏，然后开始思考起今晚的住宿问题，总不能就这样在街上晃荡一夜吧？那么，去旅店入住吗？

不，不行。那很容易被查出来。

经过一家肯德基时，康子文停了下来。深夜的肯德基里，有些无家可归的人们正趴在餐桌上睡觉。点一份薯条或者可乐，就能睡到天亮，这不失为一个好办法。

然而走到一半，康子文却放弃了这个念头，去肯德基过夜的风险还是太大了。他不能冒任何风险，除非在他洗清罪名之后。

唉，该去哪儿呢？迷茫地走过一条街时，康子文总算在天桥下找到了一处容身之所。这地方位于闹市之中，却独辟一块僻静。他双手抱紧身体，坐在一边靠着桥墩试图入睡。忽然，一个人影朝他走了过来。

"干什么？"他盯着那人，充满警惕，来者身上散发着难以描述的臭味。

噢，是一名流浪汉，还带着被子铺盖之类的。

对方并不说话，只是指指他所坐的地方。康子文顿时明白了，他占了这位老兄的地方。

"不好意思哈。"他往旁边挪了挪地方。

那流浪汉铺好席子就睡了下来，末了，还给康子文递来一床。

"这……怎么好意思呢？"拿着那张说不上干净却没啥异味的被子，康子文心里涌过一阵暖流。流浪汉没再搭理他，埋头便睡，稍倾便响起了隐约的呼噜声。

康子文搂紧了被子，这多少替他抵消了一些寒意。睡意袭来，他蜷缩着，即将睡着，远处忽然驶来一辆汽车。车上的两个人走了下去，朝24小时便利店走进去。康子文无意中扫视到这一幕，情不自禁地站了起来。是顾程浩与孔繁倩思。大概是阿浩刚好接倩思下班吧，这条路正是她下班的必经之路。

只见那两人很快买好东西，从便利店走了出来。忽然，倩思站住脚，她的眼睛迷沙了。顾程浩也停下来，体贴地帮她吹了吹眼睛。两人的亲昵，犹如情侣。在外人看来，这是极为登对的一对儿，一个是科研精英，一个是音乐女神，他们就应该在一块儿。

站在桥墩下，康子文心里酸溜溜的。他的心里很矛盾，他喜欢倩思，可是又觉得自己配不上她。当年他选择跟别的女人结婚，辜负了倩思的一番情意，现在他又有何颜面去爱她呢。更何况，顾程浩比他优秀多了。不客气地说，他只是一个离过婚，还带着小孩的中年油腻男而已。

眼睛终于没事了，倩思眨了眨眼睛，松了一口气。忽然，她眯紧了眼，看向那边的天桥。

"怎么了？"顾程浩问。

倩思指着那边的天桥底下："我好像看到了阿文。"

顾程浩顺着望过去，天桥下幽暗一片，康子文早已隐去了身影。

"不可能吧？阿文如果回来了，应该会来找我们才对。"

似乎是这个道理。倩思不再多疑，跟着顾程浩上了车，离开了。

眺望着远去的车辆，康子文倚着桥墩，心情复杂地拿出一根烟，抽了起来。

翌日，江城市第一人民医院的病房里，经过紧急手术后，叶允安的情况稳定了下来。那一刀没要了他的命，但医生说，他得在床上休息好些天。

不管怎么样，捡回一条小命，他也是万分庆幸的。倒是他那几个小伙伴，接到电话后便心急如焚地赶了过来，问东问西的，让叶允安感到心烦。

当然，最烦的，还是警察的问话。A组的杨志豪怀疑他的伤并不是被劫匪造成的，而且还追问他关于康子文的下落。只是，叶允安守口如瓶。一旦杨志豪逼问，他就装作发病，吓得医生赶紧跑过来，"警察同志，病人刚做完手术，你们得让他休息好！"

没辙，杨志豪也不可能对一个重伤在身的少年刑讯逼供，唯有悻悻作罢。

病房里难得清静下来，叶允安打开电视机，追了一会儿国产剧。

忽然，笃笃笃。

有人在敲门吗？叶允安朝门口望过去，却听到窗户那边传来声音："哎，我在这边。"

康子文戴着鸭舌帽，正在敲窗户。

"大叔，你怎么爬到窗户那边去了？"

"从门口进，我怕被人发现。"

打开窗户后，康子文利索地爬了进来。

"小安，你的伤势如何？"他第一句就关心对方的病情。

叶允安捂着腰部，伤口仍很痛。

"幸好没要了我的小命。"

"真对不起啊。"康子文满怀歉意地脱下帽子，"因为帮我的忙，害你受伤。小安，你不会怪我吧？"

"怎么会呢，凶手又不是大叔你！我被袭击，就更说明大叔你是清白的。不过可惜的是，我没看到那个凶手的模样。不然，大叔你就能捉住他了。"

"来日方长。我会捉到他的！一定会。"

那个凶手犯下一连串严重的罪行，还诬陷给自己，康子文说什么都不会放过那个家伙。

他在病房的椅子坐了下来，"小安，你那天晚上表现得很勇敢。"

叶允安害羞地挠挠头，"大叔你就别夸我了。和你比，我还差得远呢。"

"不，别谦虚。你是我见过的最勇敢的孩子，也是最善良的。"

听到康子文的赞誉,叶允安忽然低下了头,满脸羞愧:"不,大叔,我不善良。我以前偷过东西,而且,我……我爸爸,他……他是杀人犯。"

噢……康子文轻叹一声,走过去,轻拍他的肩膀。

"你父亲的罪过,不应该由你来承担。"

闻言,叶允安猛然抬起了头,双瞳里萦绕着复杂的情绪,欲言又止,艰难地嚅动着嘴唇:"大叔,其实,我知道的……"

"嗯?"

叶允安犹豫了一下,"大叔,我知道你是谁。我爸爸就是你爸爸当年追捕的犯人。"

原来他知道啊……康子文的记忆回到十多年前,康父追捕一个杀人犯时,为了救一个小学生不小心坠河而亡。

那个杀人犯,就是叶允安的爸爸。当年,小安只有四岁,因为爸爸犯下的罪过,他承受了同龄儿童无法承受的压力。他被街上的小孩追在后面骂:"你是杀人犯的儿子!你滚出我们的街!"

爸爸被判刑的时候,小安曾经和妈妈去监狱探望他。

"孩子,记得以后要做一个好人,知道吗?"爸爸语重心长地对年仅四岁的儿子说道。以后,小安再也见不到他了。

就在那件事发生后不久,妈妈曾经牵着小安的手,想去给遇难的警察叔叔的家人道歉。可是到了康家的门口,妈妈却始终迈不出脚步。小安抬起头,看到妈妈鬓角飘着几根白发。一夜之间,她仿佛老了许多。

那时候,康家正在举行葬礼,许多穿着警服的大人进进出出。小安躲在妈妈的身后,看到一个高中生模样的少年,表情哀伤地站在门口。阳光笼罩着少年悲伤的脸庞,小安觉得自己一辈子都忘不了那张面孔。

那正是他与康子文的第一次相遇。

"大叔。"叶允安噙着眼泪,"人们都说,罪犯的儿子也是坏人,是这样子吗?"

"不,孩子,你是个好孩子。"

"真的?"少年悲伤的脸上绽出一丝喜悦。

"真的。"康子文笃定地点点头。他第一次在地铁上遇见这个少年,就认出来了。其实这些年,康子文一直都有留意这家人的动态。他知道,自从叶允安的父亲伏法后,这母子俩的日子过得很清苦。因为父亲犯罪的缘故,这对母子处处受人排挤,叶母的工作都做不长,谁也不想跟杀人犯的家属扯上关系。一旦知道她的家庭背景,老板就会立马解雇。直到两三年前,她终于得到了一份环卫工的工作。她不曾知道,那是康子文找熟人托关系,才帮她安排好的。

旁人很奇怪,"这不是你杀父仇人的妻子吗?你为什么要帮她呢?"

康子文抿嘴微笑。他母亲经常跟他说:"我们要忘掉恩怨,才能过得更加美好。"他这么做,也是母亲的意思。他相信,父亲在天之灵,也会同意他的做法。

自从康子文不辞而别,刘风朔表现得十分担心,打了好多通电话,对方仍不接。

师父……究竟跑哪儿去了?刘风朔担心了一夜,后半夜才睡着。早上七八点他才醒来,找了一遍屋子,康子文依然没回来。师父不会出事了吧?带着这份担忧,刘风朔洗漱后前去上班。他一边打着电话,一边钻进车里,刚将车门关上,就听到手机铃声从后座传来。

师父的手机怎么会在我的车上?这想法刚在脑海中消失,他便觉得身后有些异样。他嗅到一股危险的气息正在逼近。随即,一个冰凉且尖锐的东西抵住了他的背脊。

后背传来一阵刺骨的寒意。

有人早藏在车里!

刘风朔僵直着身子不敢动,右手却偷偷摸向腰间的手枪,准备伺机反击。然而,对方早就窥穿了他的心思,冰冷的声音呵斥道:"别乱动。不然,我可就不客气了。"

听到这再熟悉不过的声音,刘风朔又是一惊,后视镜里分明就是康子文的脸。这更让他吃惊万分,"师父,你在干什么?"

他万万想不到,师父居然会拿刀威胁自己。

"先把你的双手举起来。"康子文依然显得谨慎小心。

见师父语气严肃,刘风朔也不敢乱来,乖乖地举起双手,"师父,你不会在跟我开玩笑吧?"

如果是,这玩笑开得也太大了。

显然，康子文并不是开玩笑。他的刀依然顶住刘风朔，而后，他从怀中掏出那张毕业照，将手里的刀顶了顶，轻声问："老实交代，你和王奕轩是什么关系？"

"王……王奕轩？"听到这个名字，刘风朔一头雾水。他紧张地咽了咽唾沫，不能理解师父为何提及这个人，只得老实说道，"王奕轩他是我的高中同学啊。不过毕业后，我再也没见过他了。师父，你问他干吗？"

康子文没有回答，反而目光阴冷地逼问："朔仔，我可以相信你吗？"

虽然搞不清状况，但刘风朔仍急忙道："我可以发誓，我说的都是真的。"

他的脸倒显得很真诚，不像在说谎。

"那你为什么对我隐瞒？"

"我隐瞒什么了？"刘风朔显得好不无辜。

"王奕轩的存在。"

"啊？"刘风朔仍疑惑万分，"师父，你以前又没跟我提过王奕轩。"

好像确实是这样。康子文又仔细分析了一下：他以前从来没有跟刘风朔说起王奕轩的事情，既然如此，刘风朔也就说不上隐瞒了。至于那个出现在刘风朔家的鸭舌帽男，也很难说跟刘风朔有关系。毕竟，每次鸭舌帽男都能准确地找到他的所在，这次也不例外。况且，如果刘风朔想要他的性命，机会多的是，没必要等到鸭舌帽男下手。

这么推断，刘风朔兴许真是无辜的?

在没有确凿证据之前，康子文也不好随意冤枉别人，他慢慢地将手中的刀放下了。

解除了威胁，刘风朔松了一口气，身子也不再紧绷，他回过头问道："为什么师父你会认识王奕轩？"

犹豫片刻，康子文才说："因为在我的记忆里，他是我高中死去的好友。"

"什么？"刘风朔感到很惊讶，"这不可能吧？！王奕轩高中和我同班，他怎么成了你的高中好友了？而且，你老家跟我老家差得也挺远啊。再说，你俩的年龄也有差距，不可能是同学。"

这件事情，才是最大的疑点。

现在只有找到王奕轩，才能水落石出。可是，去哪儿找他呢?

这时，刘风朔拍着方向盘，信誓旦旦地道："我知道他家在哪儿，我带你去！"

"你知道？！"康子文现在有些意外了。没想到，正应了那句话：踏破铁鞋无觅处，得来全不费工夫。

"好歹我们也是高中同学，我大概记得他家在哪儿。"

说的也是，他们毕竟是同班同学，知道对方的住址也不奇怪。

希望重燃，康子文急忙说："那你快带我去吧。"

"好。"

于是，刘风朔马上驱车，带着康子文去找王奕轩。

他们在路上大约行驶了半个小时，来到了江城附近的居民区。这里毗邻市中心，因为房子有些年份了，政府已经把这里规划成了待拆区，等市中心下一次扩建的时候，这里就会被拆了。

进入居民区的胡同，拐了几个弯后，他们在一条又深又窄的巷子里停住了，这里越往深处去就越觉阴冷。

刘风朔站在一户门前："师父，这里就是王奕轩的家。"

应该说，曾经是。因为这铁门早已锈迹斑斑，锁把都已经生锈了，铁门上贴的春联和门神陈旧褪色，围墙根上还长满青苔。一切表明，这屋子已多年无人居住了。

隔壁的一家住户忽然打开了门，从里面走出一位大妈。她脸盘圆润，看起来很面善，有些微胖，烫了一头的卷发，发色大概染过，乌黑的头发看着让人觉得格外突兀。

康子文还没说话，大妈就先开口了："你们是干什么的？"嗓门很大，但丝毫没有恶意。

刘风朔走上前说："我们来找王奕轩，请问他还住在这里吗？"

那位大妈闻言立即尖声开口道："你是说小轩呐！自从他的父母去世之后，他就搬走了，都好多年没回来过了。"

"那您知道他搬去哪儿了吗？"

大妈摇摇头："这我就不知道了。"

"这……"刘风朔回过头，对康子文道，"师父，这可麻烦了，我们现在不知道他去了哪儿，该怎么找啊？"

康子文也很苦恼,他摸着下巴思索了半响,说:"要不我们进屋里找找?说不定里面会有线索呢。"

于是,二人站在围墙外面观察了一阵子,便找了个落脚点,扒着围墙翻了进去。这个院子由于长久没人居住,长满了杂草,已经有半人那么高了,放眼望去绿油油一片。前面的房子也是灰扑扑的,上面全是灰尘,门上还结满了蜘蛛网。

康子文过去把门推开,一股潮湿的霉味扑面而来。他忍不住皱了皱眉,这股腐败的味道着实不怎么好闻,刘风朔跟过来的时候更是忍不住掩住了鼻子,"好难闻啊!"

"我们进去看看吧。"康子文说完,径直走进了屋子。

这屋子里虽然长久没人住了,但一应的摆设都还在。屋子里还有古旧的柜子、茶几之类的东西,大约当初搬家的时候,王奕轩也就带走了比较重要的东西和衣物。

两人进到屋子里认真地搜索,忽然,刘风朔不经意地瞥了窗外一眼,然后脸色大变。他猛地冲康子文冲了过去,嘴里大喊着:"师父小心!"

康子文还没反应过来,就看到刘风朔的身影猛扑而来,随后就是一声震耳欲聋的枪响。

"嘭!"——枪声响彻屋子,十分刺耳。

刘风朔与康子文同时伏倒在地。

"朔仔,你没事吧?"

康子文真担心他中枪了。不过,那一枪从他的发际边缘擦了过去,打在窗户上,玻璃瞬间碎了一地。

"师父,我没事。快去追!"

两人不假思索,从地上爬起来就追了出去。只见那个人影已经逃出了老远,看背影就知道,又是那个鸭舌帽男。

"分头追!"

康子文追在其后,刘风朔则从近路包抄。不过,他们的计划落空了。鸭舌帽男跳上早已停在路边的一辆黑色摩托车,踩下油门,随着巨大的轰鸣声,摩托车在康子文赶来之前呼啸而去。

"该死!"又被他逃了,康子文气得捶胸顿足。

恰好这时，一辆汽车在他身边停了下来。

"阿文？怎么是你？！"司机摇下车窗，颇为吃惊。

顾程浩！

见是他，康子文拉开车门就挤上去。

"没空跟你解释了！阿浩，快！帮我追前面的摩托车！"他猛指那辆在街上飞奔的黑色摩托车。

顾程浩猜到事态紧急，不敢怠慢，立即换挡加速，追了上去。

一边追，他一边问康子文："我听Z组的同事说，你中枪了呀。"

康子文一边盯着前面的摩托车，一边将原委告知对方。

"这事你不要告诉倩思，我怕她担心。"

"嗯。我知道。"

这两个男人，心里牵挂的是同一个女人。

忽然，前面的黑色摩托车停在了路边。那鸭舌帽男跳下摩托车，咚咚咚地朝旁边的大厦跑了上去。

康子文没有一丝犹豫，车还未停稳就追了上去。顾程浩想了想，也跟过去。两个人来到大厦一楼，却见那人影闪入了电梯。

"阿浩，你坐电梯，我从楼梯上追。"

分好任务，两人分头行动。

刚跑到十楼，康子文就看到鸭舌帽的身影在上面一闪。

想逃？没那么容易！

他急步追了上去。

很快，他来到了顶楼天台。

此刻，偌大的天台空无一人，各种管道与空调挂机横七竖八，是很理想的藏身之所。康子文立即提高了警惕。他下意识地摸向腰间，摸空了才猛然想起，自己没有警枪了。他现在是赤手空拳呢。要是鸭舌帽男突然杀出来，他能打得赢吗？

正想着，忽然一个黑影从上方飞下来。这吸引了他全部的注意，但定睛一看——糟糕！那只是一件上衣。

声东击西！可惜，他察觉得太迟了。

没等他反应过来，鸭舌帽男已经从后方袭来，抱着他的腰，就将他推到了天台边缘。巨大的冲击力差点让他摔下楼顶，幸好他及时抓住了边缘的栏杆处。此时要是鸭舌帽男再加一脚，他估计就得摔下这将近30层的高楼了。

幸好，鸭舌帽男无心恋战，转身便逃了。

康子文死死抓住栏杆。平时，他倒是可以直接爬上去，然而现在他的枪伤还没好利索，用不上力气。

怎么办？难道我今天真的就要命丧于此了吗？

他不甘心啊。可是，眼睁睁地看着抓住栏杆的手指正慢慢往下滑，他却毫无办法。

完了！他心里低吼一句，感到了前所未有的绝望。下方涌上来的大风，好似要将他卷入地狱一般。

终于，他的手从栏杆上松开了。他的身体正要做自由落体运动之际，从上方伸出一只强有力的手臂，用力地抓住了他的手。

"阿文，抓紧我！"

是顾程浩的声音，他及时赶来了。

宛如抓住救命稻草一般，康子文使出最后的力气，用另一只手抓住栏杆。两个人合力，他终于爬了上来。

"呼呼……"康子文劫后余生，躺在天台上，大口喘气。

"阿浩，谢谢你。"他对自己的救命恩人表示感激。

顾程浩笑着，不发一语。这个男人此时的心里很矛盾。就在方才，他决定救康子文之前，内心做过一番剧烈的挣扎。

如果不救，康子文一死，倩思就会投入他的怀抱。这个邪恶的想法让顾程浩踌躇片刻，但最终善良战胜了邪恶，他及时向坠落中的康子文伸出了援手。

"阿文，"他想了一件事，"刚才那嫌疑人的样貌，你看到了吗？"

"没有。"

真是可惜了。康子文心想，如果能看清楚那鸭舌帽男的真面目，就能知道他是不是王奕轩了。

但是，他有种感觉，自己距离真相越来越近了。

第二十三章

与凶手的正面交锋

"师父,有个好消息!"翌日,刘风朔兴奋地跑进康子文睡觉的卧室。

"怎么了?"康子文好好地睡了一觉,将醒未醒之际,眼睛仍有些惺忪。

"我找高中同学都问过了。其中有个叫李卫国的同学说有王奕轩的消息。"

"真的吗?!"听到这个,康子文顿时睡意全无,从床上爬了起来,"那你赶紧带我去找他!"

李卫国还在上班,就被刘风朔叫了出来。三个人在他公司附近的露天咖啡厅碰面。

点了一杯咖啡,李卫国边喝边说:"哦,你是问王奕轩啊。我也很少跟他联系,就是一年前偶然在街上遇见过他。"

"那他当时在哪儿工作,这个你知道吗?"

李卫国细忖一下,"我问过他,不过他当时显得很神秘,说到一半就没说下去了,我也不好追问。你也知道,王奕轩这个人,平时就不太合群嘛。"

这时,康子文拿出刘风朔的高中毕业照,问道:"就是这个王奕轩吗?"

李卫国看了一眼,疑惑道:"不是他还能是谁?难不成还有两个王奕轩?"

这下确定了,康子文记忆中的好友王奕轩,就是刘风朔的高中同学。

他们显然是同一个人。

但是,这在逻辑上说不通啊!那么唯一的解释就是,康子文的记忆出现了差错。

可问题是,怎么会出现这种情况呢?

送走李卫国后,刘风朔说:"师父,你总该相信我没有说谎了吧?"

康子文沉默地点了点头。越是如此,他越感到案件的棘手。如果王奕轩是刘风朔的高中同学,那他记忆中的王奕轩,又是怎么来的呢?

不搞清楚这个问题,就永远无法侦破此案。

夜晚,街边的路灯上凝聚着橘色的光芒。

去了一趟便利店,刘风朔一边喝着饮料,一边提着购物袋慢悠悠地往家的方向走。夏天的夜晚总是闷热的,街上的行人已显稀疏,偶尔有赶路的行人,从路灯下匆匆经过。

就在离家不远的公园里,刘风朔看到有个人坐在秋千上。没有灯光,只能看到那个人影像幽灵一样,随着秋千晃荡。

刘风朔正要走过去,那人忽然说:"很久不见了,老朋友。"

一句话,令刘风朔猛然驻足。

是谁?刘风朔转过头,盯着那诡异的人影。

秋千停了下来,他站了起来,并向刘风朔缓缓走近。

刘风朔提高了警惕:"你是何人?"

"难道你不记得我了吗?嘿嘿。"

这家伙的声音有点耳熟,但刘风朔一时愣是没想起来:"我们认识?"

"何止是认识。"对方走得更近了,那逼近的身影尤显压迫感,犹如鬼魅,"嘿嘿,你最近不是一直在找我吗?"

他终于走到了他的面前。不远处的路灯灯光斜射过来,正好映出他的半张脸庞。

噢!刘风朔心中大吃一惊,这个家伙,是王奕轩!

虽然自从高中毕业后两人就再无相见,但王奕轩的容貌并无大变,刘风朔很容易便认出他来。

"你……你……"多日来寻找的人就在眼前,他却一时没了方寸,不知该说什么好。

倒是王奕轩显得很自然,他不慌不忙地走过来,拍拍他的肩膀:"小朔,奉劝你一句,别再调查这件案子。不然,别怪我手下不留情!"

"等……等一下!难道……你真的是凶手?"刘风朔质问道。

王奕轩既不承认,也不否认,只是冷冷一笑:"你最好别知道得太多。"

"小轩,如果是你干的,你赶紧去自首。"

"得了吧!我知道你是警察。不过,你想抓住我,还早了一百年!"

"什么？！"话音刚落，刘风朔就扑通倒地，晕了过去。

他被打晕了。购物袋掉在地上，里面的东西都滚了出来。

王奕轩冷冷地俯视着倒在地上的刘风朔，嘴角扬起古怪的笑容，就如同黑暗中绽放的曼陀罗花。

半小时后，王奕轩开着那辆黑色摩托车，来到了一栋废旧的厂房外面。漆黑的夜空下，那栋建筑物的屋顶伸出一根十几米高的烟囱，尤为显眼。

这地方，就是康子文苦苦追寻的神秘建筑物。

王奕轩下了摩托车，驾轻就熟地走进建筑物里。他推开门，厂房里正坐着一个男人。

这又是谁？

王奕轩走过去，以向上级报告的语气说："他们已经追踪到我了，现在该怎么办？"

那男人坐在椅子上，背对着他，说："你不必紧张，一切都在按我的计划进行。"

王奕轩略显气恼地将摩托车头盔扔到一边："可是，你从来没跟我说过你的计划是什么？"

男人的声音传来："怎么？难道你不相信我吗？"

"这倒不是……"

"放心吧，很快就会结束的。"男人像在感叹，"一切都会结束的。"

既然对方这么说了，王奕轩也不再说什么。只是离开旧厂房后，他始终觉得有点不太妥当，再这样被康子文调查下去，迟早会揪出他来的。

他开始后悔当初没在楼顶解决掉康子文，因为那个男人曾经命令他不能伤害康子文。这条命令让王奕轩深感奇怪，明明康子文就是最大的绊脚石，那男人为何却要留着他的命？

或许，那男人另有打算吧。

不过，王奕轩为了自保，决定违抗这条命令。

刘风朔被打晕后，是康子文在公园旁边找到他的。

听说他和王奕轩碰面了，康子文也很意外。

但王奕轩的出现，从侧面印证了一件事：他们的调查已经逐渐接近真相，不然王奕轩不可能冒险现身。

再加把劲儿，就要查出全部的真相了！

一早，两人准备再去调查。这次调查的重点，是王奕轩以前的工作单位以及人际关系，希望能从中得到一些有用的线索。不过，据说王奕轩此人十分孤僻，喜欢独来独往，和他交往的朋友少之又少，真的能找到蛛丝马迹吗？

江城的黎明，晨光沐浴着城市。美丽的朝阳，象征着新一天的开始。康子文师徒俩在家吃完早餐，匆匆出了门。他们刚要钻进刘风朔停在楼下的汽车，一阵风驰电掣的声音急速靠近。他们下意识地转过头，却见一辆黑色如夜的摩托车霍然停在马路对面。

一个戴着头盔的家伙，二话不说就从怀中掏出枪状物体，瞄准了康子文。

事情来得就像龙卷风，快得让人来不及反应。康子文愣怔原地，呆若木鸡。

"师父，小心！"刘风朔反应迅速，一把推开他。

但枪声已响，随着嘭的巨响划破宁静的清晨，子弹擦破空气射了过来。

那一刹那，在康子文的眼睛里，一切都变成了慢动作。

子弹像放缓了速度，直飞而来。他看到刘风朔挡在自己身前，然后是子弹钻入身体发出的'噗'的沉闷声响。

刘风朔的胸口中了一枪，他在原地踉跄了两下，便直直地倒了下去。

"朔仔！"见状，康子文赶紧扶住了他，然后循声望去。

那个跨坐在摩托车上的行凶者已经扭动把手，轰地逃离了现场。

康子文本想去追，但刘风朔的伤口已经顺着上衣开始往下渗血，看起来十分吓人。他不敢离开，只能心慌地掏出手机，迅速拨打了120，然后安抚刘风朔："朔仔，你别担心，救护车马上就来了，你坚持一下。"

"师父，你快走啊！"刘风朔捂着流血的胸口，气若游丝地艰难开口道。

"不行，我不能走。"康子文摇摇头，愧疚地说，"对不起，朔仔，我之前不该怀疑你。"

"师父，我没怪你。"因为流血过多，刘风朔的脸色已苍白如纸，力气一点一点地从他体内流失，他使出最后的力气推了康子文一把，"师父，你快走。等下救护车就来了，警方很快也会赶来。你不能被抓住，你还得找出真相呢！"

"可你现在受伤太严重了，我不能……"

"师父！"刘风朔打断他,"我没事的,你快走！你要是不抓到凶手,我这一枪岂不是白挨了？"

康子文犹豫地看着他,心中涌上一阵难过。办案这么多年,他从不惧怕鲜血,但是现在看到这么多人都因他而受伤流血,他总觉得无力和愧疚,却又一点办法都没有。他皱着眉思索了几秒,然后小心翼翼地将朔仔扶到车子旁。

把刘风朔安顿好,康子文缓缓站起来,他的脸在这个微凉的早晨显得格外冰冷。他目光沉沉地盯着受伤的刘风朔。他清楚,如果不抓到凶手,他就辜负了那些帮助过他的朋友。他们每个人本来都过着平静的生活,可是因为他,都开始身处险境。

所以,无论如何,不管那个凶手是谁,他都要将他找出来。

救护车来的时候,刺耳的警报声几乎响彻了大街小巷。刘风朔靠在车子旁,已经快要昏厥过去,从救护车上下来的医护人员先给他做了简单的救护措施。

和救护车一起来的,还有Z组的陈程等人。陈程最先黑着脸走进来,在医生给刘风朔做完急救措施后皱眉问:"这到底是怎么回事？"

刘风朔强撑着轻声回答:"凶手出现了。"

陈程又问:"凶手是你师父吗？"

"不！"刘风朔有些激动道,"我师父是被冤枉的,打伤我的另有他人！"

陈程表情微微一凛,从脸色上难以揣摩他内心的想法。他语气中充满了不在意地说:"你赶紧去医院吧,后面的事我会处理的。"

刘风朔还想辩解,但无奈身体实在挨不住,只能无力地被医护人员抬着上了救护车。

救护车呼啸着远去,陈程独自站在房子内,面色浮上萌翳。房间内除了潮湿的霉味,还蔓延出一阵血腥味。

而此时的马路对面,稀疏的人群从街上匆匆经过,没有人注意到街对面的墙后趴着一个人。康子文正靠在那里偷偷观察着胡同内的动静。看到救护车终于把刘风朔拉走了,他才松了一口气。

但是看着还留在原地的警车,康子文的目光微微闪烁了几下。他侧过身子,将鸭舌帽向下拉了拉。接下来,他得走一步险棋。

陈程从屋里走出来,挥了挥手,说道:"我们回总部。"

大家纷纷钻上了警车。

竖着烟囱的旧厂房内,一辆黑色摩托车疾驰而来,停在了厂房外面的空地上。

骑手摘下头盔,从怀中掏出一顶带金色帽徽的鸭舌帽,戴在头上。

他就是王奕轩。

刚走进厂房内,王奕轩便微微吃惊。

那个男人,不知何时已经坐在里面了。

"你回来了?"男人很神秘,实在找不到合适的形容词来形容他的存在。他的声音冷得像一块冰。

"嗯。"王奕轩诚惶诚恐地应了一声。

之后果然不出他的所料,男人生气了,劈头盖脸就问:"谁让你去杀康子文的?你忘了我的叮嘱吗?"

"可是……"王奕轩仍想狡辩。

但男人的话不容置疑,他说:"从现在起,没有我的命令,你不许再擅自行动。"

"明白了。"

虽然嘴上答应着,但王奕轩心里仍嘀咕,真的要放过康子文吗?他有种不好的预感,康子文迟早会揪出真相的。

第二十四章

U盘里的罪证

江城市第一人民医院的急救室内，刘风朔被紧急送入，正在做手术。

门外，Z组的成员们正在焦急地等待着，同伴的生死牵动着他们的心。陈程也在一边嚼着口香糖，一边踱来踱去，思忖着刘风朔的遇袭事件。刘风朔说过，袭击者不是康子文，而是另有其人。

莫非，康子文并非真凶？

但是，之前BC技术在康子文大脑中捕捉到的影像又作何解释呢？

BC技术是不会出错的……

陈程坚信的念头在这一刻，竟开始动摇了。

如果BC技术真的出错了呢？

这种情况，会发生吗？

但自从BC技术启用以来，从未出现过出错的情况呀。

陈程思来想去，总觉得此案没有之前想得那么简单。

忽然，身边的肖赜拍了一下他："组长，医生出来了。"

抬头一看，急救室的灯灭了。医生推门走了出来，身后是躺在床上被推出来的刘风朔。因为做手术时施了全身麻醉，所以他仍昏迷着。

"医生，他怎么样了？"陈程着急地问。

医生摘下口罩，说："手术很成功，已经将伤者的子弹取出来了。幸好没有击中心脏，加上送来及时，所以，他会熬过去的。"

听到医生的话，陈程长舒了一口气。

就在这时，他的手机忽然震动了一下。

他掏出手机一看，是一条短信。

发件人竟然是——康子文！

短信上写着——今天晚上九点，到清水湾码头来，只能你一个人。

他要干什么？难道是打算摊牌了吗？

这天夜晚，远处的霓虹灯映在清水湾码头漆黑的海面上，五颜六色的光影在海面上不停地闪烁着，海风沿着岸边缓缓吹过，空气中是一片咸腥的味道。此时已经没有人从这里经过了，就连码头上的货船都安静地停靠在岸边，被不远处的灯塔照出了浅浅的轮廓。

一辆汽车碾压着码头边的碎石，缓缓开到了码头，车上刺眼的远光灯直直地映在海面上。

陈程一个人从车上走了下来。他的脸沉在灯光未能触及的黑暗下，看起来比以往更加肃穆。

下车之后，环顾漆黑的四周，并没有看到人影，他一言不发地拿出一块口香糖塞进嘴里，缓缓嚼动起来。

黑夜是如此的安静，海风轻吹着他的风衣。温度有些降低，陈程稍微裹紧身体，站在原地谨慎四顾，耐心地等待着。

他如约而至。可邀约的人呢？

口香糖越嚼越无味。

没过多久，一个人影悄然出现在车子旁边。他一声不响，如同鬼魅一般飘至陈程的身后。

然后，一把尖刀顶住了他的腰，有个声音，在黑暗中显得格外冷冽："别动。"

"老康。"陈程似乎预料到了会是这样的场景，丝毫没有感到害怕，只是将口香糖吐出来，然后沙哑着嗓子沉声道，"我知道是你。我劝你别一错再错，现在自首还来得及。"

"你别动。"听声音，对方是康子文无疑。他一边用刀挟持着，一边腾出一只手来搜陈程的身上。

"别紧张，我没有带武器。"

搜过了，他身上确实没有带枪。

过了半响，码头上沉默地飘过一阵海风，微风之间夹带着深深的凉意。

"我是无辜的。我要洗清自己的冤屈。"说这话的时候，康子文紧握着尖刀的手忍不住颤了颤，不知是风中的寒意，抑或是内心的摇摆。

"哈哈。"只听陈程大笑一声，向后斜睨了一眼，语气中充满了不屑，"你一个人什么都做不了，只能像丧家之犬被警方追捕，怎么洗清自己的冤屈？"

而后，他语气一变，接着说道："不过你相信我，我会帮你的。"

"凭什么要我相信你？"康子文完全没有在意他说的话，反而将刀紧紧贴着他的后腰。

只见陈程从口袋里拿出一个黑色的小U盘，举在手里："这是在汪文广的保险柜里搜到的，但是加了密码，等到解开密码就能查看里面的内容。我相信，这里面肯定记录着案件的秘密，到时候就能还你清白。"

保险柜？康子文想起之前在汪文广的别墅里确实发现了一个保险柜，但是因为打不开只能悻悻作罢。说不定他真的保存了关于鸭舌帽男的秘密。倘真如此，自然可以证明他不是真凶。

康子文将信将疑地将刀挪开，正犹豫着要不要相信这番说辞，远处忽然传来一阵刺耳的警笛声。随即，几辆警车的车灯出现在远处的夜色中。

警察来了。

这是个陷阱！

本已经放松警惕的康子文又紧张起来。听着呼啸而至的警鸣声，他怒不可遏："你竟敢骗我！"

"这群笨蛋！"陈程啐了一句。他安排的是秘密抓捕，但这么大张旗鼓的警笛声，岂不是敲锣打鼓？贼不狗急跳墙才怪呢！

也算他警醒，反应极快地往后踢了一脚，将康子文手中的刀踢飞了。

与此同时，警笛声越来越近了，像一支利箭划破了码头的上空。耀眼的车灯光芒射得康子文下意识地抬手遮眼。他无暇再顾及陈程，后退了几步，准备向大海边跑过去。

这个码头，没有其他退路。唯一的出路，就是大海。

发现他要逃走，陈程急忙追了上去，但是康子文已经从码头边上一跃而下。漆黑的海面被激起一个巨大的浪花，映在海面的霓虹漾出了一层层的波纹。

那一声"扑通"的落水声，仿佛连陈程的心也带着沉了下去。

终于，警车到了码头附近，巨大的刹车声发出了"刺啦"的声音。

Z组成员从警车上跑了下来。他们来到陈程身边，顾程浩也在其中。他当时接到通知后便硬要跟来，可是到了码头却没有看到康子文的身影，急忙问：

"组长，阿文呢？"

陈程指着漆黑的海面，阴沉着脸说："他跳海逃跑了。"

"什么？！"顾程浩震惊数秒，便不管不顾地冲着海面大喊，"阿文——"深夜的海面上，回荡着他声嘶力竭的呼喊，却无人回应。

灯火通明的排练室在黑夜之中看起来十分寂寥，室内却漾着阵阵音乐声。孔繁倩思所在的乐团正筹备着即将到来的演奏会，现在正加班加点地排练。

她此时坐在钢琴前弹奏着，可一首曲子总是弹错四五次。

再一次弹奏失误，本来美妙的音符出现了刺耳的杂音，连带着她都突然焦躁起来。

乐团指挥看着她，叹了口气说："倩思，最近怎么了，总是心不在焉的。"

"真是对不起。"她扶着额头，一脸憔悴地道歉。

指挥见她最近似乎心情不好的样子，没有多说什么，摇摇头对其他人道："今天我们就练到这儿吧。"

大家都收拾好东西走出了排练室，只有孔繁倩思因为内心涌上来的焦躁和不安坐在原地缓了一会儿。她深吸了几口气，觉得心情缓和了许多，才收拾起自己的东西准备离开，毕竟她还要早点回去照顾蓓蓓。

她走出排练室，将门轻轻锁上。穿过走廊时，走廊里的灯是声控灯，每次她快要走到楼梯口的时候，灯都会灭掉，因为懒得再跺一次脚，所以她每次都摸黑走到楼梯口开灯。只是这一次，孔繁倩思突然狐疑地回过头看了一眼。

空荡荡的走廊上看不到东西，只有从窗户里透进来的月光，让人能够看到附近的一点点轮廓。她犹疑地转过身，干脆走快了两步，到了楼梯口时"啪"地把灯打开了。暖黄色的灯光照亮整个楼梯通道，她才觉得有了些许的安全感，然后缓缓走下去。

一楼是他们乐团在本地表演时的一个演奏场地，如果要从这里离开就要穿过后台。她正走着，突然被人从后面捂住了嘴巴。

那个人的手湿漉漉的。孔繁倩思心里一惊，甚至能感觉到他身上传来的寒意。本能使她想要尖叫出声，无奈嘴被捂着，只能发出呜咽的声音。

就在这时，后面的人忽然用一只手拍了拍她的肩膀，似乎是在安抚她，然后轻声对她说："倩思，别怕。"

这声音她再熟悉不过。

她心中大喜,猛地转过身抱住那个人。

"阿文,你回来了?!我还以为你……"

前段时间在新闻上看到他中枪的消息,她一直惦记着他的生死。想起这个,她心里一酸,又要哭出来了。

看着我见犹怜的她,康子文心中不忍,想要给她一个安慰的拥抱,却又忍住了。

他不动声色地将她从身上轻轻推开。

"倩思,你得帮帮我。现在警方在通缉我,我无处可去了。"

"这有什么的。"孔繁倩思抹了抹脸上的泪,"去我家啊,蓓蓓还在家里等着你呢。"

"蓓蓓最近还好吧?"提及女儿,康子文心中更是心疼、愧疚不已,"她有没有闹脾气啊?"

"没有,蓓蓓很懂事,就是她实在太想你了。等这次风波过去之后,你可一定要多陪陪她。"

"嗯。我一定会的。"

这是做父亲的他,亏欠女儿的。

等他们回到家中,已是深夜。

小区内的楼房皆漆黑,唯有她的家仍亮着微弱的光芒。

蓓蓓躺在沙发上睡着了,电视机里的动画片早已播完,变成了一片雪花。

她很乖,一直在等倩思阿姨回来,直到睡着。

我可怜的女儿。康子文迫不及待地走过去,轻轻地抚摸着女儿那稚嫩而疲倦的脸蛋。这安静的时刻,他的内心充满了愧疚。自从妻子死后,他一直没有好好照顾女儿。如果妻子在天有灵,也会责怪他吧。

一滴眼泪从他眼角滑落,滴在女儿的脸蛋上。

却此时,蓓蓓迷迷糊糊地睁开了眼皮。

她看到了爸爸的身影?这是在做梦吗?她难以置信地揉了揉眼睛,直到康子文对着她轻声叫了声"蓓蓓",她才从震惊中缓过来,猛地扑进父亲的怀中:"爸爸!爸爸!我好想你啊!"

她哭得梨花带雨。多么坚强的小孩,也是会掉眼泪的。

这一声声的"爸爸"叫得康子文心酸不已。他紧紧地抱着女儿,久久都不愿松开。

忽然——"笃笃笃!"

门外响起了敲门声。

是谁深夜造访?!康子文紧张地站起身。他死死地盯着大门,心里不免有些慌乱。

"别紧张,是阿浩,你回来之后,我就通知他过来了。"

说着,孔繁倩思走过去打开门,外面果然站着顾程浩。

他匆匆赶来的,此刻站在门外还喘着粗气。看到康子文安然无恙,他松了一口气,过去与之熊抱。

"阿文,你小子命大啊!我赶到码头的时候,听组长说你跳海了,可把我吓坏了。"

"怪不得你身上湿漉漉的,原来是……"

这时,孔繁倩思才明白他之前遭遇了什么,美丽的眼瞳里立即浮现了担忧。

"没事,我很好,真是不好意思,让你们担心了。"

"真的急死我们了。"顾程浩说,"特别是倩思,最近为了你的事都茶饭不思。"

说到这里,孔繁倩思有些不好意思地低下了头。

康子文郑重地向她道歉:"对不起。"

"没关系啦。今天我们大家难得相聚,阿文又劳累了一天了,我来下厨,今天就好好吃一顿吧。"

"好。也很久没有尝到你的手艺了。"

以免被外面的人发现,孔繁倩思特地将家里的窗帘都一一拉了下来。

一顿丰富的晚餐很快就做好了。蓓蓓因为爸爸回来格外开心,连饭都吃得特别香。她一边吃着饭菜,一边鼓着小嘴:"倩思阿姨,你做的菜真好吃。"

孔繁倩思今天心情也格外好,她捏了捏蓓蓓的鼻子笑道:"你这个小可爱,以后阿姨天天都给你做。"

"好。"蓓蓓嘻嘻地笑着。

这时,顾程浩忽然拿出了一对钥匙扣,上面是一对父女造型的小公仔。一个可爱的小女孩戴着蝴蝶发卡，甜美地笑着，样貌跟蓓蓓还有几分相似。另一个则是跟小女孩穿着亲子装的爸爸造型，目光慈祥而温柔。

顾程浩将钥匙扣递给蓓蓓："这是顾叔叔送给你和爸爸的礼物，你和爸爸一人一个，喜欢吗？"

蓓蓓接过那个挂着小女孩公仔的钥匙扣，开心道："好可爱啊，我很喜欢。谢谢顾叔叔。"

"怎么好端端地送给我们这样的东西？"康子文接过另一个爸爸造型的钥匙扣。

"这可不是普通的公仔，它里面有定位系统。这样子，蓓蓓以后就能知道爸爸在什么地方了，你爸爸也能知道你在什么地方。"

"真的吗？"蓓蓓欣喜地瞪大了眼睛，"那这个东西怎么用呀？"

"这个东西得在手机里设置好，让叔叔帮你吧。阿文，把你的手机也借我一下。"

摆弄了一会儿，这对父女的手机地图上便出现了一红一蓝两个亮点。

"蓓蓓你看，这个红点就代表你爸爸，这个蓝点就代表你。从此以后，你就再也不用担心你爸爸不见踪迹了。"

蓓蓓捧着手机，对着他拼命地点头："谢谢顾叔叔！我一定会好好保管这个公仔的。爸爸，你也要好好保管你的公仔哦！这样，我们就永远也不会分开了。"

"好。"康子文笑着摸了摸她的小脑袋，郑重其事地将公仔扣在钥匙上，"我和蓓蓓永远也不分开。"

蓓蓓开心地笑了起来，她钻到爸爸的怀里，尽情地享受时隔多日与爸爸相逢的时光。

"谢谢你，阿浩。"康子文亲昵地搂着女儿，不忘对顾程浩表示感激。

"都是老朋友了，还跟我客气什么啊？"

晚饭之后，时间已经不早了。夜色向更深处滑落，月色在阴云的遮盖下忽明忽暗，空气中弥漫着夏季特有的温柔气息。

卧室里，蓓蓓带着满足的笑容入睡了。守候床边的康子文这才轻轻地将女儿的手拿开，轻手轻脚地回到客厅。

"蓓蓓已经睡了吗？"看到康子文出来，孔繁倩思压低了声音问。

"嗯,已经睡着了。"

"可怜这孩子了……"

这时,正坐在沙发上喝茶的顾程浩忽然问:"阿文,你找了这么久,有王奕轩的消息了吗?"

"说来也奇怪,虽然我记忆里有王奕轩这个人,但是老家却没有人认识他。最离奇的是,我的徒弟刘风朔跟王奕轩才是高中同学。"

这事太过古怪了。

孔繁倩思难以置信地说:"这件事听起来好诡异啊。为什么你记忆里会无端端地出现王奕轩这个人物呢?"

这也是康子文每时每刻想弄清楚的问题。

这会不会是 BC 技术的缺陷?使用过度会对使用者造成记忆错乱?这是顾程浩的想法,只是碍于孔繁倩思在场,他没有道破。

之后,康子文提及了陈程手中握有的唯一证据,那个 U 盘,它极有可能真是破案的关键。

但是,对方的话可信吗?须知道,陈程也是嫌疑人之一。

"不过,我确实听组长说过,他们在汪文广的家里找到了一个 U 盘。"顾程浩说。

至于真伪,得把那东西偷出来验证。但是,那 U 盘放在哪儿呢?

"我回去探探组长的口风。"顾程浩回忆道,"或许能知道那个 U 盘在哪儿。那你呢,有什么打算吗?"

康想了想,说:"明天我要去见一个人。"

江城市第一人民医院里,工作日一如既往的繁忙。走廊上人来人往,谁也没注意到一个穿着白大褂的男子,急匆匆地在走廊穿梭着。他来到 302 号房,推门而入。

"医生?"躺在病床上的刘风朔正在看电视,见医生模样的男人走进来,颇为吃惊,"不是刚巡房了吗?"

"是我。"被刘风朔叫作医生的人摘下口罩,却是康子文。

"师父,是你啊!"刘风朔大喜过望。

"朔仔,你没事吧?"康子文坐到他旁边,关心地问。

"没事，医生帮我把子弹取出来了。师父你放心，我命硬得很。"

"这就好。"康子文不希望再有人因他而受伤了。

"师父，接下来，我们该怎么办？"刘风朔问。

"这件案子你别管了，我会解决的。"

"师父，难道你不相信我了吗？"

"不是。只是你现在的身子仍需要休养。而且，我已经想好了对策。成功的话，说不定可以将案子一举侦破。"

"噢，是什么对策？"

听了康子文的话，刘风朔很感兴趣，但康子文并没有多言。就在这时，门口进来几个人。

是肖颐和王大铁以及陈若彤三人。他们约好了一起来探望刘风朔，手里还抱着鲜花与食物。见到他们进来，康子文赶紧戴好口罩，装模作样地在记事本上写了点东西，便要离开。

刘风朔配合地说："医生，麻烦你了。"

离开医院后，康子文关心的是，顾程浩那边能不能拿到那个关键的 U 盘。

第二十五章 /

引君入瓮

　　Z组总部，其他人都外出了，顾程浩趁机将里里外外找了个遍，包括每个成员的抽屉。倒是翻出了不少私人物品，就是没找到康子文说的那个U盘。

　　究竟藏在哪儿呢？顾程浩找了一上午，累得直叉腰。他环视四周，目光最终落在组长办公室。

　　就剩那儿没找了。而且，那是最有可能的地方。

　　可惜，组长办公室一直锁着门，得找到钥匙，才能进去搜查。

　　为了弄到钥匙，费煞了顾程浩的一番苦心。他趁陈程有一次无意中将钥匙放在桌面上的机会，偷偷用手机将钥匙给拍了下来。然后，他利用电脑对图像进行了精密分析，最终完美地复制出一把一模一样的钥匙。科研精英果然不是吃素的。

　　弄到了钥匙后，就等陈程出门了。

　　这个机会很快来到。

　　警方接到市民举报，通缉犯康子文疑似在江城市西北区出现了踪迹。于是乎，Z组所有人员立即全体出动了，只剩下技术科的人留守。趁此机会，顾程浩偷偷摸进了组长办公室。

　　他翻得很仔细，但依然没找到U盘。

　　难道，是组长陈程随身带着？

　　想着，顾程浩的目光落在墙上的一幅油画上。这幅画的风格与整个办公室的装修风格有点格格不入。他似乎想到了什么，走过去揭开一看。

　　果不其然！这幅画后面是一个保险柜！

　　要打开保险柜，还需要密码。顾程浩仔细检查了一下，这保险柜采用的是密码锁和指纹锁，要解开并不难。

　　只要把他研发的解密器贴在保险柜上，十分钟，应该就能解开了。

事不宜迟,趁刑事科的同事们还没回来,他马上进行解码。

随着解码器运作,时间一分一秒地流逝。五分钟过去,第一重密码锁已经解开。然后就是指纹锁了。这个更简单,公安局的所有人的指纹都收录在案,顾程浩只要将它们调出来——对比即可,大概只需要两分钟。

然而,就在此时,Z组的门口传来开门的声音。

有人回来了!

真可惜啊。就差一分钟左右了。顾程浩只好将解码器撤下来,赶紧从组长办公室跑出来。关上门,正好遇上肖赜与王大铁两人回来。

肖赜边走还边说:"没找到康哥,他究竟藏在哪儿呢?"

王大铁说:"别问我。我又不是神探,怎么知道呢?"

见两人回来,顾程浩装作一边喝咖啡,一边与他们打招呼。紧接着,陈程和陈若彤也前后脚进来了。

陈若彤说:"组长,还没找到康哥,怎么办?"

陈程叉着腰,又掏出一块口香糖:"康子文逃不掉。只要解开U盘里的东西,就能将他定罪。"

"就是组长你之前说过的那个U盘?"肖赜几人面面相觑。这U盘他们只听说过,还没见识过。看来,陈程并不想让他们接触到这个重要的证物。

"这事你们别管。你们就负责去找康子文。"

说完,陈程便走进房间里。房门没关,顾程浩看见他果然从油画后面的保险柜里拿出一个U盘,塞进口袋里便出了门。

瞧着他离开的背影,王大铁小声嘀咕:"组长这是要干吗去呀?"

肖赜倒是聪明,猜道:"我想,他是要把U盘交给局里技术部的同事,让他们破解密码。"

陈若彤疑惑道:"奇怪,为什么不交给我们的技术科破解呢?"

顾程浩插入一句,"我猜,组长一定是不信任Z组里面的人了。"

此话一出,所有人都陷入了可怕的沉默当中。如果真如顾程浩所言,那么,显然陈程认为,Z组里面出了叛徒。

一个多小时后,陈程回来了。他一言不发,躲进了办公室里,没有说任何关于U盘的事。

吃午饭时,顾程浩决定去打听一下消息。他来到饭堂,左顾右望,很快便找到了技术部的老谭。两人是老相识了，他端着餐盘就在老谭对面坐下。

和老谭聊了一会儿天，顾程浩便问道："咦？我们组长刚才是不是去你们技术部了？"

老谭吃着饭，说："是啊。"

"为了什么事？"

"噢，他要解开一个 U 盘，所以来找我们技术部处理。"

"真奇怪，为什么不叫我们 Z 组的技术科呢？难道是不相信我们的水平吗？"顾程浩假装发牢骚。

老谭听了，哈哈一笑："老顾你多虑了。我听你们组长说，那 U 盘里面装的是他个人隐私，所以不想让你们技术科的人知道。"

"原来是这样子啊。"

顾程浩假装恍然，实际上一听就知道，陈程连技术部的人也骗了。他的话题随即又转回到那个 U 盘之上："那 U 盘解得开吗？"

"解是解得开，"老谭说，"就是它的密码很复杂，破解大概需要两三天的时间。"

技术部的水平也就如此啊。要是让 Z 组的技术科来，恐怕两三个小时就能弄出来了。顾程浩心里想着，这 U 盘要是解开了，说不定会爆出什么惊人的秘密来呢。

觊觎这个 U 盘的，另有人在。

镜头拉回那栋旧厂房建筑物里，那位神秘的男人又现身了。他对王奕轩下达命令："今晚，你就去 Z 组把 U 盘偷出来。"

王奕轩却表露出一丝犹豫，"Z 组的警卫那么严密，不是什么人都能进去的啊。"

男人却说："这个你可以放心。一切我都安排好了。你尽管进去，不会有事的。"

既然他这般说，王奕轩也不便发表意见，遵从便是。

第二天夜里，月亮半隐半现地挂在天空，缥缈的乌云在月亮之下映出了一片阴影。熟悉的警局大院内，建筑物漆黑一片，值夜班的警务人员寥寥无几。这时，从大门口走进一个穿着警察制服的男人。门口的门卫看了一眼，对方拿出证件晃了晃，门卫并没有起疑，他直接走了进去。穿过公安大楼，来到侧面的 Z 组总部。他蹑手蹑脚地来到通往 Z 组的电梯，轻而易举就通过了验证。乘电梯来到走廊，漆黑的走廊上有红灯闪烁。他似乎早就预料到走廊上会有摄像头，所以将帽檐压得极低，根本看不清他的样子。

他缓缓走近了 Z 组的大门，那扇门上有着只有 Z 组内部人员才知道的密码锁。那人似乎在黑暗中轻蔑地笑了一声，然后站在门前按下密码。门开了。

随后，他又轻车熟路地在办公室内走了一圈，最后走进了放着保险柜的房间内。

真奇怪，他怎么对这个地方如此熟悉？

办公室的窗外正对着街上一盏明亮的路灯，月光和灯光同时映照进来，将房间照出了一层朦胧的轮廓。

鸭舌帽男摸索着走到保险柜前，它拿出解码器。这是男人为他准备好的。他顺利地打开保险柜，将里面的 U 盘拿到手里。

等一下！他忽然有种不祥的直觉：这一切，是不是太顺利了？！

就在这时，突然——灯光大亮！屋里顿时被光明覆盖。他不适应这么强烈的光线，下意识地举起手在眼前微微挡着，手里还抓着刚刚拿到的 U 盘。等他适应了光线，慢慢地放下手，身子一怔，只见面前站着陈程和康子文等 Z 组的所有人。

眼前，黑洞洞的手枪指着他，枪口离他咫尺之遥。

鸭舌帽男先是惊讶，随后眼睛中的光芒缓缓黯淡下来。他僵直着身子，一时之间说不出话来。

陈程嘴角咧开一抹笑意："想不到吧，终于把你给引出来了。"

事情怎会出现 180° 的大逆转？原来，那天晚上在码头，陈程和康子文就决定设一个局，故意捏造 U 盘的存在，从而引鸭舌帽男出来。

这是一招引蛇出洞的妙计，需要建立在双方互信的基础上。而正因为这份信任，才迷惑了凶手的判断。

康子文上前一步，对着鸭舌帽男说："多亏组长相信我的清白。不然，我设的这个局也无法成功。"他的目光一直盯着眼前的人，迫切地想要辨认他的身份。

只是，对方始终低着头，压着帽檐，不以真面目示人。

"作为组长,当然要相信自己的属下。"事已至此,他也放心了,慢条斯理地拿出一块口香糖,悠闲地嚼了起来。

这时,站在人群后的刘风朔走了出来。他刚出院就自动请缨参加这次行动,此刻也拿枪指着鸭舌帽男,情绪有些激动:"真的是你吗?王奕轩?小轩?"

"呵。"鸭舌帽男忽然嗤笑一声,摘下自己的帽子,将自己的真面目暴露在灯光之下。

果然没错,此人正是康子文记忆中的王奕轩,一模一样。

刘风朔握着枪的手微微抖了抖,难以置信道:"居然真的是你!"

"我们又见面了,小朔。"鸭舌帽男亲昵地叫着他的名字,仿佛对自己的现状丝毫不在意,就只是在跟自己的一个老同学打招呼而已。

"你到底是什么人?怎么会出现在我的记忆里?"康子文追问道。他没想到,在自己内心深处潜藏多年的好友其实根本就不存在,而是一个他从未有过交集的陌生人。

王奕轩冷笑一声:"我不会告诉你的。"

"你这个疯子。"康子文皱着眉,将枪对准他的胸口,"谷庆涛和汪文广的死是不是和你有关?"

"哈哈哈!"王奕轩大笑起来,甚至挺了挺胸膛,一副视死如归的模样,"当然都是我做的。"

"可是……"刘风朔很疑惑,"你为什么要这样做?"

王奕轩一脸傲然:"想撬开我的嘴巴?没门!"

"你会说的。"陈程冷笑,"不管你愿不愿意,我们都会知道的。"

"你是指 BC 技术吗?"

王奕轩果然知道 BC 技术的存在。他是从哪儿听说的呢?

这一点,也是陈程想要弄清楚的。

"逮捕他!"陈程下令道。

他身边的王大铁和肖赜立即拿出手铐,走上前去。其他人的枪口依然瞄准王奕轩。如果王奕轩敢反抗,他们就要动用武力了。但王奕轩乖乖举起手,显得很配合。

却在那时——

"扑哧!"是气体泄漏的声音。

随即，大量的白烟从通风口等地方涌出来。无须几秒，便弥漫了整个屋子，刺鼻的味道充斥在场每个人的口鼻。

"不好！"康子文大喊。

只见王奕轩趁机一把推开王大铁和肖赜，冲入了浓浓的白烟中。

他要跑！

"快追！"

白烟中只听陈程的声音响起。随即，一行人冲到了大门口。大门敞开着，显然王奕轩已经逃出去了。陈程立即启动警报。刹那间，刺耳的警报声响彻深夜。公安局里所有的值班人员都听到了警报声，并且站起来四处张望。大门口的警卫也提高了警惕。

然而，此时的王奕轩并没有往楼下去，而是跑到了楼顶。

按照他和那位神秘男人之前的约定，如果任务失败，他会在楼顶接应。

刚跑到楼顶，果然看到那个男人站在天台。

"这是个陷阱！"王奕轩急跑过去喊道。

男人也没料到这一出，只好说："真没想到，我也被他们骗了。"

王奕轩着急地回头看了看，没有人追上来，看来康子文等人往楼下追去了。一时半会儿，他仍是安全的。

"我该怎么离开这地方？"他急切着追问。

"你已经暴露了。"男人面无表情地说。

"所以？"

"你要守住秘密。"

"嗯？"王奕轩感到困惑，猛然看到男人从怀中掏出一把枪，"你想干什么……"

话音未落，一声枪响已起。

"嘭！"

上方传来枪声，这令跑到院子里的康子文等人刹住了脚步。

他们猛然抬头望向 Z 组大楼的楼顶。

"在上面！"陈程首先转身狂奔。

其他人不遑多让，也跑得很快。

等他们赶到楼顶时，只看到王奕轩躺在楼顶，手里拿着一把枪，太阳穴中了一枪，仍在汩汩流血。

他死了。

从现场情况来看，像是自杀。

但现在不是鉴证死因的时候。康子文知道，得趁对方大脑彻底停止脑电波之前窃取他的记忆。他忙说："事不宜迟，我们得立即启动 BC 机！"

陈程赶紧叫肖赜下楼去打开 BC 机的连接装置。

而康子文连忙将 BC 机拿出来，然后将手放在王奕轩的脑袋上。必须在死者大脑停止活动之前，捕捉到一切可用的线索。

他微微闭上眼前，脑海中只捕捉到一些十分模糊的影像，而且那些影像还是灰色的，像是天空泛黄的颜色。

在那些模糊的影像当中，一栋带有烟囱的建筑物影像若隐若现。

窗外天光乍现，泛着一层淡淡的深蓝色，外面被晨雾遮挡得灰蒙蒙一片。万物复苏，宁静的凌晨随着王奕轩的事件缓缓逝去，开始变得喧闹起来。微风拂过窗外的树木，伴随着鸟儿的一声声晨啼，预示着光明的到来。

此时的警局大院内，Z 组的办公室还开着一盏明晃晃的白炽灯，康子文站在办公室的小白板前，正循着记忆将那栋建筑物用手中的黑笔画出来。他紧张地皱着眉，一边思索，一边动笔，生怕自己漏掉任何一个细节。其他人站在一旁凝神屏息，不敢发出一点声音，以免影响他。

过了一会儿，白板上渐渐出现了记忆中的轮廓：灰褐色的天空下，高耸的烟囱直入云霄，一栋看起来沧桑不已的建筑物凛然立在灰色的天幕下。

"好了。"康子文放下笔，擦了擦额间的汗，"这就是我在王奕轩的记忆中看到的东西。"

Z 组的人围过来，看这幅画工算不上多精细的素描，对画中的建筑物议论纷纷。

虽然康子文的画工一般，但他描绘的建筑物还算具体。

"真是怪了！"肖赜站在板子前，将手放在画的边缘，沿着轮廓虚空地描下来，疑惑道，"老康，为什么这王奕轩的大脑中出现的是一栋建筑物呢？"

"这个我也不知道。"康子文站在一侧摇了摇头，拿手扶着下巴，缓缓道，

"但上次汪文广死后,我在他的大脑中也看到了这栋建筑物。"

如此说来,这栋建筑物中说不定隐藏着最终的秘密。

"不管这里面藏着什么,"陈程目光如炬地抬头问众人,"你们有谁见过这建筑物吗?"

大家在仔细辨认过后都纷纷摇摇头,这建筑物他们还真没见过。而且江城这么大,仅市中心的建筑物就数不胜数,只凭这么一幅大体的轮廓图还真不好找。可惜王奕轩和汪文广临死前的记忆有限,只出现这么一个影像。仅凭这个,他们的案件恐怕得再次陷入僵局。

这可麻烦了!如果能再多些有用的线索就好了。

康子文忍不住叹了口气,现在知道这个线索的人都死了,而他们手里掌握的信息最终只有这么一幅图。

这时,一直盯着白板的肖赜好像有所发现,他指着图:"你们看,这栋建筑物有个烟囱,应该是厂房之类的。会不会是江城的某个工厂啊?"

他说得没错,这看起来确实像是个工厂之类的。

王大铁说道:"如果是工厂,那不就好找了!"

"你想得太容易啦!"陈若彤忍不住拍了下他的榆木脑袋,"江城市的工厂,大大小小也有几百家,我们怎么找啊?"

陈程站在原地,摸着下巴思索了一会儿,末了,干脆一叉腰:"那就用最愚蠢的方法,一家一家地找。"

他转过身吩咐陈若彤:"小陈,你先去把注册在案的工厂全部找出来,然后分配给每个人,我们分头找!"

如果每个人负责几个工厂的话,那找起来就相对简单些了。陈若彤转身便去找江城的工厂资料。没多久,陈若彤踩着高跟鞋"噔噔噔"地跑了过来,然后将刚从电脑打印出来的名单放在桌子上。

"所有注册的工厂都在这里了。"

哇!这名单,好长啊!

看到名单上密密麻麻的字,大伙儿心中发出惊叹。

"江城近几年的经济发展得很快,市区都在不停扩建,所以工厂就越开越多。"陈若彤说,这份名单是从工商局得来的,上面记录了详细的工厂地址。

大略数了一下,这上面约莫也有五六百家。任务繁重,陈程不敢拖延,立即分配任务：肖赜负责城东，王大铁负责城西，他本人来负责城北，康子文则负责城南。

"大家有异议吗？"

"没有！"所有人齐声道。

分配完毕后，陈程点点头说："事不宜迟，我们立即行动。"

"哎哎哎，组长！"一直站在一旁的刘风朔等了半天都没听到自己的名字，急道，"那我呢？我有什么任务？"

康子文拍了拍他的肩膀，劝道："徒弟，你的伤还没好，还是在警局里好好休息吧。"

"这怎么可以呢？"刘风朔有些不情愿地撇了撇嘴，"大家都出去执行任务了，只有我一个人在警局里，多没意思啊。"

"可是你的伤还没好呢，如果跟我们一起去的话，伤口再严重了怎么办？"康子文语气坚定，依旧不同意。

这时，其他拿到分配名单的同伴都已经准备行动了。肖赜在前面催促："康哥，快点啊！我们要出发了。"

"马上来。"康子文将名单折好放进口袋，应声打算跟上去，结果被刘风朔一把抓住。

"师父，你就让我去吧。我也想和你们一起行动。我保证不给你们添麻烦还不行吗？"

康子文皱了皱眉，还想再说什么。陈程看不下去了，转身说道："老康，他要实在想去，你就让他去吧。我们得抓紧点。小刘，你就跟着你师父行动吧。千万别给他添麻烦，知道吗！"

"是！组长，我保证完成任务！"终于如愿以偿，刘风朔立刻高兴地对陈程敬了个礼。

再多费唇舌只会耽误行动，康子文也不坚持了，干脆听从组长的建议，将徒弟捎上。

倒是王大铁感到不解："组长，既然这凶手已经畏罪自杀了，我们就没必要那么赶了吧？"

难道不是吗？凶手王奕轩明明都已经承认了自己的罪状，还畏罪自尽了，为什么还要这么着急呢？

陈程的脚步一顿，两道粗黑的剑眉微皱，露出严肃的表情，"大铁，事情可没有我们想的那么简单。"

话音刚落，所有人的目光都汇聚到了陈程这里。

"组长……"王大铁紧张地看了他一眼，"你这么说是什么意思？"

空气在一瞬间凝固，大家的心倏然提了上去。他们此刻才突然意识到，这件事似乎没有这么简单，也许比想象中更严重。

康子文说："大铁，组长的意思是，此事恐怕还有幕后黑手。"

这次不光是王大铁，就连其他人都觉得颇为错愕，脸色微变。

刘风朔显得难以置信："师父，这是真的吗？"

"难道王奕轩不是凶手？而只是真正凶手的一枚棋子？"

肖赜不敢再想下去。没想到他们兜兜转转，好不容易抓到的凶手，竟然只是一枚棋子，而对背后的真凶，他们却一无所知。

康子文点点头："说得没错，王奕轩只是棋子而已。他自杀也只是为了要保护他背后真正的操控者。只是那个人一直藏在暗处。而且，这件事仍有许多谜团没有解开。譬如，王奕轩为何死后复活？他的存在怎么会和我的记忆出现偏差？他为何能和我的大脑互联？他为何要犯下这一连串案子？这些疑问，并没有随着他的畏罪自尽而了结。"

众人微微颔首，觉得他说的很有道理。但心里又复杂起来，这种复杂伴随着紧张还有一点点的恐慌。他们似乎真的忽略了这个问题，王奕轩的落网也太简单了。他就这么堂而皇之地进了Z组，甚至根本不担心自己会被抓到，而且完全不给自己留后路。

陈程接过话头说："王奕轩已死，恐怕幕后者很快就会有所察觉，所以我们得赶在他毁灭证据之前找到他。"

此时，天色已经大亮。太阳初升，天空被映得一片湛蓝，清晨的露水顺着阳光缓缓落下。

Z组的人驱车离开了警局。他们在清晨的大街上向着不同方向散开，疾驰而去。

第二十六章 /

与时间赛跑

因涉及环保问题，江城的工业园区大部分位于郊外，光是在路上就要花费不少的时间。康子文师徒所去的城南是重工业区，那一片大多是冶炼钢筋之类的工厂，所以相对来说，比其他区域远一些。先要驶上盘旋交错的高架桥，然后从高架桥的另一条路下去。路上来来往往的车辆都排着队让车速渐渐缓了下来，现在是早高峰时期，康子文望着前面已经成了一条直线的车流，不安地用食指轻点着方向盘。幸运的是现在还不算太堵，他们停在那里没有太久便重新发动了车子。

从高架桥上下来之后，还要沿着盘山公路再走一段时间。坐在副驾驶的刘风朔侧头看了康子文一眼，目光显得不安："师父，你说王奕轩背后的主使会是谁呢？"

康子文专注于前方的路面情况，"这个我也不知道，但是我有一种不太好的预感。"

"嗯？"刘风朔疑惑地伸直了脑袋，"什么预感？"

"Z组是个纪律森严、分工明确的组织。虽然在警局之内，我们的存在所有人都知道，但是我们是政府创建的神秘组织，就连我们的办公区域在警局里都是被单独分开的。可是……"康子文顿了顿，"你还记得吗？王奕轩非常清楚我们Z组的位置，就连进入密码都知道。而且，他能通过刷脸验证和指纹锁，这说明，咱们内部有人做了手脚。"

听到这里，刘风朔惊呆了，似乎难以置信。

"你的意思是……"

他还没说完，康子文就打断他，嘴里反复地说着："不一定，也不一定……毕竟这种概率很小。而且每一次王奕轩都能找到我，他知道Z组的秘密也不是不可能。"

刘风朔没有说话。他知道师父内心的担忧，如果是他，也不愿面对这种可能性——Z组里有内奸!

　　这个话题之后,两人就沉默了下来,一路上都没有说话,直到到达了城南的工厂区。

　　时间飞快地流逝,一个上午过去了,此时已经是中午时分。日光渐盛,笼罩着整个城市,强烈的光线像是要将所有的黑暗都尽力驱散一般,愈发地炽热起来。

　　康子文用一只手背擦了擦汗,另一只手拿着电话。陈程在临走前就告诉他们,如果有谁率先找到了那栋建筑物,一定要及时沟通。此时,他和刘风朔从一栋厂房泄气地走了出来,这已经是他们找的第十家工厂了。空气中充斥着工厂内特有的化学气味,闻多了让人觉得头晕目眩。

　　"刚刚问过其他人了,他们到现在也没有找到那家工厂。"康子文晃晃了手机,有些惋惜地说。他们这里没有消息,也迟迟不见其他人通知,干脆打了电话过去问,结果和他想的一样,大家都没有找到。

　　刘风朔因为太累,没有吭声。他微微皱眉苦着一张脸,忍不住用手在鼻尖扇了扇。这个地方的味道让他觉得有些恶心,一上午的奔波已经让他疲惫不堪了。大约真的是生病的缘故吧,刘风朔有些力不从心,觉得自己的体力比以前差多了。

　　"你还好吗?朔仔?"康子文跟在他后面,担忧地拍了拍他的肩膀,顺便从车里拿出一瓶水递给他。

　　"还好。"刘风朔接过水,苦笑一下,努力仰起头,一口气就喝掉了大半瓶水,才驱走了心底蒸腾而起的躁郁,觉得稍稍缓过劲儿来。

　　他半靠在汽车旁歇息。手里的名单也只被划掉了那么一点,上面有被手上的汗水打湿的痕迹,边缘都皱了起来。上面还有一些黑色的污迹,格外刺眼。他不禁有些气馁道:"师父,按这样的速度,我们要全部搜完几百家工厂,恐怕也得两三天啊。"

　　康子文从车上拿出纸巾擦了擦额间的汗和手,眯着眼睛望着工厂上方毫无遮蔽的天空。阳光照得他有一瞬间的晕眩,心中渐渐烦躁起来。他也认为这种办法效率太低,可是,他们现在还有更好的方法吗?要想快速找到那家工厂,恐怕得有三头六臂、千里眼和顺风耳吧。不过这完全是不可能的。

　　他叹了口气:"我们上车,去下一家。"

现在的首要任务还是要尽快找到那家工厂，在想到更好的办法之前，就算再累也不能拖延时间了。

刘风朔在心里安慰自己，最起码车里有空调，能够暂享半刻的惬意时光，然后乖乖坐上了车。

结果康子文刚打开车门，就接到了一个电话，是顾程浩打来的。

"阿浩，什么事？"

"阿文，我听陈若彤说了。"顾程浩的声音从那头急切地传了过来，"你们都出去找那栋建筑物了，找到了没有？"

一说到这个，康子文的语气变得有些低落："还没有。"

"不要着急。"顾程浩说，"今天倩思没有什么事，我已经把她接过来了。我和她一起帮你找吧。"

"这样也好。我现在就把建筑物的素描画传到你的手机上。"康子文说着，急忙将手机里的照片给顾程浩发过去，现在越多人找就能越快一点，可以节省不少时间。

另一边，顾程浩拿出手机，他收到了康子文发来的照片。

孔繁倩思凑在手机旁看了一眼说："Z 组的人现在都在找这个建筑物吗？"

"对。"顾程浩点头，"听说这对破案很关键。我们也帮忙去找找吧。"

"嗯。"两人上了车，前往城南的方向。

到达之后就开始循着康子文发来的工厂名单一一寻找，可惜找了两三家，都一无所获。

当他们开车去另一家时，刚好驱车经过了江城大桥。顾程浩驶过大桥，忽然在一旁停下来。

孔繁倩思不解，"阿浩，怎么了？"

顾程浩没有说话，自顾自地打开车门走下去。孔繁倩思虽然疑惑，仍跟在其后。

只见他走到栏杆边，突然指向江边远处的某座建筑物说："倩思，你看，那座厂房像不像我们要找的？"

循着他手指的方向望去，果然有一栋建筑物带着烟囱。远远看去，跟画像上的建筑物确实很像。她立即拿出手机翻看康子文之前发来的图纸，仔细辨认之后，惊喜地喊道："是了！是了！说不定就是这一家工厂！"

厂房的形状和烟囱的位置都十分类似！只不过，翻开康子文发来的工厂名单，却出现了另一个问题：这座建筑物并不在名单之中。

顾程浩稍作思考，分析说："这名单上的工厂都是在工商局注册备案的，但如果是已经废弃的工厂，自然不会在注册名单里。不管怎么样，我们还是先去查看查看吧。"

"好。"他们重新上了车，朝那家工厂的方向去了。

很快，他们便来到了那栋建筑物跟前。这里果然是一个废弃的工厂，看起来也年久失修的样子。但是这个厂子的规模并不小，门外是由钢筋水泥建筑而起的外墙，上面已经落下了许多斑驳的水泥块，露出里面生锈的钢筋。厂房里面更是一片荒芜，院子里长满了野草。里面是大大小小的房子，有的地方是由简易的防水棚搭起来的，有的只剩下一层被铁柱构建起来的房架。外面还有一层层环形的像滑梯一样的东西，像是运输东西用的通道。这里大部分都已经被破坏了，只有中间的几个房子还完好无损，大约是堆放货物的仓库。到处弥漫着一股潮湿的铁锈味，而且里面漆黑一片。四周被高大的建筑物一挡，里面常年晒不到阳光，所以都是冰凉的，看起来阴森无比。而且，进来这里还得经过一条偏僻的小路，如果不是顾程浩在桥上偶然看见，估计他们也很难发现这个地方。

孔繁倩思下车，拿着素描图又对照了一番。

果然，二者几乎一模一样。

"太好了！就是这个！"她兴奋地喊了一声，对身后的顾程浩说，"阿浩，我们找到了！"

"好！那我们快通知阿文吧！"顾程浩也感到很欣慰。

"对对对。"孔繁倩思赶紧掏出自己的手机，准备打电话给康子文。

此时，康子文正和刘风朔在一个工厂附近。接到她的来电，他心里一愣，脑海中闪过一种可能，赶紧接通问："倩思，怎么了？"

果不其然，她在电话那头兴奋道："阿文，我们找到那个建筑物了。"

"真的？！"康子文瞬间激动地握紧了电话，有些难以置信。

"没错！"孔繁倩思接着说，"我已经辨认过了，跟你发来的素描图一模一样。"

"那你们在什么位置！我们立即赶过去。"

"嗯……"孔繁倩思望着四周的环境，一时间也说不出来这是在哪，"等一下，我发定位给你。"

"好。"康子文应声迫切地等待着。

就在孔繁倩思低头准备给他发定位时，忽然之间，康子文觉得眼前一片漆黑。他心里"咯噔"一下，感觉自己的心脏在急速收缩。他万万没想到，在这个时候居然又开始跟别人的大脑互联了。

只是这一次……康子文惊慌地想，他是在和谁的大脑互联？而他看到的，又将会是什么场景？

脑海中的画面渐渐清晰起来，周围是一片山坡围绕的绿草地，而面前是一个熟悉的美丽身影，正低着头认真地看着什么东西。

康子文只觉得自己僵直的身子都覆上了一层寒意，他的心脏剧烈地跳动着，情急之下，他仿佛用尽了全身的力气，对着电话大喊一声："倩思，小心！"

可是已经太迟了。在他喊出来的同时，同步视像也已经中断了。

另一边，孔繁倩思不知被什么东西击中了脖子上方，她还未反应过来便昏倒在了地上，手机滑落在一边，上面的屏幕还亮着，显示着还没发出去的定位信息。

在她身后袭击她的那个人影慢条斯理地捡起手机，看着上面的信息，露出一抹鬼魅的笑意。

这边，和孔繁倩思断了连接之后，康子文紧紧捏着手机，站在原地急得像热锅上的蚂蚁。心中的焦躁让他一时间觉得不知所措，目光中充满了焦急，就连两只手都在不可察觉地轻抖。他实在没有想到，凶手竟然来得那么快，每一次大脑互联之后，凶手接下来就会行凶……

一想到这点，康子文蓦然觉得脊背发冷，冷得几乎喘不过气来。

见他神色不对，刘风朔忙问："师父，怎么回事？"

"倩思……倩思找到那个建筑物了。"他的喉结微动，颤抖着声音说，"不过，她被凶手袭击了！"

康子文有些失态，完全没有平常的镇定自若。因为，他最关心的那个人被袭击了，而他却无能为力。

突然，他想起了什么，猛一抬头："对了！"

他开始慌慌张张地滑动手机屏幕,碎碎念着:"还有阿浩呢。阿浩和她在一起,她一定会没事的。有阿浩在……"

拨通了顾程浩的电话,却听那边传来"嘟……嘟……"的响声。这样持续半晌,没有打通。康子文顿时双眼失神,无力地垂下手臂。

这可如何是好啊!

微风吹过工厂外的一片杂草,空气中混合着化合物质的气味,阳光将这种味道最大限度地挥发出来。此刻的康子文仿若什么都感觉不到,感觉不到头顶的阳光,感觉不到温度,大脑里一片空白,像被抽空了灵魂。

"师父,你别急……"他失魂落魄的样子令刘风朔担忧,"我这就通知组长,也许事情还没发展到糟糕的地步。"

说罢,便给陈程打了电话。

接到电话,陈程脸色突变,两道粗黑的眉毛紧拧一起。如今凶手已经现身,他立即通知其他人从各自搜索的区域中撤回来,转向与康子文他们会合。

打完电话之后,刘风朔先扶着康子文坐到一边的石阶上冷静一会儿。

过了大约二十分钟的工夫,陈程等人驱车从四面八方赶来了。一下车,他便劈头盖脸地问:"倩思在被袭击之前透露过什么信息吗?"

康子文此时已经缓过来了,他觉得此刻自己更加应该冷静下来,想想到底是哪里出了差错,为什么凶手会盯上孔繁倩思呢?

他告诉陈程:"倩思告诉我,她和顾程浩找到了那个工厂,可是她话还没说完,就被袭击了。"

陈程扶着下巴:"难不成那个凶手就在工厂里,因为发现了倩思,所以才袭击她的?"

这种可能性极大。只是不知道凶手到底在哪儿,以及他下一步的行动。

"倩思当时和谁在一起?"陈程又问。

"跟阿浩。不过,他的手机也打不通。"正说着话,他的表情忽然停滞了,眼前一片漆黑——同步视像又开始了。

"康哥。"见康子文的状态不对,肖赜连忙叫了一声,却被陈程伸出手适时地拦住了。他知道康子文现在的状态。

一幅画面在康子文的大脑中渐渐清晰:一片杂乱昏暗的背景下,几缕光线从斑驳破损的铁壁中照射进来。光线太差,像在室内。从屋内环境推测,这应该是工厂的仓库。只见空荡荡的仓库内,能够隐隐约约在昏暗中看到中间并排摆放着两张椅子,然后是两个一大一小的背影。

康子文一眼就认出来这两个人影,一个是孔繁情思,一个是自己的女儿!

被绑在椅子上的两个人歪着头,像是陷入了昏迷。

那一刻,康子文觉得自己脚下一轻,像是一脚踏进了隆冬数九的寒雪天。

这时,他眼前的视像缓缓移动,凶手的身影在昏暗的仓库里看不清楚。他的手里好似拿了个东西。他将那物件绑在了椅子中间,然后按下了上面的按钮。随着"滴"的一声,红灯亮起,一列数字在黑暗中不停地闪动着,散发着诡异的光。

康子文呼吸一滞——那是定时炸弹!

上面的数字显示着:距离爆炸还有3个小时。

隔着无声的视像都能听到凶手从内心发出的奸笑声。他挑衅似的抖了抖肩膀,画面在康子文的眼中微微震动着。

"放了她们!"康子文在心中呐喊,感觉内心深处的一团火都要崩裂出来了。那是愤怒,是不安,亦是对方长久以来的所作所为,令他觉得可恶至极!

然而,凶手根本听不到他的话,也听不到他心中的不甘和焦急。

这时,同步视像又中断了。他的双眼渐渐有了焦距,从大脑互联的状态中缓了过来,脚下瞬间一软,被眼疾手快的刘风朔给拉住了。

"出什么事了?"陈程问。

"情思和蓓蓓被关在工厂的仓库里了,那个人在她们身上放了定时炸弹。"康子文脸色苍白,嘴唇颤抖着,"……还有3个小时就爆炸了。"

陈程只觉得心里一揪,他没想到凶手竟然丧心病狂到如此地步,直接安放了炸弹。现在情势危急,必须赶紧救人。

"我们只有3个小时了。一定要在爆炸前找到她们!"陈程脸色阴沉,转身对众人大喝一声,"回警局!"

警察总部会议室里,所有分组的组长都接到了上头的紧急命令,被召集到这里。

森严的会议室内,各组组长议论纷纷,不知道出了什么事。但是从紧急程度上来看,事态好像挺严重。

这时，警察局长和陈程从门外走了进来。

局长站在会议桌前，对大家摆了摆手，皱眉道："现在，有突发的紧急情况，具体让陈组长为大家说明一下。"

陈程长话短说，将凶手绑架倩思和蓓蓓的来龙去脉道出。他一脸严肃地看着同僚们："现在离炸弹爆炸只剩2个多小时了，我们要在这之前找到她们。"

A组的杨志豪问："那么，目前有什么线索吗？"

陈程拿出那张画，"这栋建筑物极有可能就是凶手的藏身之所。只因江城市太大，我们Z组人手不够，所以才得麻烦各位帮忙。"说着，他突然朝大家深深地鞠躬致意，"拜托大家了。"

见一向狂傲自大的陈程居然也会低声下气求人，其他同僚也不好拒绝。更何况一直以来，这凶手屡屡犯罪，简直没把警方放在眼里。迟迟没能将真凶缉捕归案，外界早就对警方有所非议。假如再不能有所作为，警方所承受的压力可想而知。

作为A组的头儿，杨志豪虽然平时看不惯Z组，却第一个站起来说："老陈，不必客气。我们一定会全力以赴，找出那栋建筑物的。"

其他同僚也纷纷响应。对大家伸出的援助之手，陈程表示万分感谢。

于是乎，一声令下，警局的全体警察出动了。

一辆辆警车呼啸着从马路上奔驰而过，惹得街上的行人纷纷侧目。这样的阵势，人们自然少见，便免不了议论纷纷，以为江城市要发生大事了呢。

除了地面搜索，警用直升机也被调来了。它盘旋在城市的上空，寻找着有烟囱的建筑物。只是，这么短的时间内，他们能找到凶手的所在吗？

与此同时，一群少年正沿着河岸漫无目的地走着。这是叶允安和他的小伙伴们。

大伤初愈，叶允安不在家好好休息，反而约小伙伴们出来，说有事要托他们帮忙。他还叮嘱德仔带上家里的狗。因为这个，德仔感到很不解："小安，你让我带狗干吗？"

"别问那么多，到时候就知道了。"

大家来到约定地点，江城市的一处河堤旁。德仔带来了家里的狗，那是一只黄色的土狗，当初是德仔的老爸从乡下带回来的，还说打算养大了宰来吃。

"你爸就是个吃货！"叶允安经常揶揄他。德仔也很无奈，他老爸喜欢喝酒吃狗肉，而且一喝酒就打人，所以德仔才不喜欢留在家里。

"把狗带出来，你爸没有发现吗？"叶允安问。

德仔才懒得理他老爸："他醉得一塌糊涂，哪里管得上狗的事。对了，你让我带狗出来，要干什么？"

"小安，难道你打算炖狗肉吃？"另一个小伙伴大概也是个吃货，一说到炖狗肉，口水就要流下来了。

"吃吃吃，你就知道吃！"叶允安给了他一个白眼。

德仔也说道："我的狗可不是给你们吃的！"

那土狗也汪汪两声，似乎是在表示抗议。

"那小安你找我们出来，究竟有什么事？"

"是这样。你们还记得上次的那个警察大叔吗？"

说的是康子文吧。小伙伴们立即点头。

"认识呀。你不就是因为他受伤的吗？"

"别说这种话，我这可是见义勇为。"

"别废话了，赶紧说啥事吧。"

"是这样。"叶允安便表明意图，他想让小伙伴们帮忙去找一栋建筑物。因为听康子文说，这栋建筑物对破案很重要。而且，他已经将那建筑物的形状给画了下来。

小伙伴们拿起叶允安画的素描。幸亏他有一定的绘画功底，才不至于被伙伴们揶揄嘲讽。大家围在一块仔细端详，德仔忽然说："这地方，我好像在哪儿见过。"

"真的吗？"叶允安急切地问，"在哪儿？"

德仔却挠挠头，"我不记得了……"

"啧！你这小子，快给我记起来！"

"我只是隐约记得它好像在江边。对了，你让我把狗带出来，就是找这个建筑物吗？"

"对呀！不是说狗的鼻子比人类的灵敏吗？"

等一下，叶允安是不是有什么地方弄错了？小伙伴们面面相觑，这狗可以循气味追踪不假，但是它不会循画追踪吧！算了，这种小细节，叶允安也懒得计较了，反正现在有了大致的范围，至少知道这地方在江边。

那就采用最老套的方法吧："我们就沿着江边慢慢找。"

"啊！不会吧？"听到要干苦差事，小伙伴们一下子蔫了。

这群臭小子。叶允安苦恼地拍拍额头："好啦，好啦。帮我的忙，就请你们吃饭。"

"仅是吃饭吗？"

"还要去唱K。"

"还要去玩游乐场！"

"行行行！都答应你们！"叶允安快被气死了。

总算，大家行动起来了。

他们沿着河堤，一边走，一边环视周围。穿越江城市的河流可不短，大约有几十公里，要走完河堤的全程，恐怕得走到天黑。

走了一个多小时，他们就觉得无聊与疲惫。一个个坐在河堤边吹着风，喝着买来的冰冻饮料，恐怕早就将任务抛之脑后了。

坐了好一会儿，才有小伙伴问："算了，我们还是回去吧？找了这么久都没找到，一定是德仔记错了。"

"可能吧。"德仔也不确定，而且，他也想放弃了。

叶允安阻止不了大家，只好站起来，拍拍腿："行吧。我们还是回去吧。"虽然他不喜欢中途而废，但这样找，确实希望不大。

就在大家准备败兴而归的时候，德仔忽然喊道："咦？我的狗呢！"

一看，那条土狗果然不见了。

"可能听到我们说要吃它，吓得偷偷逃跑了吧！"

"不会吧？"德仔将信将疑，大声呼唤起那条狗来。

没想到，远处竟传来了那条狗"汪汪汪"的回应声。

"在那边！"德仔带着大家赶了过去。

犬吠声从一片荒草地后面传来，他们穿过茂密的草丛，距离犬吠声越来越近，果然看到那条土狗站在那边叫个不停，像有事禀报一般。

"别喊了。我们要回家了。"德仔说。

但那条狗，依然在吠。

"德仔，它是不是饿了？"一个小伙伴说道问。

"我咋知道？"

"扔条火腿肠试试？"

"现在哪来的火腿肠！"

"咦？小安，你在发什么愣！"

叶允安抬着头，元神出窍般瞪大了眼睛。他缓缓抬起手指，"你们看。"

此时，一众人才发现自己正站在一座废弃的厂房前。灰色的天空下，这厂房旁分明矗立着一条高大的烟囱。

这和他们要找的地方，简直一模一样。

"就是这里！"德仔兴奋地指着烟囱大喊。

叶允安蹲下去，拍拍土狗的脑袋："我就说嘛，狗的鼻子很灵的！"

这话让其他小伙伴哭笑不得，厂房是这条狗找到的没错，但又不是靠鼻子找的！

不管怎么样，他们总算找到这栋建筑物了。

但这就是大叔要找的那栋吗？叶允安不确定，只好说："我们进去看看。"

"啊？不要吧？说不定里面……有鬼。"

"嗤！你们真胆小。就算有鬼，现在是白天，鬼不会出来的！"

说罢，叶允安向前大踏步，其他人不得不跟在他的后面。这一行少年带着狗，很快来到厂房前。从外表看，这厂房真的废弃很久了，屋顶窗户以及外墙都表露出浓浓的颓败感。而且厂房前杂草疯长，又处在偏僻之地，若不是他们无意闯进此地，真的发现不了这地方居然还有这么一座废弃已久的厂房。

里面会有人吗？

叶允安示意伙伴们跟上，一行人悄悄地走了过去。走近了才发现，很奇怪，这厂房四周的窗户都是密封的，且不透明，从外面根本看不到里面的环境。他们来到铁门前，这铁门生锈得很厉害，但没有上锁。拉一下，铁门发出沉重的摩擦声。

打开了一条门缝，他们几个人钻了进去。

厂房里面弥漫着一股霉味，光线里飘舞着灰尘。他们轻轻地沿着楼梯走下去，不一会儿，眼前豁然开朗。只见内部摆着好几台大型机器，还有办公桌、电脑等。显然，这地方有人在工作。更令人吃惊的是，这些机器正在运作！

"小安，这……这是什么地方呀？"一个小伙伴吃惊地问。

叶允安无法回答。但他很快发现,屋里有人!

"是谁?!"他试探着问。

那模糊不清的人影就在前方,看起来,像坐着的。

"小安,我们还是离开这儿吧……"有个小伙伴打退堂鼓了。

"怕什么,跟我来。"叶允安胆大,走上前定睛一看,却见椅子上坐着一个女人和一个小女孩。而且,她们被捆绑着!

她们是谁,怎么会被关在这个地方?

"喂!快醒醒!"叶允安跑过去,想要喊醒她们。然而,她们依然在昏睡,怎么摇都醒不过来。

"大家快来帮帮忙!"他头也不回地喊道,想让伙伴们一起想办法,将人质身上的铁链弄开。

可他身后的小伙伴们谁也没动,只弱弱地叫他:"小安……"

"干吗呢!赶紧过来帮把手呀!"

"小安……"

"快过来!"叶允安边喊边回头。随即,他惊呆了。

不知何时,屋内出现了一个陌生的男人。对方手里拿着枪,指着德仔几人。

他朝叶允安微微一笑:"天堂有路你不走,地狱无门偏进来。"

那笑容如此冰冷,仿佛带着来自地狱的满满恶意。

那一刻,叶允安觉得胸口有点发紧,吸进的空气,像是滔天洪水决堤前的瞬间,波涛汹涌。

第二十七章 / Chapter 27

意料外的结局

自从与凶手的视像断开后，康子文开着车在江城内疯狂地飞驰。他近乎到了癫狂的状态，在江城一家家工厂地找寻着。刘风朔十分担心他的状态，却不知如何安慰。

如果我遇上这种情况，可能也会抓狂吧。刘风朔心想。

只不过，他们跑了大半个城南区，依然一无所获。

时间一点一滴地流逝。很快，又过去了一个多小时。

现在，离爆炸只剩一个小时了。

"朔仔，你再打电话问问其他搜寻的队伍有没有消息。"康子文边开车，边吩咐徒弟。

刘风朔微微叹了口气："师父，你忘了……半个小时前就已经打过了，暂时还没有已搜到的信息。有几栋可疑的建筑物经过搜索，也被排除了嫌疑。"

说完，他又补了一句："如果有消息，他们一定会第一时间通知我们的。"

"真该死！凶手究竟把她们藏在哪儿了！"康子文懊丧地用力拍着方向盘。

时间剩得越少，他就越烦躁。

刘风朔安慰他："师父，我相信她们吉人自有天相，一定不会有事的。"

"可恶的凶手，冲我来就好了，为什么要对付女人和孩子！"康子文紧紧捏着方向盘，觉得愤恨不已。

忽然间——他的大脑又意外地连线了！

这一次，凶手意欲何为？

康子文紧张不已，生怕对方做出更加疯狂的行径来。景象渐渐清晰，出现了一个压抑而逼仄的环境。这是什么地方？

凶手好像身处在洞穴里。不！像在井底，四周湿漉漉的，尤显昏暗。

天啊！康子文一惊，他发现凶手抓住了叶允安和几个少年。这几个孩子身处险境，吓得脸色苍白，全身发抖。

他们怎么会被抓住？！

事情的缘由已经由不得康子文去深究，摆在眼前的现状是——凶手抓住了叶允安几人，并将他们绑在井底。他这么做，是有什么企图吗？

凶手打算沿着井壁的铁梯爬上去，但爬上去之前，他将塞在少年们嘴里的布团给拔了出来。他的意思好像是：尽情地呼救吧！嘿嘿嘿！

康子文这时才看清楚，那不是井，而是一个水塔。

然后，爬上水塔的凶手拧开了水阀……

水龙头里喷出的自来水注入水塔，水位正一点点上升。估计几十分钟后，就会彻底没过叶允安他们的头顶。到时候，这几个少年会溺水而死！

多么狠毒的家伙！

康子文还想获得更多信息，可惜对方刻意中断了连线，他一下子回到了眼前的现实中。

"师父！怎么了？"刘风朔见他这副模样，便知他十有八九又跟凶手的大脑连线了。

"这下子糟糕了。"说这话时，康子文面如死灰。

他赶紧将叶允安等人的处境汇报给陈程。

凶手是在给他出一道难题：是救叶允安这边，还是救孔繁倩思与他的女儿呢？

无论哪个选择，都难以下决定。

"两边都要救！"手机里传来陈程斩钉截铁的声音。

"可是，组长……"

"老康，别担心。你尽管去救你的女儿。那几个少年，就由我们负责。放心吧，我们不会让你失望的。"

听到这话，康子文动摇的内心再度坚定下来："那好，我们分头行动！"

挂了电话，陈程马上向其他人说明最新的情况："各位请注意，现在出现突发情况，凶手抓住了几个少年，并关在某处的水塔。我们要尽快找到他们，不然他们会有生命之忧。"

这情况令所有人大吃一惊。相比有烟囱的建筑物而言，水塔的目标太小，更难以寻找。

但留给他们的时间不多了。

水塔里，水位正在快速上涨，已经到了叶允安等人的腰部。

用不了多久，水面就会没过他们的头顶。

意识到这一点，几个少年心里被绝望覆盖。这水塔的位置这么隐秘，警察怎么可能找到他们呢？

"对不起，是我害了你们。"叶允安懊悔地流下了眼泪。

德仔也在哭："我想回家。"

悲伤的情绪犹如瘟疫，迅速传染了其他人。

大家都哭了起来。

叶允安忽然想到什么："我们大声喊吧！这样子兴许有人能听到！"

"对呀！我们赶紧喊！"

于是，他们便撕破喉咙地大喊大叫起来。

"救命啊！"

呼救声在密封的水塔内回荡，震得耳朵嗡嗡响，他们全然不顾，有多大声喊多大声。没办法，生死时刻，就算把耳朵震聋了，他们也要呼救。

然而，不管怎么歇斯底里，他们所期待的救援依然没有到来。

水位已经涨到胸口了。

他们想要放弃了。

"不会有人来救我们了。"德仔颓丧地说。

"本来，这个时候我们应该在学校上课的。"身边的人忽然说了一句。

少年们后悔死了。

"其实，还是学校好。我们以前就是太散漫了。"

"如果能活着，我一定不再逃课。"

"我也是。我还要每门都考及格！"

"别说了……都要挂掉了。"

临死之际，他们才想到要勤奋学习，这会不会太迟了？

水位涨到脖子了。

再过十分钟，就涨到嘴巴了。

只要没过鼻子，他们谁也活不了。

就在此时，奇迹发生了，水龙头的水停止了。

是有人关掉了水阀吗？但迟迟未有人出现。

不管怎么样，他们暂时活了下来。就这么泡在水里，也不是个办法。

水龙头怎么会突然停了呢？！

这是陈程的杰作。他很清楚，要在短时间内找到水塔基本不可能。那么要挽救这几个少年的生命，最直接有效的办法就是——让水务局将全城的供水都停了！

幸好，他的决断是正确的。虽然停水影响了很多人，但至少挽回了少年们的命。

接下来，就是找到那个水塔！

几十分钟后，泡得全身发冷的叶允安他们已经渐渐支撑不下去了。

"真的会有人来救我们吗？"德仔站都站不稳了。

"放心。会的。"叶允安依然给同伴们打气，尽管他内心也不确定，但坚持就是胜利啊。

忽然，他的耳朵竖了起来。他隐约听到，水塔外面似乎有狗在吠。

"汪汪汪！"

没错，是犬吠声。

那条狗似乎跑近了。紧接着，是一阵脚步声。

还没等他反应过来，水塔的铁盖子被打开了。

头顶射入光线，逆光中浮现一个身影。

"你们没事吧！"

一个陌生的男人站在上面。叶允安几人看到他，说不出的感动。

是警察啊！

他们被救出之后，那名警察才告诉他们：各辖区的警察收到了上级的命令，要求检查附近大楼屋顶的水塔。本来他并没有打算搜索这栋旧楼，但是在楼下，一条狗不停地朝他吠，还咬着他的衣角。他才感到异样，于是跟着这条狗跑上了楼顶……

"说起来，是这条狗救了你们的命啊！"警察感慨道。

"这是我家的狗！我家的！"德仔得意而骄傲。

那条土狗也开心地摇起了尾巴。

"我都说了，狗是通人性的！"叶允安也很得意，要知道，是他要求把狗带来的。

"以后！"他郑重地说，"谁也不准欺负狗！更不能吃狗肉！"

这算是对狗的报恩了吧！

在此之前，康子文他们的寻找仍一无所获。

"该死！究竟在哪儿呢！"康子文懊悔地拍打自己的脑袋，越着急，他的心思越乱。

刘风朔在一旁劝道："师父，你冷静一点。你再好好回想一下，之前你跟凶手互联的时候，有没有漏过什么线索？"

听到他的提醒，康子文愣了两秒。他将车停在一边，静下心来回忆最后一次跟凶手互联的情景。他当时看到凶手将情思和蓓蓓绑在一起，安装炸弹。她们所在的房间像是在空旷的仓库内，他看到了工厂的窗户。

还有……他记得周围似乎还有一些机器的轮廓。那些机器，似乎跟BC技术有关，但这样的线索毫无意义。

再仔细想想，我一定是漏掉了什么。康子文苦恼地挠着头，努力回忆着。

突然，他的大脑中闪过蓓蓓书包上的挂件。那是顾程浩送给他们父女的公仔钥匙扣。他一个，女儿一个。

他想起来了，这公仔还有定位功能，只要用手机，就能查出对方的位置。

"有了！"康子文激动地一拍大腿。

他翻出手机，赶紧查找另一个公仔的位置。手机屏幕显示出那个公仔所代表的蓝点，就在三公里外的江边！

"三公里外的江边……"

"这个地方我知道，那里好像是有一个废弃的工厂。"刘风朔提供了一个有价值的情报。

"她们就在那儿！"康子文激动地发动了车子，疾驰而去。

驶过江城大桥后，他们转入一条偏僻的道路。渐渐地，一条矗立在蓝天下的烟囱隐隐浮现。只是，他们只能在外面看到那栋工厂，却找不到入口。

"要不我们下车往里面看看吧。"刘风朔提议道。

"好。"康子文点点头，"我们小心一点，凶手可能就在附近。"

两人下了车，向着工厂走近。前面是一片小山坡，一条小路被杂草掩住了，康子文没有犹豫，顺着这条小路走了过去。两人把枪掏了出来，背在腰后。

　　他们离那栋工厂越来越近，越来越近，很快，整栋建筑物都出现了。

　　没错，这就是康子文印象中的那栋厂房！锈迹斑斑的工厂和他记忆中的一模一样，就连那种诡异的感觉都一样。

　　"是这里没错！朔仔，你在这里等着组长他们过来，我先进去看看情况。"

　　"不行！如果凶手真的在的话，那就太危险了！我要跟你一起进去。"

　　"朔仔，你在这里接应组长！"康子文的语气微重了些。他知道里面很危险，就是因为危险才不想让徒弟跟着进去。凶手摆明了就是冲着他来的，如果刘风朔出了什么意外，他只会更加内疚。

　　"师父，我必须要跟你进去！"刘风朔为人很倔，语气不容许拒绝，径直往前走了。

　　现在敌人在暗他们在明，刘风朔也害怕康子文出现什么意外。他要和师父共进退。

　　见拗不过他，康子文只好和他一起走了过去。

　　两个人小心翼翼地朝厂房的入口靠近。

　　周围很安静，时不时有微风穿过建筑物发出的呼啸声。工厂外的杂草随风摆动，太阳被云朵遮蔽了大半的光芒，工厂里看着黑漆漆的。但就是越安静，才越不对劲，他们精神集中地观察着四周，一路上都走得很谨慎。

　　进了厂房，康子文已经确定了，这就是汪文广来过的地方。上次在汪文广的大脑中，看到的就是这栋建筑物的内部结构。

　　这里摆着好几部大型机器，在昏暗中闪着微弱的光。这些机器上还连接着各种线路，仪器的灯亮着，似乎仍在工作。

　　刘风朔疑惑了："师父，这些机器，莫非就是用来研发 BC 技术的吗？"

　　康子文眉头紧蹙，没有说话。

　　忽然，刘风朔惊讶地指着另一边："师父，你看！"

　　顺着他的手指看过去，康子文的心脏猛地一阵收缩。

　　是孔繁情思和蓓蓓！

　　她们被五花大绑，依然昏迷不醒。康子文匆忙跑过去，拍了拍她们的脸。她们似乎被用了麻药，怎么喊都不醒。

　　康子文低头看那个绑在椅子上的炸弹，计时器上显示时间只剩 20 分钟了。

这么短的时间,根本来不及等拆弹专家。

"师父,组长他们马上就会带着人赶过来的。"刘风朔显然也看到了炸弹上的时间,尽力安慰他。

"没时间了。"康子文掏出警用工具,"他们一定赶不过来的,现在只能靠我了。我曾经看过拆弹方面的理论知识,应该有用……"

康子文屏住呼吸,小心翼翼地将定时炸弹的外壳取下来,没有触碰到任何线路。

里面,红灯闪烁着。

他忍不住擦了一把汗。

定时炸弹的内部是一堆错综复杂的线路,但实际上只有三条线路——红、蓝、白,只有剪对了线,炸弹才会停止计时。

到底剪哪条线呢?康子文放下工具,犹豫了。他看了蓓蓓一眼,女儿还在安静地沉睡着,根本不知道危险就在她的身边。

那一刻,康子文忽然觉得心力交瘁。

就在这时,手机响了。

是陈程打来的。

"组长,什么事?"

"老康,好消息!叶允安那几个孩子刚被救了出来!"

"那真是太好了。"康子文长舒了一口气。

"他们还提供了那个建筑物的位置。"

"组长,现在我们就在那栋厂房里面。"

"好,我们马上赶过去!噢,对了,还有一件事……"陈程有些欲言又止,但最终还是说了,"叶允安知道凶手是谁了。"

"是谁?"康子文闻言,眉头微皱。

"是……"正当陈程将要说出那个人的名字时,猛然——

身后传来扑通一声。

有情况!康子文瞬间抓紧手枪,警惕地回头。

门外的白光映着仓库狭窄的空间,一个身影站在门口的位置。他利落地从后面打晕了刘风朔,然后捡起对方的手枪,一脸戏谑地对着康子文。

那层白光实在太刺眼了,甚至让他觉得晕眩不已,但不管那个人的身影再怎么在光影下模糊,最后目光聚焦的时候,依旧是他。康子文顿时目瞪口呆,这个人,他不仅认识,而且再熟悉不过了。

"是你?!"康子文忽然沙哑着声音,他不想承认,但是也不得不承认,拿枪对着他的人正是顾程浩!

"怎么会是你!"康子文摇摇头,不愿意相信。

顾程浩的嘴角弯过一抹笑容,似乎很享受这种令人震惊的出场方式。

"你终于找来了。"他的声音一如往常那么温柔,但却多了一份狡黠。

这还是印象中的那个死党阿浩吗?

我早该想到的……康子文在心里自嘲了一声。从知道BC技术泄露的那一天,他就该想到,是Z组的内部人员中出了内鬼。

而掌握着核心技术的顾程浩,正是最了解BC技术的人。

事实摆在眼前,一切皆已明了。

"阿浩,你为什么要这么做?"康子文缓缓抬起头,语气中毫无波动。

顾程浩冷笑一声:"我没必要告诉你,因为你是将死之人。"

康子文死死地盯着他:"阿浩,我们不是好朋友吗?你……"

他忽然想到了什么,眉头微皱,话语艰涩:"难道是因为倩思?"

"哈哈哈。"顾程浩仰天大笑,笑声回荡在偌大的仓库里,震得人耳朵麻痒起来。他的面部开始狰狞,忽而僵直了身子怒笑道,"我爱了倩思那么多年,却因为你的存在,她始终对我的爱意视而不见。全部都是因为你!"

手枪在手里颤了颤,他胸口剧烈起伏着,恶狠狠地盯着眼前的人,恨不得将之碎尸万段一般。

望着昔日好友现在的样子,康子文一脸悲戚:"可是,我打心底希望你们俩能在一起。你应该了解我的。"

"阿文,我知道,其实你也喜欢倩思。对不对?"

康子文沉默了。没错,他也喜欢倩思。只是,他不敢去接受这段感情,他是个带着女儿的单身父亲,配不上那么出色的倩思,她值得更美好的婚姻。所以,他才一直想要成全她与顾程浩。

"阿文,只有你死了,倩思才会跟我在一起。"顾程浩的声音忽然低沉了下来,神色变得复杂。

康子文沉默了片刻，微垂着头，"如果你的目标是我，为什么你要杀死汪文广？还要伤害其他无辜的人。"

顾程浩不屑地说："汪文广的死，完全是他咎由自取。"

直到这时，康子文才从顾程浩的口中听到事情的全部真相。

原来，作为Z组的技术人员，顾程浩始终醉心于研究BC技术。他精益求精，希望将BC技术提高到一个新的水平。然而，警方的想法却与他背道而驰。因为认为目前的BC技术已经足以应付日常事务，于是，警方停止了对顾程浩的研究进行拨款资助。

没有资金支持，又怎么继续进行研究呢？

为了继续研究，顾程浩只能暗中寻找合作者。就是这时，他遇上了商人汪文广。

当时，汪文广创办的蓝天集团屡屡在商场上遭到挫败，苦恼于如何扭转商业上的颓势。得知了BC技术的存在，汪文广与顾程浩一拍即合。

蓝天集团为顾程浩提供巨额的研究资金，换之，顾程浩则得将这项机密技术的成果泄露给汪文广。拥有了这个超前科技，汪文广便能识穿人心，他的生意很快有了很大起色。这就是蓝天集团能屡次拿下重点项目的原因。

品尝到了BC技术带来的甜头，汪文广加大了资助的力度。而这栋废弃的工厂建筑物，正是他为顾程浩找的私人研究室。此地荒芜偏僻，平时人迹罕至。汪文广将这个废弃的工厂买下来，改造成一个秘密的研究基地，顾程浩大可安心地在此暗中进行BC技术的研究。

至于王奕轩，则是顾程浩的助手。此人在大学就读物理系，却中途辍学。顾程浩有时候会兼职大学讲师，因此与王奕轩认识，并且在生活和学习上给予对方较大的帮助。因此，当得到顾程浩的邀请时，王奕轩毫不犹豫地答应加入他的研究。

三年前，BC技术突破了现有的瓶颈，顾程浩大胆地做了一次植入记忆的试验。而试验的对象正是康子文。当然，这次试验是在康子文不知情的情况下进行的。顾程浩在他大脑里植入了一段虚构的记忆，就是有关王奕轩被杀的记忆，这就是为什么康子文的大脑里会出现王奕轩这个死而复生的好友。

"原来，这个记忆是假的……"

听到真相，康子文震惊得无法言语。一切都水落石出了，困扰他许久的谜团终于得到了解答。

"可是……"康子文仍没弄清楚，顾程浩为何要犯下这一系列的罪行。

"我也是被逼无奈。"

顾程浩说，在蓝天集团和飞龙集团的竞标过程中，汪文广动用BC技术窃取了李帆大脑的秘密，没想到被李帆察觉了。顾程浩心知，一旦BC技术的外泄被警方获知，那么最终必定会调查到他身上。于是，他一不做二不休，干脆心一横，连李帆和汪文广都除掉了。哪曾想，此事就像雪球一样，不但没有停止，反而越滚越大。

而这一切，都归咎于康子文的执着。

"要不是你非要追查下去，事情根本不会闹成这样！"顾程浩挥舞着枪。

"这还能怪我了？"康子文可不想背锅。正所谓有其因必有其果。他之所以追查此案，正是因为他撞见了王奕轩，这偏偏就是顾程浩当年种下的因。

"阿浩，你自首吧！"康子文苦心相劝，不忍看到好友继续错下去。

"不！事已至此，说什么都晚了。"顾程浩叹了一口气。

"还不迟的。"康子文摇摇头，急切道，"只要你能自首，还有改过自新的机会。"

顾程浩冷笑一声，没有理会他，只是低头看了眼手表，然后斜睨了康子文一眼，目光中竟有一丝坦荡和释然，然而语气却冷硬："如果我没猜错，Z组的人也该到了。"

果然，外面传来了一阵嘈杂的用扩音器喊话的声音："里面的人听着，立即放下武器投降，不然，我们可要实施强攻了！"

声音断断续续，但是依旧能够在偌大的房间内回荡。

外面停着十几辆警车，周围站满举着枪随时准备进攻的警察。陈程拿着喇叭站在中间，声嘶力竭地喊着。他接到线报后，就赶紧带人赶来了。现在，厂房外面已经被警察重重包围。

阳光映在这栋沧桑破旧的建筑物上，陈程握着喇叭的手因为紧张渗出了汗，他沉默地看着眼前的厂房，等着里面的消息。

康子文听到外面的声音，心里有些放松。他看着面前的好友，想起两人相识多年，心中充满了惋惜和不舍，只能接着劝他："阿浩，你赶紧投降吧。你逃不掉了。"

"谁说我要逃?"顾程浩对着他冷笑了一声,放下了举着的手枪。

"那你……"康子文瞪大了眼睛。

顾程浩慢慢走近被绑在椅子上的孔繁情思,脸上充满了平日的温暖笑容,连目光都变得痴狂起来。他抚摸着她的头发,温柔道:"我要跟我心爱的人一起离开这个世界。"

康子文意识到他要做什么,急忙冲他大喊:"阿浩!不要这么做!"

可是,这根本就阻止不了顾程浩。他缓缓抬起枪口,对准了自己的太阳穴,然后看着康子文,露出一片惨白的笑意,目光决绝:"再见了,阿文。"

"不要!"康子文大喊了一声。

"嘭"的一声巨响,枪声在昏暗的仓库中炸开,时间仿佛定格了一般。顾程浩站在原地,鲜血顺着伤口慢慢流下来。他对着康子文裂开了一抹微笑,然后缓缓地倒了下去。

康子文有些绝望地扑过去,"阿浩!"

冰凉的仓库里,顾程浩的身下一层蔓延开来的鲜血。他的眼睛还睁着,目光似往常一般温柔。康子文在这场巨大的震颤中还没有回过神,只是一看到顾程浩那双熟悉的眼睛,瞬间红了眼眶。脑海中像过电影一般闪过他们曾经在一起的画面,好似今天便是这场回忆的终结。

而外面,因为听到枪声,陈程一声令下就带人冲进了仓库。一进来便看到了这一幅场景,门外的白光将昏暗的仓库映出了一层轮廓,顾程浩躺在地上,一半在光明中,一半在阴影之下。

康子文半蹲在他的身边,听到门外的动静,猛地回头冲他们喝道:"别进来!都出去!有炸弹!"

他的眼眶泛红,目眦欲裂的样子看得人心惊胆战。

这时,被打晕的刘风朔也醒了过来,一抬头看到眼前的场景,瞬间惊愕地张大了嘴巴:"师父……这……"

"你也赶紧出去!"康子文打断他,似乎不愿再听到任何多余的讨论。

陈程催促他:"老康,你也赶紧撤!等拆弹专家来了,就可以把情思和蓓蓓救出来了。"

说完,他又侧头问旁边的肖赟:"你快问一下,拆弹专家还有多久到?"

肖颐赶紧打电话，只是听到对方的回话之后，他脸色微变，铁青着脸对陈程说："组长……他们说还有十分钟。"

"这……"陈程下意识地看了一眼定时炸弹上的时间，心中焦急。

康子文知道时间不够了，"炸弹还有几分钟就爆炸了，没有时间了，你带他们先离开。"

"那你呢？"

康子文静默了半晌，猛地仰起头，坚定道："我要留下来拆弹！"

"不。"陈程对他摆了摆手，"还是我来吧。我是你的头儿，怎么能让你犯险呢？你带着大家撤出去，由我来拆。"

"组长，这是我的女儿和我喜欢的人。如果拆弹不成功，我也愿意随她们一起共赴黄泉。你就成全我吧。"

见对方心意已决，陈程叹了一口气。

时间不多了，他必须带着其他人离开这里，否则一旦爆炸，还会危及其他人的生命安全。

他转过身，对其他人做了个手势，叫他们撤离这里。

"组长……"刘风朔犹豫了。

陈程拍了拍他的肩膀，"走吧。"

随即，所有人都撤离了仓库。

定时器上的时间显示，现在距离爆炸只剩下5分钟了。

康子文重新拿起了剪刀，却陷入刚才的犹豫中。这里面的线路，到底应该拆哪根线呢？是红？是蓝？抑或是白？

概率只有三分之一。万一他剪错了，炸弹就会爆炸。

康子文的呼吸声在仓库里变得清晰起来。时间一分一秒地流过，定时器上的"滴滴"声也格外刺耳。他的手在三根线之间来回颤抖着，鼻尖时不时弥漫过一股血腥味。康子文下意识地瞥了顾程浩一眼，只见他静静地躺在那里，目光温柔地盯着不远处……

对了！康子文猛然想到，既然炸弹是顾程浩设置的，那他的记忆里一定有破解的方法。

他瞬间像是抓住了一株救命稻草！只要他在定时炸弹爆炸前知道剪掉哪根线，那么孔繁情思和蓓蓓就会得救了！

康子文二话不说，赶紧启动了 BC 机，他将手放在顾程浩的头上，轻轻闭上眼睛，与死者的大脑实施互联。

时间在渐渐流逝。厂房外面，陈程和其他人都在焦急地等待。

只剩下短短几分钟的时间了。陈程抿着唇，脸部的线条绷得很紧，一眼不眨地盯着手表。眼看一分一秒地流逝，而康子文他们还没有出来。

莫非……炸弹没有拆除？

陈程紧盯着工厂仓库的大门，迫切地等待着康子文的身影。

正想着，"轰隆"一声巨响在他们耳边炸起，就连脚下的大地都随之震颤了几下。这声音吓了所有人一跳。一片火光伴随着零散的钢铁架，在他们面前飞了起来，然后轰然倒塌。所有人都下意识地转过身护住了头。很快，滚滚浓烟遮蔽住了火光，里面传来一阵噼里啪啦燃烧东西的声音。

等爆炸的余韵过去，陈程他们才惊愕地回过头看了一眼厂房，眼前除了阵阵浓烟什么都没有。几乎所有人都瞬间红了眼眶。他们等的人没能出来，意味着康子文失败了。

肖赜难以置信地对着仓库的方向大喊："康哥！"

"不……"刘风朔抑制不住身体的颤抖，他瞪大了眼睛，嘴里喃喃道，"我要救我师父！"说完就要冲进去。

陈程一把抱住他，对着他大吼："你疯了吗？！"

"我要去救我师父！"刘风朔嘶吼着就要从陈程的手里挣脱，但无奈被钳制，怎么都挣扎不开。

忽然，站在外面的陈若彤惊喜地指着熊熊燃烧的大火，"你们快看！"

所有人都转头看过去，只见滚滚浓烟下，一个黑色的身影缓缓走了过来。大家凝神屏息，看着他穿出烟雾，缓步而来——康子文带着孔繁倩思出来了，他的手里还抱着蓓蓓。

"是师父！"刘风朔忘记了挣扎，惊喜地喊着，"师父他们出来了！"

所有人都开心地欢呼了一声，然后围了过去。

陈程急问："怎么样，有没有受伤？"

康子文摇摇头，跟着大家走到了安全的地方，然后回头看着燃烧的厂房，脸色凝重。

尾声

一个星期后,熟悉的警局大院内,窗前的香樟树已经渐渐泛黄。随着天气越来越凉,夏天的尾巴渐渐消失,阳光也不似往日那么炽热,所有人都换上了秋装,不冷不热的气温让人平静而舒心。

Z组总部,组长办公室内,房间里少了空调"嗡嗡"的响声,倒是能听到窗外传来的阵阵倦鸟的轻啼。陈程斜靠在办公椅上,盯着那些不停飞来飞去的鸟儿发呆。他很少有这么沉静的时候。

响起了一阵敲门声。陈程收回思绪,轻咳了一声,然后才对着门外喊道:"进来。"

见是康子文推开了办公室的门,陈程从办公椅上站起来,语气中带了些许欣慰:"老康,你请了一个星期的假,终于归队了。"

康子文的嘴角扬起一丝笑意:"让组长担心了。"

"你先坐下吧。"陈程示意他坐在办公桌前的椅子上,随后轻声说,"那天在现场发生的事情,你还没有完全交代清楚吧。现在,能否跟我说说?"

康子文沉默了片刻,缓缓抬起头,"组长,我明白了,我会一五一十地告诉你的。"

时间拨回到爆炸发生前的几分钟——那时,康子文侵入了顾程浩的大脑。

没过片刻,他就读到了对方的记忆,那是顾程浩记忆中最深刻的过往。

一幅一幅的画面如电影镜头般,那些熟悉的场景,也在康子文的大脑中缓缓播放。

先是大学时期,他们三人坐在教学楼的楼顶,微风从头顶吹过。这里是他们三个人最常来的地方,站在这里可以一眼望尽整个校区。头顶是湛蓝的天空,朵朵白云在天空中慢慢飘过,时间似乎永远停在这里。孔繁倩思永远都靠在天台的栏杆旁,温柔地盯着他们两个人,不知听到他们说了什么,吃吃地笑开来。

很多时候，就是在这里，他们三人依偎着眺望蓝天，青涩的脸上洋溢着青春时特有的满足和快乐。

然后画面一转。夜晚，熟悉的城市内霓虹闪烁，顾程浩与孔繁倩思一起漫步在江边，波光粼粼的江面上映出一层层的光点。在江边的路灯下，两人的影子在灯下被拉得很长，他们的影子重叠在一起，静默的空气中洋溢着香甜的气息。两人就这么一路无言地走着，顾程浩忍不住温柔地看了身边的孔繁倩思一眼，她美丽的侧脸藏在一片阴影下，昏黄的路灯将她的线条映得柔和起来，看起来比往常更加动人心魄。他的心中忽然满溢起万种情愫，他是多么爱这个女人啊！

有好几次，他的手都试图轻轻地搭在她的肩膀上，却又一次次地被她脸上的深思和心不在焉打败。他最终也没有勇气放下去，失望地收敛了眸子，仅仅是陪她走过这无声的夜晚。

紧接着，出现了一幅奇怪的画面。顾程浩站在镜子前，他对着镜子里的自己轻轻笑了一声，然后像是留下遗言一样，开始对着镜子自言自语："阿文，我知道，总有一天你会侵入我的大脑，窃取我的记忆……所以，我留下了这段自白。"

你一定对"我是凶手"这件事感到很吃惊。对不起，只有这样做，我才能达到我的目的。

我所做的一切，都是为了摧毁 BC 技术。

你或许很奇怪，我为何要如此对待自己的发明成果？是的，曾经我为了让 BC 技术得到更大的发展而呕心沥血，甚至我不惜与汪文广合作，从而研发出更多的功能。然而，当我研究得越深入，我就越来越害怕。

作为 BC 技术的发明者，我深知这项技术的可怕性。通过它就可以读取人心，甚至我能在你的大脑里植入假记忆。这是一种多么可怕的行为啊！照这样发展下去，BC 技术会发展到什么程度，我也无法估计。但到那时候，人类之间的互信将不再存在，那么我发明这项技术的初衷，将会被扭曲。

这让我感到深深的忧虑。

假如，我能将虚假的记忆植入到你的大脑里，那么，在不久的未来，BC 技术就将会被开发出更为可怕的功能。

恐怕到时候，我将无法阻止了。

所以，我下定决心，要将它掐灭于萌芽阶段。

你遇见的一切，都是我的布局，包括我安排王奕轩有意无意地出现在你的面前。而李帆为什么会知道他大脑的秘密被人窃取，也是我暗中告知的。我设的这个局，就是引你来破解，找出真相。

我要用这一系列的案件告诫人们：入侵别人的大脑，本身就是一种极其可怕的罪行。

要破解这个炸弹很简单，只要剪断红线即可。

但是，你有另一个选择。

你可以从我大脑中获取解开锁的密码，带倩思和蓓蓓离开。然后，炸弹依然会爆炸。它将摧毁我在这儿留下的发明成果。只是，即便你炸掉了工厂，但 BC 技术不会消失，它仍牢牢地掌握在警方手中。

我所犯下的案件，就是为了警醒人们，希望人们彻底摒弃这项技术。

希望你能将我的声音，告知世人。

这就是顾程浩留下的真相。

听到这个，陈程陷入了沉思。他没想到，这一系列案件的背后，竟然是顾程浩的良苦用心。

"组长，我们该如何选择？"良久，康子文才发问。

陈程沉默地站在窗边，摇了摇头。

外面的鸟儿叽叽喳喳地叫着，秋叶落在地上发出无声的轻响。

这个答案，谁能知道？

图书在版编目（CIP）数据

超感追击/早安夏天著
— 武汉：长江出版社，2019.2
ISBN 978-7-5492-6315-8

Ⅰ.①超… Ⅱ.①早… ②三… Ⅲ.①科学幻想小说—中国—当代 Ⅳ.①I247.5

中国版本图书馆CIP数据核字(2019)第035174号

超感追击 / 早安夏天著

出　　版	长江出版社
	（武汉市解放大道1863号 邮政编码：430010）
选题策划	漫工厂产品部
	（湖北省武汉市洪山区城投瀚城 邮政编码：430070）
市场发行	长江出版社发行部
网　　址	http://www.cjpress.com.cn
责任编辑	李　恒
装帧设计	李志恒 张丁丁
印　　刷	武汉立信邦和彩色印刷有限公司
版　　次	2019年2月第1版
印　　次	2019年3月第1次印刷
开　　本	889mm×1260mm　1/32
印　　张	8.5
字　　数	277千字
书　　号	ISBN 978-7-5492-6315-8
定　　价	32.8元

版权所有，翻版必究。如有质量问题，请联系本社退换。
电话：027-82926557（总编室）027-82926806（市场营销部）